유년시대, 소년시대

유년시대, 소년시대

L. N. 톨스토이 지음
동완 옮김

좋은 책 좋은 독자를 만드는 —
(주)신원문화사

옮긴이의 말

　　톨스토이의 반생애를 기록한 자전적 소설 3부작이 바로, 제1부
《유년 시대》(1852년)·제2부 《소년 시대》(1854년)·제3부 《청년
시대》(1857년)이다. 시적인 매력과 정교한 필치, 섬세한 감정이 듬
뿍 실려 있는 톨스토이의 처녀작 제1부 《유년 시대》를 비롯한 3부
작은 1852년부터 7, 8년의 세월이 소요된 부단한 내적 수고의 소
산물이기도 하다. 후에 톨스토이는 4부작인 《장년 시대》의 저술을
시도했지만, 약간의 펜을 움직였을 뿐 완성하지는 못했다.

　　톨스토이는 양친 부모에 대해 별로 알지 못했다. 그래서 《유년
시대》와 《소년 시대》에는 현실이 묘사되어 있지 않다. 오로지 상상
력과 지혜로 모든 전원 생활을 연결시켰음에 불과하다. 두 살 때
여읜 어머니에 대한 그의 상상력은 "이 생애의 쓰라리고 고달픈 순
간에 잠깐씩이라도 그 미소를 볼 수 있었다면 나는 아마도 슬픔이
무엇인지를 전혀 모르고 지냈을 것이다"라고 본문에서 표현되어
있다.

　　톨스토이가 부친을 잃은 것은 아홉 살 때이며, 이로 인해 태어나

서 처음으로 고통스러운 현실을 알게 되었고, 절망으로 가득 찬 넋을 깨닫기도 했다. 그는 유년 시대를 통해 이렇게 기록하고 있다.

"그것이 어린이와 공포의 환상에 대해 처음 느끼는 감회였다."

이러한 공포와 환상에 대해 톨스토이는 자신의 반생을 그것과 싸우지 않으면 안 되었고, 남은 반생에서는 그러한 환상을 변형하여 찬양하기도 했다. 그 고민의 흔적은 《유년 시대》의 마지막 장인 '마지막 슬픈 기억들'에서 망각될 수 없는 필치로 기록되어 있다.

《유년 시대》에는 어린아이의 얼이 '마치 맑고 밝은 광선처럼 순수한 사랑에 넘쳐흐르는 넋, 타인으로부터 장점을 발견하는 그 넋'이 깊은 애정으로 투시되고 있다. 행복했던 그는, 자신이 알고 있는 단 한 사람의 불행한 인간만을 생각하여 울며, 그 사람을 위해 자신의 몸을 바치려는 생각까지 품었다. 그는 이미 다섯 살 때 '인생이란 즐거운 삶이 아니라, 무거운 하나의 일에 지나지 않는다'라는 것을 느꼈다. 그는 스스로 일컬은 '소년 시대의 사막'을 통과했던 것이다.

세계적인 대문호 톨스토이의 성장 배경과 사상적 기초를 이해하는 데 더없이 중요한 이 책은 시간과 장소, 문화의 구분 없이 사람들에게 많이 읽히는 명저로 손꼽히고 있다.

차 례

소년 시대

유년 시대

가정교사 카를 이바느이치

18××년 8월 12일, 내가 만 열 살 되는 생일을 맞아 여러 가지 멋진 선물을 받고 난 그 이틀 후 아침 7시의 일이다. 카를 이바느이치가 내 머리맡에서 파리채 — 설탕 봉지를 막대기에 붙여 만든 것 — 로 파리를 잡는 소리에 나는 그만 잠에서 깼다.

하지만 파리 잡는 솜씨가 얼마나 서툴렀던지 참나무 침대 맡에 걸어 놓은 내 수호성인 성聖 니콜라이 상이 파리채에 걸렸을 뿐 아니라, 죽은 파리를 내 머리 위에 떨어뜨리기까지 했다. 나는 담요 밖으로 얼굴만 내민 채 흔들리고 있는 성상聖像을 바로잡고는 죽은 파리를 털어 냈다. 아직 잠이 덜 깬 나는 잔뜩 약이 오른 표정으로 카를 이바느이치를 노려보았다. 그는 화려한 무늬의 누비 실내복에 같은 재질로 된 허리띠를 매고, 장식용 술이 달린 빨간 모자에 부드러운 염소 가죽의 장화를 신고 벽에 붙은 파리를 겨냥해서 연신 파리채를 휘두르고 있었다.

'아무리 내가 어리다지만 저 사람은 왜 이렇게 나를 못살게 구는 걸까? 왜 볼로쟈가 누운 침대 근처에서는 파리를 잡지 않는 거야? 저렇게 파리가 득실거리는데도 말이야! 맞아, 볼로쟈는 나보다 나이를 더 먹었지. 내가 제일 어리니까 나를 괴롭히는 거야. 저 사람은 어떻게 하면 나를 골려 줄까 하고 자나깨나 그것만 궁리하고 있을 거야. 내가 놀라서 깨어난 것을 뻔히 알면서도 능청스럽게 못 본 척하고 있잖아. 아, 정말 마음에 안 들어! 저 옷, 모자, 모자에 달린 저 술, 모두 보기 싫어, 싫어!'

내가 마음속으로 카를 이바느이치에 대한 분을 삭이고 있는 동안, 그는 자기 침대로 가더니 그 위쪽에 걸려 있는 유리구슬이 박힌 구두 모양의 주머니에서 시계를 꺼내 보고는, 파리채를 제자리에 걸고 퍽이나 만족스러운 표정으로 우리를 향해 왔다.

"자, 다들 기상! 기상 시간이다. 어머니께서는 벌써 거실에 나와 계셔."

그는 독일 사람 특유의 아주 선량한 목소리로 소리친 다음, 내 곁으로 오더니 침대에 앉으며 주머니에서 담뱃갑을 꺼냈다. 나는 잠들어 있는 척했다. 카를 이바느이치는 우선 담배 냄새를 잠깐 맡고서, 뚜두둑 소리를 내며 손마디를 꺾은 다음 나를 깨우기 시작했다.

그는 웃으면서 내 발바닥을 간질였다.

"이봐, 이 게으름뱅이!"

나는 간지러워 견디지 못할 지경이었지만 침대에서 일어나지도

않고 대답도 하지 않은 채, 그저 이불 속에서 얼굴을 가슴에 묻고
는 있는 힘을 다해 발버둥을 치면서 웃음을 참으려고 애썼다.

'참으로 좋은 분이야. 이분은 진정으로 우리를 귀여워해 주셔.
그런 줄도 모르고 아까는 그렇게 미워하다니!'

나는 내 자신에게도, 카를 이바느이치에게도 너무 화가 나고 속
이 상해서 웃음이 날 것도 같고, 눈물이 날 것도 같은 그런 기분이
었다. 아무튼 나는 마음이 갈피를 잡을 수가 없었다.

"아아, 그러지 마세요. 카를 이바느이치!"

나는 이불 속에서 머리를 내밀고 눈물이 글썽한 얼굴로 소리를
질렀다.

카를 이바느이치는 그런 나를 보고 깜짝 놀라 발을 간질이던 손
을 멈추고는 걱정스러운 목소리로 물었다.

"뭐가 슬퍼서 울지? 혹시 언짢은 꿈이라도 꾸었니?"

독일 사람 특유의 아주 선량한 얼굴 표정과 내가 운 까닭을 알아
보려 애쓰는 진실되고 따뜻한 태도가 내 눈물을 더욱 솟구치게 만
들었다. 나는 정말 그에게 미안했다. 어째서 조금 전에는 카를 이
바느이치가 미웠고, 또 그의 실내복, 모자, 모자에 달린 술이 싫었
던 것인지 전혀 이해할 수가 없었다. 지금 와서는 도리어 그가 너
무 좋은 사람처럼 느껴졌다. 심지어 모자의 술 장식까지도 그가 좋
은 사람임을 말해 주는 확실한 근거처럼 보였다. 나는 그에게 무서
운 꿈 때문에 운다고, 엄마가 죽어서 영구차로 실려 가는 꿈을 꾸
었다고 설명했다. 물론 모두가 지어낸 말들이었다. 사실, 나는 지

난밤에 무슨 꿈을 꾸었는지 전혀 기억이 나지 않았다.

그런데 카를 이바느이치가 곧이곧대로 내 말을 믿고는 진심으로 나를 위로하며 감싸 주자, 한순간 나는 정말 그런 무서운 꿈을 꾸기라도 한 것처럼 느꼈다. 그래서 이번에는 다른 이유로 또다시 눈물이 쏟아졌다.

카를 이바느이치가 방을 나가자 나는 침대에서 일어나 조그만 발에 양말을 신기 시작했다. 눈물은 어느 정도 진정되었지만, 거짓 꿈 이야기로 말미암은 언짢은 생각이 내 가슴에 남아 있었다.

작고 말쑥한 차림의 니콜라이 할아범이 들어왔다. 언제나 성실하고 단정하며, 예절 바른 그는 카를 이바느이치와 매우 친밀한 사이였다. 할아범은 우리의 옷과 구두를 가지고 왔다. 볼로쟈의 것은 긴 부츠였지만, 나는 아직도 리본이 달린 따분한 단화였다. 할아범 앞에서 눈물을 보이는 것은 정말 창피했다. 더구나 아침 햇살이 눈부시게 창으로 들이비치고, 볼로쟈는 세면대 앞에서 누나의 여자 가정교사인 마리야 이바노브나의 흉내를 내면서 무척 즐거운 듯 소리내어 웃고 있었다. 얼마나 즐거워 보였던지 어깨에는 수건을, 한 손에는 비누를, 다른 한 손에는 세숫대야를 들고 충성스럽게 서 있던 니콜라이 할아범까지 싱글싱글 따라 웃을 정도였다.

"블라디미르 페트로비치(볼로쟈의 정식 이름), 이제 그만 웃으시고 어서 세수부터 하시지요."

나는 그 말에 왠지 기분이 좋아졌다.

"다들 준비가 되었습니까?"

카를 이바느이치의 목소리가 공부방에서 들려왔다.

그의 목소리는 근엄했으므로 눈물이 날 만큼 나를 감동시켰던 조금 전의 그 선량한 표정은 이미 남아 있지 않았다. 공부방에서의 카를 이바느이치는 완전히 딴 사람 같았다. 그는 가르치고, 설명하는 교사일 따름이었다.

나는 재빨리 옷을 갈아입고는 세수를 한 다음 젖은 머리카락에 대강 빗질을 하고 공부방으로 들어갔다.

안경을 코에 걸친 카를 이바느이치는 한 손에 책을 들고 창문과 문 사이에 있는 그의 자리에 앉아 있었다.

문 왼쪽에는 조그만 책장이 두 개 있었다. 하나는 우리를 위한 책장이고, 또 하나는 카를 이바느이치가 쓰는 것이었다. 우리 책장에는 교과서와 함께 여러 종류의 책들이 놓여 있었는데, 세워진 것도 있고, 옆으로 쓰러진 것도 있었다. 그중에서 빨간 장정을 한 《항해사》상하 두 권은 단정하게 벽 쪽으로 세워져 있었다. 나머지는 길쭉한 것, 두꺼운 것, 큰 것, 작은 것, 표지만 남고 알맹이는 없어진 것, 알맹이뿐이고 표지가 없는 것들이 한데 섞여 있었다.

공부 시간이 끝나기 전에 카를 이바느이치가 서고 — 그는 늘 이렇게 거창한 이름으로 불렀다 — 를 정리하라고 지시하면, 언제나 우리는 되는 대로 이것저것 한구석으로 몰아넣곤 했다. 카를 이바느이치의 책장에는, 우리 책장만큼 분량이 많지는 않았지만 적어도 그 종류는 훨씬 다양했다. 나는 그 속에서 다음 세 가지 책만을 기억하고 있다. 채소밭에 비료 주는 법을 쓴 가제본된 독일어 책과 한쪽 구석이 불에 타 흠집이 난 양피 표지의 7년 전쟁에 관한 책, 그리고 정수학 과정의 책이었다. 카를 이바느이치는 여가의 대부분을 독서로 보냈고, 그 때문에 시력이 나빠질 정도였으나 그래도 그는 이 책들과 《북녘의 꿀벌》이라는 잡지 외에는 다른 책은 보지 않았다.

카를 이바느이치의 책장에 들어 있던 물건 가운데 무엇보다도 내 기억을 아주 새롭게 하는 것이 하나 있는데, 그것은 다름이 아니라 두꺼운 도화지로 만든 커다란 원반으로 밑에는 나무다리가 달려 있었다. 이 원반은 대가리 없는 못으로 붙여져 있어서 마음대로 돌릴 수 있게 되어 있었는데, 어느 부인과 이발사를 그린 그림이 붙어 있었다. 카를 이바느이치는 이러한 종이 세공에 재주가 뛰어나서, 이 종이 원반도 그의 약한 시력을 강렬한 광선으로부터 보호하기 위해 혼자 고안해서 만든 것이었다.

누비로 된 실내복을 입고, 빨간 모자 밑으로 반백의 성긴 머리카락이 보이던 그의 훌쭉한 모습이 지금도 눈에 선하다.

그는 이발사의 그림이 붙어 있는 그 종이 원반이 놓여 있는 작은 책상 옆에 앉아 있다. 한 손에는 책을 들고, 한 손은 안락의자의 팔걸이를 잡고 있다. 그의 옆에는 경기병 그림이 들어 있는 시계, 체크무늬의 손수건, 검은색의 둥근 담배쌈지, 초록색 안경집, 작은 쟁반 위에 얹은 양초의 심지 자르개 등이 놓여 있다. 이런 물건들 모두가 아주 단정하게 제자리에 놓여 있어서 그 정돈만을 보고도 카를 이바느이치가 올바르고 성격이 차분한 사람임을 짐작할 수 있었다.

싫증이 날 정도로 아래층 홀을 뛰어다니며 놀다가 살금살금 2층의 공부방으로 올라가 보면, 카를 이바느이치가 혼자 안락의자에 앉아 위엄 있고 차분한 표정으로 책을 읽고 있는 모습이 눈에 들어왔다. 대개는 언제나 그러했다. 어쩌다가 그냥 앉아 있을 때도 물론 있었다. 그럴 때는 안경이 매부리코 끝까지 흘러내리고 반쯤 감겨진 푸른 눈에 그만의 독특한 표정을 띠면서, 입술은 쓸쓸한 미소를 짓고 있는 것이 보통이었다. 방 안은 고요했고, 그의 규칙적인 숨소리와 경기병이 그려진 시계 소리가 들릴 따름이었다.

카를 이바느이치는 내가 들어온 것을 알아차리지 못할 때가 종종 있었다. 그럴 때면 문간에 서서 나는 이런 생각을 했다.

'가엾은, 어쩌면 저렇게도 가엾은 노인일까? 우리는 여럿이서 함께 놀 수도 있고 또 언제나 재미있고 즐겁고 신나는 일들이 많지만, 이 노인은 외톨이에다 누구 하나 다정하게 돌봐 주는 사람이 없구나. 노인은 자기를 고아라고 말했는데 정말인가 보네. 더구나 이 노인의 경우는 얼마나 딱한 신세인가! 가끔 니콜라이에게 신세타령을 하던 이야기를 익히 들어 알고 있었지만, 이 노인과 같은 형편에 빠진다면 오죽이나 무서울까!'

나는 그가 가엾다는 생각이 들면 나도 모르게 다가가서 손을 붙잡고는,

"사랑하는 카를 이바느이치!"

이렇게 같은 말을 몇 번씩이나 되풀이하곤 했다. 내가 이럴 때마

다 그는 무척 좋아하며 내 머리를 쓰다듬어 주었는데 진정으로 감동한 듯한 표정을 지어 보였다. 한쪽 벽에는 지도가 걸려 있었는데, 거의 모두 찢어져서 못쓰게 된 것들이었다. 하지만 카를 이바느이치가 용하게 뒤를 덧대어서 제 모양으로 회복해 놓았다. 다른 쪽 벽에는 아래층으로 내려가는 문이 중앙에 있고, 한쪽에는 자尺가 두 개 걸려 있었다. 하나는 흠집투성이로 우리가 쓰는 것이었고, 또 하나는 그의 것으로 새것이었다. 그의 자는 줄을 긋는 데 쓰인다기보다는 공부를 독려하는 데 쓰이는 경우가 더 많았다.

반대쪽에는 칠판이 있고 거기에는 동그라미와 십자표가 그려져 있었다. 동그라미는 우리가 아주 고약한 짓을 했다는 표시이고, 십자표는 대개 작은 실수를 했다는 표시이다. 칠판 왼쪽에는 우리가 무릎 꿇고 벌을 받는 장소였다.

그곳은 내 기억에 얼마나 깊이 새겨져 있었던가! 난로 뚜껑도 생각나고, 그 아궁이 쇠문의 통풍구와 함께 뚜껑을 돌릴 때 나는 달가닥 소리도 생생하게 기억에 남아 있다. 오랜 시간을 이 구석에 앉아 벌을 받다 보면 무릎과 등이 아팠는데 그때마다 나는 이런 생각을 하곤 했다.

'카를 이바느이치는 나를 잊어버린 거야. 그는 지금쯤 푹신한 안락의자에 편안히 앉아서, 그 정수학 책을 읽고 있겠지. 그가 내 생각을 조금이라도 해 주었으면!'

나는 그에게 내가 구석에 있다는 것을 알리기 위해 난로 뚜껑을 열었다 닫았다 해 보다가 나중에는 벽의 백회를 긁어 파기 시작했다. 그러다가 갑자기 큰 회벽 덩어리가 마루에 떨어지면서 큰 소리가 날 때는, 정말 그럴 때의 공포감은 어떤 호된 벌을 받는 것보다도 더 무서웠다. 얼떨결에 카를 이바느이치 쪽을 쳐다보면 그는 책을 펴 들고 있었지만 아무 소리도 듣지 못한 듯 조용히 앉아 있을 따름이다.

방의 중앙에는 헐어 빠진 검은 모조 가죽을 덮은 탁자 하나가 놓여 있었는데, 그 모조 가죽 옆으로는 이리저리 칼자국이 난 가장자리가 드러나 보였다. 탁자 둘레에는 칠을 하지 않았음에도 불구하고 오랫동안 써 온 탓에 반들반들 윤이 나는 의자가 몇 개 놓여 있었다. 마지막 벽에는 창문이 세 개 있을 뿐이었다. 들창으로 보이는 풍경은 이러했다. 창문 아래로는 곧장 길이 보였고, 그 길에 있는 움푹 파인 웅덩이나 돌멩이나 마차 바퀴 자국에 이르기까지 오래 전부터 낯익고 정든 것들이었다. 길 건너로는 손질이 잘된 보리수나무의 가로수가 늘어서 있고, 그 길 어디에서부터인가 이어진 등나무 울타리가 보인다. 가로수 너머로 목초지가 있고, 그 한쪽으로 탈곡장이 보였으며 반대쪽에는 나무숲이 있었다. 숲 저편 멀리에는 오두막이 보인다. 창문 오른쪽으로 테라스의 일부가 보였는데, 거기에는 언제나 어른들이 둘러앉아서 저녁때까지 잡담을 나누는 것이 보통이었다.

카를 이바느이치가 받아쓰기 답안지를 고쳐 주고 있는 동안에 그쪽을 바라보고 있노라면 어머니의 검은 머리와 누군가의 등이 보이기 일쑤였고, 얘기 소리나 웃음소리가 그쪽에서 희미하게 들려왔다. 그럴 때면 그곳에 가지 못한 것에 기분이 상하면서 이러한 생각이 들었다.

'도대체 언제쯤이면 어른이 되어서 공부를 그만두게 될까! 도대체 언제쯤이면 이런 회화 공부와 씨름하는 고생에서 벗어나 마음 맞는 사람들과 얘기하며 지내게 될까!'

지겹고 속이 상한 기분은 어느덧 다른 큰 슬픔으로 바뀌어 왜 그런지 까닭도 없이 깊은 생각에 잠기게 되고, 그 때문에 카를 이바느이치가 받아쓰기의 실수를 나무라고 있는 것도 듣지 못할 정도가 된다.

카를 이바느이치는 실내복을 벗고 어깨에 주름이 달린 푸른 연미복으로 갈아입고, 거울 앞에서 넥타이를 고쳐 맨 후 어머니에게 아침 인사를 시키기 위해 우리를 아래층으로 데리고 내려갔다.

어머니

어머니는 응접실에서 여러 개의 찻잔에 차를 따르고 있었다. 한 손에 사모바르(러시아 전래의 특유한 주전자 : 역주)를 들고, 한 손으로는 뚜껑을 누르고 있었지만 더운물은 주전자에서 넘쳐 쟁반으로 흐르고 있었다. 그러나 어머니는 그것을 눈치 채지 못했을 뿐만 아니라 우리가 들어온 것조차 알아차리지 못했다.

사랑하는 사람의 모습을 그리고 있을 때에는 흘러간 추억이 잇따라 떠오르기 때문에 사랑하는 그 모습은 겹겹이 싸인 추억 틈새로, 눈물을 머금고 보는 것처럼 희미하게밖에 떠오르지 않는 법이다. 이것은 상상의 눈물이다.

당시 어머니의 모습이 어떠했는가를 그려내려고 할 때마다 언제나 나에게는 한결같은 선량함과 인자한 표정이 넘치는 갈색의 눈, 짧은 곱슬머리, 목덜미 조금 아래쪽에 있는 작은 점, 수를 놓은 새하얀 옷깃, 언제나 내 머리를 쓰다듬어 주고 늘 내가 입맞춤을 하던 부드럽고 여윈 손, 이런 것들이 가슴과 머리에 떠오를 뿐 전체의 표정은 좀체 떠올릴 수가 없다.

소파 왼쪽으로는 꽤 오래된 영국제 피아노가 놓여 있었다. 그 피아노 앞에 까만 피부의 류보치카 누나가 긴장한 모습으로 앉아서 방금 찬물에 씻고 온 장밋빛 손가락으로 클레멘티(1752~1832. 이탈리아 작곡가 : 역주)의 연습곡을 연주하고 있었다. 누나는 열한 살이었다. 짤막한 디너복에 레이스 단을 두른 흰 바지 차림의 누나는 아르페지오밖에는 옥타브를 잡지 못했다. 그 옆에 장밋빛 리본이 달린 실내모를 쓰고 하늘색 상의를 입은 마리야 이바노브나가 비스듬히 걸터앉아 있었다. 골이 난 듯 카를 이바느이치가 들어오자 그녀는 벌겋게 달은 얼굴에다 한층 더 근엄한 표정을 지어 보였다. 그녀는 위협하는 듯한 태도로 카를 이바느이치를 노려보며, 상대방 인사에는 답례도 없이 발로 박자를 맞추면서 조금 전보다도 더 고압적인 목소리로 하나, 둘, 셋, 하나, 둘, 셋, 계속해서 음절을 셌다.

카를 이바느이치는 그런 것에는 아무런 관심이 없다는 듯, 평소처럼 독일식 인사를 하며 성큼성큼 어머니 앞으로 갔다. 그제야 비로소 정신이 들었는지 어머니는 언짢은 생각을 떨쳐 버리기라도 하듯 고개를 저으면서 카를 이바느이치에게 손을 내밀었고, 그가 어머니의 손에 입맞춤을 하고 나면 어머니는 주름투성이인 그의 이마에 가볍게 입술을 갖다 댔다.

"고마워요, 친애하는 카를 이바느이치 선생!"

어머니는 이런 말로 인사를 하고는 독일어로 계속해서 물었다.

"간밤에 아이들이 잠을 잘 자던가요?"

그러나 카를 이바느이치는 한쪽 귀가 들리지 않은데다가 피아노 소리까지 요란해서 아무 말도 알아듣지 못했다. 그는 소파 가까이로 허리를 굽히더니 한 발로 서서 탁자를 한 손으로 짚고는, 그 무렵 내 눈에는 우아함의 극치로 보였던 그 독특한 미소를 머금고 모자를 들어 보이면서 이렇게 말했다.

"저…… 마님, 이것을 허락해 주시겠습니까?"

대머리인 카를 이바느이치는 언제나 감기가 들지 않도록 조심했기 때문에 어떠한 경우에도 빨간 모자를 벗는 일이 없었는데, 응접실에 들어올 때마다 매번 이렇게 양해를 구했다.

"예 좋아요, 쓰고 계세요. 카를 이바느이치 선생, 내가 물은 건 아이들이 어젯밤 잠을 잘 잤느냐 하는 거예요."

어머니가 그를 향해 매우 큰 목소리로 다시 물었다. 그러나 이번에도 그는 알아듣지 못하고 빨간 모자로 대머리를 가리고는 아까보다도 더 다정하게 미소를 지어 보였다.

"미미(마리야 이바노브나를 말함), 잠깐 멈춰 줘요."

어머니는 미소를 띠며 마리야 이바노브나에게 말했다.

"말소리를 들을 수가 없군요."

어머니의 용모는 평소에도 아름다웠지만, 미소를 띨 때에는 비할 데가 없을 만큼 화사해져서, 마치 주위의 모든 것이 환해지는 듯 했다. 만일 내가 삶에 지치고 고달픈 순간에 잠시라도 그 미소를 볼 수 있었다면 나는 아마도 슬픔이 무엇인지를 전혀 모르고 지냈을 것이다. 용모와 자태의 아름다움이라는 것도 미소 속에 들어 있다고 생각한다. 만일 미소가 얼굴을 더욱 빛나게 하면 용모가 그만큼 더 아름답다는 뜻이고, 만일 미소가 아무런 변화도 가져오지 못하는 경우라면 그 얼굴은 평범한 얼굴이고, 만일 미소로 더욱 흉해지는 경우라면 그것은 바로 추한 얼굴이다.

"잘 잤니?"

내게 인사를 건네며 어머니가 내 머리를 두 손으로 감싸 안고 뒤로 젖히면서, 한참 동안 내 얼굴을 들여다보고는 이렇게 말했다.

"너 오늘 울었구나?"

나는 대답하지 않았다. 그러자 어머니는 내 눈에 입을 맞추고 독일어로 물었다.

"무슨 언짢은 일이라도 있었니?"

어머니는 우리와 다정한 이야기를 나눌 때에는 항상 독일어로 말씀하셨는데, 그녀는 독일어를 완벽하게 구사했다.

"엄마, 나 아주 무서운 꿈을 꿔서 울었어."

꾸며낸 꿈 이야기가 사실처럼 생생해서 그 생각만으로 나는 나도 모르게 몸을 떨었다.

카를 이바느이치도 내 말을 확인해 주었다. 그러나 꿈의 내용에 대해서는 말하지 않았다. 그리고는 날씨 이야기를 한동안 나눈 다음 — 이때에는 미미도 얘기에 끼어들었다 — 어머니는 고참 하인들의 몫으로 각설탕 여섯 개를 쟁반에 담아 가지고는 자리에서 일어나 창가에 놓인 자수틀 쪽으로 걸어갔다.

"자, 얘들아, 이제 아버지한테 인사가야지. 아버지한테 가면 탈곡장에 가시기 전에 나한테 꼭 들렀다 가시라고 말씀드려라."

다시 음악과 음악의 박자 세는 소리, 책읽기와 위협하는 듯한 매서운 눈빛이 오가는 걸 보며 우리는 아버지에게 갔다. 할아버지 때부터 '하인의 방'이라는 이름이 붙은 곳을 지나 서재로 들어갔다.

아버지

　　아버지는 서재 탁자 옆에 서서 몇 통의 편지 봉투와 서류, 돈뭉치를 가리키며 무척 화가 난 목소리로 집사인 야코프 미하일로비치를 질책하고 계셨다. 야코프 미하일로비치는 아무 말도 하지 못하고 서 있었다. 평소와 다름없이 출입문과 청우계 사이의 자리에서 뒷짐을 진 채 손가락만 옴죽거리고 있을 뿐이었다.

　　아버지가 버럭 화를 낼 때면 그 손가락의 움직임도 빨라지고, 반대로 아버지가 입을 다물고 있으면 손가락도 움직이지 않았다. 그러다가 야코프 자신이 무엇인가 말을 시작하면, 이번에는 손가락이 온갖 방향으로 어지럽게 움직였다. 그래서 손가락의 운동만으로 야코프의 심정을 알 수가 있었다. 그러나 그의 얼굴은 늘 변함없었는데 이는 확고한 자신의 가치를 인정하는 표정인 동시에 복종의 뜻을 동시에 나타내고 있었다. 즉, '제 잘못은 없었습니다만 뜻대로 따르겠습니다' 하는 표정이었다.

우리를 보자 아버지는,

"잠깐만 기다려라, 곧 끝나니까."

그러고는 턱으로 우리를 향해 출입문을 닫으라는 시늉을 했다.

"아니, 오늘 자네 왜 이 모양인가, 응? 야코프!"

아버지는 한쪽 어깨를 으쓱 쳐들며 — 이것은 아버지의 버릇이었다 — 야코프를 향해 다시 나무라기 시작했다.

"이 800루블이 든 봉투는 말이야……."

야코프는 주판을 가져다가 800을 놓고는, 다음 말을 기다리면서 어딘지도 모르는 한곳에 시선을 고정하고 있었다.

"내가 집을 비운 동안 집안 살림에 쓸 비용일세. 알아듣겠나? 자네는 제분소에서 1000루블을 수금해야 하고……. 그렇지, 그렇지 않은가? 그리고 또 국고에서 담보 대금으로 8000루블 반환될 예정이지. 이 외에도 건초 판매 건이 있는데, 자네 계산으로는 7000푸드(러시아에서 쓰는 무게의 단위로, 1푸드는 약 16.38킬로그램 : 역주) 정도 팔 수 있다고 하니 1푸드에 45코페이카를 받는다고 어림잡더라도 3000루블은 들어오겠고, 자 그러면 입금 총액은 얼마가 되지?…… 2만 2000루블…… 그렇지? 틀린가?"

"말씀대로입니다."

야코프가 대답했다.

그러나 어지러운 그의 손가락 동작으로 보아, 그의 마음속에는 반박하려는 의도가 있음을 알 수 있었다. 하지만 아버지는 그의 말을 가로막았다.

"그러니까 말이네, 그러니까 이 돈 가운데 만 루블만 페트로프스코예의 소베트로 송금해 주게. 그리고 현재 사무실에 있는 돈은, 그건 말일세……."

야코프는 주판의 1만 2000루블을 털어 버리고 새로 2만 1000루블을 놓았다.

"그것은 나한테 가져오고, 오늘 날짜로 지출란에 기입해 두게."

야코프는 주판의 숫자를 털어 버리고 엎어 놓았다. 아마도 2만 1000루블의 금액이 모두 없어져 버린다는 것을 이 동작으로 나타내 보여주고 싶은 듯했다.

"그 다음 돈이 들어 있는 이 봉투는 말일세, 이것은 봉투에 적힌 수취인 앞으로 전해 주게."

탁자 가까이 서 있던 나는 수취인의 이름을 힐끔 보았다. 거기에는 '카를 이바노비치 마우에르 귀하'라고 쓰여 있었다.

내가 알 필요도 없는 글자를 읽었다는 것을 안 아버지는 내 어깨에 손을 얹으며 탁자 부근에서 떨어지라는 신호를 보냈다. 나는 그것이 귀엽다는 표현인지, 꾸짖는 의미인지를 알 수가 없었다. 그러나 어쨌든 만일의 경우에 대비하여 내 어깨에 놓인 주름투성이의 커다란 손에 입을 맞추었다.

"예, 알겠습니다. 그리고, 저 하바로프카에서 오는 돈, 그 돈은 어떻게 하는 것이 좋겠습니까?"

야코프가 물었다.

하바로프카는 어머니의 영지에 속한 마을이었다.

"그것은 사무실에 보관하고, 내 명령 없이는 절대로 쓰지 말게!"

야코프는 한동안 말이 없었다. 이윽고 그의 손가락이 별안간 요란하게 움직이기 시작했다. 그는 여태까지 주인의 명령을 듣는 동안에 보인 순종적이고 우둔한 표정을 바꿔, 그의 천성인 약간은 교활하고 영악한 표정을 짓더니 주판을 끌어당기면서 입을 열었다.

"주인어른, 외람되지만 제가 솔직하게 말씀드리겠습니다. 어떻게 처리하시든지 그것은 주인어른의 일이지만, 소베트에 기한 안에 지불하는 것은 불가능합니다. 주인어른의 말씀에 의하면……."

그는 또박또박 말을 끊어 가면서 계속했다.

"담보 반환금을 되돌려 받고, 제분소에서 돈이 들어오고, 건초 판매 대금 — 이런 항목을 조목조목 들면서 그는 금액을 주판에 놓았다 — 해서 그만한 돈이 입금될 거라고 하시지만, 제가 걱정하는 것은 혹시 우리가 계산에서 실수를 하지 않았는가 하는 것입니다."

그는 잠깐 말을 멈추고 의미 있는 눈빛으로 아버지를 바라보았다.

"어째서 그렇다는 건가?"

"그것은 말씀입니다, 우선 제분소의 경우만 해도 그렇습니다. 제분소 늙은이가 벌써 두 차례나 저한테 와서 연기해 달라고 조르고 있습니다. 당장 수중에 돈이 없어서 그런다고 말입니다. 지금 여기와 있는데 어떻게 하시겠습니까, 주인어른께서 직접 만나 얘기해 보시겠습니까?"

"대체 무슨 말을 하고 있는 건가, 자네는?"

아버지는 제분소 늙은이와 이야기를 나누기 싫다는 표정으로 고개를 저으며 물었다.

"무슨 말이라니요? 이런 일은 새삼스레 말씀드릴 것도 없습니다! 뭐, 방아 찧을 일거리가 없었던 데다, 얼마간 돈이 있기는 있었으나 둑 쌓는 일에 모두 들어가 버렸다느니 대개 그런 변명이니까요. 그러나 주인어른, 그 사람을 내보내고 다른 사람이 온다 해도 마찬가지일 겁니다. 또 담보 대금의 반환이라는 것도 그렇습니다. 이미 여러 차례 말씀을 드렸습니다만, 이 댁의 재산은 모두 거기에다 근거를 두고 있는 실정이기 때문에 얼른 그것을 받아 오기도 난처합니다. 얼마 전에 시내에 사는 이반 아파나시치한테 밀가루를 한 차 보냈을 때, 이 일에 관한 서면을 함께 보냈었는데 말입니다, 그 회답은 언제나 매한가지였습니다. 표트르 알렉산드로비치를 위해서 도와 드리고 싶은 생각은 많으나 자기 독단으로는 어떻게 할 수가 없다, 그래서 여러 가지 형편으로 봤을 때 2개월 후에나 수령증을 받을 수 있을 거라고 하더군요. 다만 건초의 판매 대금만은 말씀대로 3000루블에 팔릴 것으로 해 두겠습니다. 그렇지만……"

그는 주판에 3000이라 놓고는 한참이나 말없이 주판과 아버지의 표정을 번갈아 보았다. 그는 다음과 같이 말하고 싶은 모양이었다.

'이 금액이 얼마나 적은 것인지는 주인어른도 잘 알고 계시지 않습니까? 지금 당장 건초를 팔아 버리면 결국 또 손해를 보게 되니

다. 이것은 주인어른 자신이 더 잘 알고 계실 것입니다.'

그에게는 이 밖에도 자신의 생각이 옳다는 것을 뒷받침할 논거들을 아주 많이 가지고 있는 것 같았다. 아마 그 때문이었을 것이다. 아버지가 그의 말을 가로막았다.

"나는 내 지시 사항을 중도에서 변경하고 싶지 않은데……. 그러나 그 돈의 수금이 그렇게 늦어진다면 도리 없는 일이니까, 하바로프카에서 들어오는 수입에서 필요한 만큼 떼어 놓기로 하세."

"예, 알겠습니다."

야코프의 표정과 손가락의 동작으로 이 마지막 명령이 그에게는 퍽 만족스러웠음을 알 수 있었다.

야코프는 농노 출신이지만 매우 부지런하고 성실한 사나이였다. 착한 집사의 통례 그대로 그도 역시 주인을 위해서는 다른 사람에게 몹시 인색하고, 주인의 이해관계에 관해서도 매우 색다른 견해를 가지고 있었다. 그는 항상 마님의 재산을 이용해 주인의 재산을 늘리는 것에 몰두해 있었다. 때문에 페트로프스크예 — 우리가 살고 있던 영지 — 의 경영비에 어머니 쪽 영지에서 나오는 수입을 몽땅 써 버리는 것은 어쩔 수 없는 일이라며, 여러 가지로 입증하기에 바빴다. 그리고 지금 이 순간, 그는 용하게도 그렇게 이끌어 냈다는 생각에 매우 자랑스러워하고 있었다.

아침 인사가 끝나자 아버지는 우리를 향해 시골에서 빈둥빈둥 놀아서는 안 된다, 이제는 어린애가 아니니 제대로 공부해야 한다고 말씀하셨다.

"너희도 알고 있겠지만 나는 오늘 밤 모스크바로 간다. 너희들도 함께 가는 거야. 너희는 이제부터 할머니 집에서 살게 될 것이고, 엄마는 누나들과 함께 여기 남아 계실 거야. 그러니까 앞으로 너희가 열심히 공부해서 모두 기뻐하고 있다는 소식을 듣는 것이 엄마한테는 유일한 위로가 되는 거란다. 무슨 말인지 알겠니?"

사나흘 전부터 눈에 띄던 여러 가지 준비로 봐서, 우리는 벌써 뭔가 변화가 일어나고 있음을 짐작하고는 있었으나 그래도 이 소식은 우리에게 아주 엄청난 충격이었다. 볼로쟈는 얼굴이 붉게 상기되어 떨리는 목소리로 어머니에게 소식을 전했다.

'꿈이 나에게 예언한 거였구나! 제발 더 이상 나쁜 일이 생기지 않아야 할 텐데.'

나는 속으로 생각했다.

나는 어머니가 가엾어서 어쩔 줄 몰랐다. 그러나 한편으로 우리가 그만큼 자란 것이라고 생각하면 대견스러운 기분이 들기도 했다.

'오늘 밤 떠난다면 오늘 수업은 없을 게 뻔해. 아이, 좋아라! 그렇지만 카를 이바느이치가 가여워. 결국 그분은 그만두게 되겠지. 그렇지 않다면 그분을 위해 그런 돈 봉투까지 준비할 까닭이 뭐 있겠어. 차라리 언제까지나 여기서 공부하면서 아무데도 가지 않는 게 더 좋지 않을까? 엄마와 헤어지지도 않고, 카를 이바느이치도 착잡한 심정이 들지 않을 테고 말이야. 그렇지 않아도 그분은 아주 가엾은 신세인데!'

이런 생각이 내 머릿속에서 떠날 줄을 몰랐다. 나는 꼼짝하지 않고 서서 단화의 리본만을 바라보고 있었다.

아버지는 카를 이바느이치와 함께 청우계가 내려간 것에 대해 몇 마디 이야기를 나누었다. 그리고는 저녁 식사 후에, 사냥개를 시험해 보기 위해서 사냥을 할 테니 먹이를 주지 말라고 야코프에게 지시한 다음, 우리의 기대와는 반대로 우리를 공부방으로 쫓아 보내셨다. 하긴 사냥에 데리고 간다는 약속이 크게 위로가 된 것은 사실이지만…….

2층으로 가는 길에, 나는 재빨리 테라스로 달려 나가 보았다. 문지방 근처에서, 보르조이 종의 밀카가 실눈을 뜨고 양지바른 곳에 웅크리고 있었다. 밀카는 아버지의 애견이다.

"밀카!"

나는 개를 쓰다듬고 콧등에 입을 맞추면서 말했다.

"우리는 오늘 떠나. 잘 있어! 어쩌면 다시 못 볼지도 모른단다."

나는 슬픔을 참지 못하고 그만 울음이 터져 나왔다.

수 업

 카를 이바느이치는 몹시 언짢아 보였다. 치켜 올라간 눈썹이며, 프록코트를 옷장에 아무렇게나 집어던져 넣는다든가, 화난 듯이 허리띠를 졸라맨다든가, 혹은 우리가 암기해야 할 부분을 알려 주기 위해 회화책에 손톱자국을 낸다든가 하는 동작으로 나는 그의 심정을 알 수 있었다.

 볼로쟈는 평소와 다름없이 수업에 열중했지만 나는 기분이 산란해서 아무것도 할 수 없었다. 오랫동안 무의미하게 회화책과 씨름을 했으나, 다가올 이별을 생각하면 금세 눈물이 흘러내려 글자를 읽을 수 없었던 것이다. 이윽고 카를 이바느이치 앞에서 암기한 대목을 복송復誦할 차례가 되었다. 카를 이바느이치는 눈을 찌푸리며 내 암송을 듣고 있었다. 이것은 좋지 않은 징조였다. 특히 그가 '보 콤멘 지 헤어?(당신은 어디서 오셨습니까?)'라 물으면 상대인 내가 '이히 콤메 폼 카페 하우제(나는 카페에서 오는 길입니다)'라고 대답해야 하는데, 나는 더 이상 눈물을 참지 못하고 울음을 터뜨리며 말을 잇지 못하다 '하벤 지 디 차이퉁 니히트 게레젠?(당신은 신문을 읽지 않았습니까?)'라고 말해 버린 것이다. 받아쓰기 차례가 되어서는 답안지 위에 눈물을 떨어뜨린 바람에 마치 포장지에다 물로 글자를 쓰기라도 한 듯이 온통 눈물자국을 내고 말았다.

화가 난 카를 이바느이치는 나를 한쪽 구석에 꿇어앉히고는 이런 것을 가리켜 생떼라고 했다. 또 인형극 — 이것은 그가 늘 쓰는 말이었다 — 이라고 되풀이하고는 자를 휘둘러 위협하면서 내게 사죄하라고 다그쳤다. 그러나 눈물 때문에 나는 아무 말도 하지 못했다. 그러는 동안에 그는 자기가 잘못했다고 느꼈는지 니콜라이 방으로 들어가며 문을 쾅 하고 닫아 버렸다.

할아범의 방에서 주고받는 말소리가 공부방까지 아주 잘 들려왔다.

"니콜라이, 꼬마 도령들이 모스크바로 간다는데 들었는가?"

방으로 들어가면서 카를 이바느이치가 물었다.

"말은 나도 들었어요."

니콜라이가 자리에서 일어나는 모양이었다. 카를 이바느이치는,

"그냥 앉아 있게!"

그렇게 말하면서 문을 닫았다. 나는 꿇어앉았던 구석에서 나와 문 곁으로 가서는 그들의 대화를 엿들었다.

"아무리 잘하고, 진정으로 애정을 쏟았다 해도, 대가를 원해서는 안 되는 모양인가 보네, 니콜라이."

카를 이바느이치가 착잡한 심정으로 말했다.

니콜라이는 머리를 끄덕였다. 그는 창가에 앉아서 구두 수선을 하는 중이었다.

"나는 이 댁에서 12년이나 지내 왔기 때문에 단언해서 말할 수가 있는데⋯⋯."

담배쌈지를 번갈아 천장 쪽으로 쳐들면서 카를 이바느이치가 계속 말했다.

"나는 저 아이들을 사랑하고 친자식 이상으로 돌봐 왔네. 이보게, 니콜라이, 자네도 기억하겠지? 볼로쟈가 말라리아에 걸렸을 때, 생각나나? 나는 꼬박 9일 동안 한숨도 자지 못하고 그 아이의 베개맡에 지켜 앉아 있었잖아. 그렇지! 나도 그 무렵에는 친절하고 인정 많은 카를 이바느이치였고 매우 필요한 존재였지. 그런데 지금은 ⋯⋯."

그는 쓴웃음을 머금으면서 말을 이었다.

"그런데 이제 아이들이 다 컸으니 좀 더 열심히 공부해야 된다는군. 흥, 마치 여기서는 아이들이 배운 게 아무것도 없다는 듯이 말이야."

"무얼 더 가르치신다는 건지, 더 몰아세워 공부시킬 필요는 없어 보이는데요."

니콜라이는 바늘을 놓고 양손으로 실을 당겨 조이면서 대답했다.

"사실 말이지, 나는 이제 더 이상 필요 없는 사람이 되었네. 그러니까 내쫓겨도 도리가 없지. 하지만 여러 가지 약속되어 있는 것은 어쩌겠다는 건지. 그리고 어디에 감사하다는 표시가 있는 걸까? 이 댁의 마님, 나는 그분을 존경하고 또 경애하고 있지만 니콜라이……."

그는 한 손을 가슴에 대면서 계속 말했다.

"그분마저도 어떻게 할 수 없는 거야. 이 댁에서의 그분의 의사 따위는 결국 이런 것이나 마찬가지지!"

이렇게 말하면서 그는 의미 있는 제스처를 해 보이며 마룻바닥에 가죽 조각을 집어던졌다.

"대체 이건 누가 꾸민 수작이지? 내가 왜 쓸모없는 사람이 되었는지 나는 그 내막을 잘 알고 있지. 다름이 아니라, 그건 내가 그 너절한 친구들처럼 아양을 떨지 않았기 때문이야. 그저 지당한 말씀입니다, 이런 식으로 하지 않았기 때문이라고. 나는 언제 누구 앞에 나가서든 늘 진실을 말하는 편이었어."

그는 자랑스럽게 말했다.

"신의 뜻대로 되겠지! 나를 내보낸다고 해서 그 사람들이 부자가 될 것도 아니고, 나도 하느님의 은총으로 그날그날의 양식을 얻게 될 테니까……. 그렇지 않은가, 니콜라이?"

니콜라이는 얼굴을 들어 카를 이바느이치를 보았다. 정말 밥벌이를 할 수 있을지 어떨지를 판단해 보기라도 하려는 것 같았다. 그러나 별다른 말은 하지 않았다.

카를 이바느이치는 이런 식으로 오랫동안 많은 말을 늘어놓았다. 전에 일하던 장군 집이 훨씬 자기 가치를 알아주었다는 이야기

— 이 말은 아주 듣기가 거북했다 — 고향인 작센 이야기, 자기 부모 이야기, 그리고 친구인 양복 재단사 쉰하이트 이야기, 그 밖의 이것저것을 말했다.

나는 그의 불행에 동정하면서, 내가 똑같이 사랑하는 아버지와 카를 이바느이치가 서로 이해하지 못하는 것이 서글펐다. 나는 그만 맥없이 구석 자리로 돌아왔다. 무릎을 꿇고 앉아 어떻게 하면 두 사람의 마음을 통하게 할 수 있을까 하고 여러 가지 생각을 했다.

카를 이바느이치는 공부방으로 돌아왔다. 그는 내게 구석에서 나와 받아쓰기 공책을 준비하라고 했다. 준비가 끝나자 그는 엄숙하게 안락의자에 앉더니 마음속 깊은 곳에서 나오는 목소리로 문제를 부르기 시작했다.

"폰 알렌 라이덴샤프텐 디 그라우잠스테 이스트(온갖 죄악 중에서 가장 나쁜 것은)……. 썼나요?"

그는 여기서 잠시 중단하고, 천천히 코담배의 냄새를 맡고 나서 다시 힘을 주어 다음 구절을 계속했다.

"디 그라우잠스테 이스트 디 운단크바르카이트(가장 나쁜 것은 은혜를 배반하는 것이다). 배은은 대문자로 써요."

다 받아쓴 나는 다음 구절을 기다리면서 그를 바라보았다.

"푼크툼(마침표)!"

그가 보일 듯 말 듯한 가벼운 미소를 지으면서 이렇게 부르고는, 내게 공책을 가져오라는 시늉을 했다.

그는 여러 가지로 억양을 붙여 아주 만족스러운 표정으로, 그의 심정을 대변해 주는 이 격언을 몇 번이나 낭독했다. 그런 다음 우리에게 역사 숙제를 내주고는 창가에 앉았다. 그의 표정은 완전히 회복되어, 마치 자기가 받은 모욕에 대해 충분하게 복수하고 난 사람처럼 만족스러워 보였다.

벌써 1시 15분 전이었다. 그러나 카를 이바느이치는 수업을 끝낼 생각을 않고 있었다. 그는 계속해서 문제를 내고 또 냈다. 지루함과 배고픔이 동시에 커져 갔다. 나는 도저히 참을 수가 없어서, 점심때가 다된 것을 알리는 여러 가지 표시를 해 보였다.

마당에서는 수세미를 든 하녀가 접시를 닦으러 가고 있었다. 식당에서는 그릇을 올려놓는 소리와 탁자와 의자를 정돈하는 소리가 들려왔다. 이윽고 미미가 류보치카와 카텐카를 데리고 — 카텐카는 미미의 열두 살짜리 딸이다 — 정원 쪽에서 걸어오고 있었다. 그런데 정작 와야 할 포카가 아직 나타나지 않았다. 언제나 식사 준비의 완료를 알리러 오는 식당 책임자 포카가 나타나지 않는 것이다. 이 사람이 와야만 비로소 우리는 책을 놓고 카를 이바느이치 쪽은 돌아보지도 않은 채 아래층으로 달려갈 수가 있었다.

바로 그때 계단에서 발자국 소리가 났다. 그러나 포카는 아니다. 나는 그의 발자국 소리를 완전히 익혔기 때문에 언제든지 그의 장화 소리를 구별할 수 있었다. 문이 열렸고, 거기엔 처음 보는 낯선 사람이 서 있었다.

신들린 순례자

방으로 들어온 사람은 붉은 턱수염이 듬성듬성 난 쉰 살쯤 되어 보이는 사나이였다. 어딘지 좀 핼쑥하고 기다란 곰보 얼굴에, 반백의 머리카락을 기다랗게 늘어뜨린 그 남자는 키가 무척이나 커서, 문을 들어설 때 고개를 숙이는 것만으로도 안 되어 몸 전체를 구부려야 했다. 가운 같기도 하고 신부의 제의 같기도 한 이상한 코트를 걸친 그 남자는 큼직한 지팡이를 짚고 있었다. 방 안으로 들어서자, 그는 지팡이로 마루를 세차게 두드리더니 눈을 비비며 엄청나게 크게 입을 벌린 채, 아주 흉하고 부자연스러운 모습으로 껄껄 웃어 댔다. 그는 애꾸눈이었다. 더구나 그 보이지 않는 눈의 흰자위가 연신 회전하여, 그의 흉한 얼굴을 한층 더 혐오스러운 인상으로 만들어 주었다.

"어허허…… 걸렸구나!"

사나이는 볼로쟈한테 달려들면서 소리를 질렀다.

그는 볼로쟈의 머리를 붙잡고 뒤통수를 자세히 살펴보았다. 그러나 이내 심각한 표정으로 볼로쟈의 곁을 떠나 탁자 가까이로 오더니, 탁자를 덮은 모조 가죽의 아래를 입으로 훅 불고는 성호를 그었다.

"오, 가엾기도 해라! 오, 마음이 아프구나! 이 귀여운 아이들이…… 떠나다니."

그는 애절하게 볼로쟈를 바라보면서 거의 목이 멘 떨리는 목소리로 이렇게 말하고는, 뚝뚝 떨어지는 눈물을 옷소매로 닦는 것이었다.

그의 목소리는 거칠고 쉬었으며, 동작은 허둥지둥 부자연스러웠고, 말하는 것은 대중없는 무의미한 것이었지만 ─ 절대로 그는 대명사를 쓰지 않았다! ─ 그 억양은 분명했다. 더욱이 그 누런 못생긴 얼굴이 이따금 아주 솔직한, 슬픈 빛을 띠는 것이어서 그의 넋두리를 듣고 있노라면 어쩔 수 없이 동정심과 공포와 슬픔이 뒤섞인 이상한 감정이 드는 것을 억누를 수가 없었다.

그는 그리샤라고 하는, 신들린 순례자였다.

'도대체 그는 어디서 왔을까? 부모는 누구일까? 그리고 무슨 동기로 그런 방랑 생활을 시작했을까?' 그러나 아무도 이에 대해 알지 못했다.

나는 다만, 그가 열다섯 살 때부터 신들린 방랑자로 알려졌다는 것을 들었을 따름이다. 그는 여름에나 겨울에나 맨발로 다니면서 각지에 있는 수도원을 찾아다니기도 하고, 마음에 드는 사람에게 성상聖像을 주기도 하며, 수수께끼 같은 이상한 말을 하는데, 그 수수께끼와 같은 말을 어떤 사람들은 예언으로 받아들인다는 것과 오늘과 다른 차림을 한 그를 본 사람이 아직 하나도 없다는 것, 그가 가끔 할머니에게 다녀오곤 한다는 정도다. 어떤 사람들은 그를 가리켜 부잣집에서 태어난 불행한 아들로서 선량한 영혼을 가진 사람이라고 했고, 또 다른 사람들은 그가 평범한 농사꾼일 뿐이며, 게으름뱅이라고도 했다. 내가 아는 것은 그것뿐이었다.

마침내 기다리던 포카의 단정한 모습이 나타났으므로, 우리는 곧 아래층으로 내려갔다. 그때까지도 흐느끼면서 온갖 이상한 말들을 늘어놓던 신들린 그리샤도 지팡이로 계단을 콩콩 울리면서 우리를 뒤따라왔다. 아버지와 어머니는 서로 손을 잡은 채 응접실 여기저기를 거닐며 낮은 목소리로 무언가를 얘기하고 있었다.

마리야 이바노브나는 소파와 직각으로 균형을 이룬 안락의자에 단정히 앉아서, 엄하고도 조심스러운 목소리로 곁에 있는 누나들에게 교훈을 말해 주고 있었다. 카를 이바느이치가 들어오자 그녀는 힐끔 그쪽을 보았다. 그러나 단지 그것뿐으로 이내 외면하고 말았다. 마치 그 표정은 '선생 따위는 안중에도 없습니다. 카를 이바느이치 씨!' 라고 하는 것 같았다. 누나들의 눈빛으로 보아, 그들은 무엇인가 아주 중대한 사건을 어서 빨리 우리에게 알리고 싶어 안달인 것처럼 보였다. 하지만 자리를 떠서 우리한테로 오는 것은 미미가 정한 규율을 어기는 것이 된다. 우리가 먼저 미미한테로 가서,

"봉주르 미미!"

라고 말하면서 오른발을 뒤로 하고 인사를 한 다음에야 비로소 이야기를 나누는 것이 허용되었다.

이 미미라는 부인은 정말 고약한 사람이었다. 그녀 앞에서는 아무 말도 할 수가 없었다. 그녀의 눈에는 모든 것이 난잡하고 철없어 보였다. 더구나 그녀는 언제나,

"이봐요, 파를레 앙 프랑세(프랑스어로 말해요)."

라고 강요했는데, 그때가 공교롭게도 우리가 러시아 어로 마구 떠들며 마음대로 얘기하고 싶은 때이기도 했다. 그런가 하면 식사 시간에 어떤 맛있는 요리를 막 먹기 시작할 때, 제발 아무도 방해하지 말아 주었으면 할 때면 으레 미미가 "망줴 아베크 뒤 펭(빵과 함께 먹어요)"라거나 "코망 스크 부 도네 보트르 푸르쉐트?(당신은 왜 포크를 그런 식으로 잡지요?)"라고 잔소리를 하는 것이다.

그럴 때면 '우리 일에 웬 참견이야! 자기가 맡은 여자아이들이나 잘 가르치지. 우리에게는 카를 이바느이치가 있는데 말이야.' 하는 생각이 들었다. 아울러 그런 사람들에 대한 카를 이바느이치의 반감에 전적으로 동감했다.

"저, 잠깐! 우리도 함께 사냥에 데리고 가도록 엄마한테 말해 줘."

어른들이 앞서서 식당으로 들어가자 카텐카가 내 옷자락을 잡아당겨 나를 세우고는 귓속말로 말했다.

"좋아, 말해 줄게."

그리샤도 식당으로 초대되었지만 그의 식탁은 따로 마련되었다.

그는 음식 접시에 고개를 숙인 채 가끔 한숨을 쉬거나 이마를 몹시 찌푸리고는 혼잣말을 하듯이 중얼거렸다.

"아깝다…… 날아가 버렸어…… 비둘기가, 비둘기가 하늘로 날아가고 있어……. 아, 무덤 위에 돌이 얹혀 있다!"

이런 따위의 말이었다. 어머니는 아침부터 기분이 좋지 않았다. 그리샤가 찾아와서 여러 가지로 떠들어 대는 바람에 가뜩이나 어수선했던 심정이 더욱 어두워진 모양이었다.

"아 참, 내가 하마터면 깜빡 잊을 뻔했군요. 한 가지 청이 있어요."

아버지에게 수프 접시를 넘겨주면서 어머니가 말했다.

"그래, 그게 뭐요?"

"다름이 아니라 저 사나운 개들을 우리 속에 가두라고 하세요. 그냥 놔두었다간…… 조금 전에도 그리샤가 뜰을 지나다가 하마터면 개한테 물릴 뻔했어요. 그 모양이면 언제 우리 애들에게까지 덤벼들지 모르잖아요."

자기 이름이 들리자 그리샤는 우리 쪽으로 휙 돌아앉더니, 누더기가 된 옷자락을 가리키며 뭔가 우적우적 씹으면서 이런 말을 했다.

"물어 죽이려고 했지만…… 하느님이 허락해 주시질 않았어. 개를 시켜서 죽이려 하다니! 천벌을 받을 일이지! 큰 죄악이야! 그렇다고 때리지는 말아요, 나리 ── 그는 모든 남자를 두루 다 이렇게 불렀다 ── 때려서 뭐 하겠어요? 하느님이 모두 용서해 주시겠지요. 더구나 이제는 이미 그런 시대가 아니에요."

"이 사나이는 대체 뭐라고 하는 거야? 나는 도무지 무슨 말인지 모르겠어."

아버지가 엄한 태도로 그리샤를 뚫어지게 바라보면서 말했다.

"저는 다 알겠는데요. 지금 말한 것은 나 들으라고 한 거예요. 누군지는 몰라도 어떤 사냥꾼이 일부러 저 사람에게 개가 덤비도록 했다는군요. 그래서 사람을 물어 죽이려 했으나…… 하느님이 허락하지 않으셨다고 하는 거예요. 그리고 또 그 사냥꾼을 벌하지 말라고 당신에게 부탁하는 거랍니다."

어머니의 대답이었다.

"오, 그랬었군! 그런데 내가 그 사냥꾼을 벌하리란 것을 어떻게 알았지? 그건 그렇고 당신도 알다시피 나는 원래 저런 사람들은 조금도 좋아하지 않아."

아버지가 말했다.

"특히 저 사람은 못마땅해. 그러니까, 제발 좀……."

아버지는 프랑스 어로 계속 말했다.

"아, 여보. 그 말씀이라면 이제 그만하세요, 네?"

어머니는 뭔가에 놀란 듯한 표정으로 아버지의 말을 막았다.

"당신이 무얼 알고 있다는 거지요?"

"나 역시 저런 종류의 사람들을 연구할 기회가 없었던 게 아니오. 저런 사람들이 줄곧 당신한테 찾아오지만 모두 그게 그거야. 언제나 마찬가지로 말썽이 생기는 법이지……."

어머니는 이 문제에 대해 전혀 다른 견해를 갖고 있었지만, 말다

틈을 하고 싶지는 않은 모양이었다.

"고기만두를 이쪽으로 줘요, 미안하지만."

어머니가 말했다.

"어때요, 오늘 것은 잘 되었는지 몰라?"

"아, 정말 화가 난다니까!"

아버지는 고기만두 접시를 손에 들고도 어머니의 손이 닿지 않는 거리에서 멈춘 채 계속 말했다.

"현명하고 교육받은 사람이 저런 미신에 빠져 있는 것을 보면 화가 나서 견딜 수가 없어!"

아버지는 포크로 식탁을 두드렸다.

"여보, 고기만두를 주시라니까요."

어머니가 손을 내밀었다.

"아니야, 정말이지 경찰이 저런 인간을 잡아 가두는 것은……."

아버지는 어머니가 내민 손을 뿌리치면서 말을 계속했다.

"잘하는 일이지. 저런 족속들이 하는 거라곤 그렇지 않아도 약한 일부 사람들의 신경을 형편없이 혼란시키는 것이 고작이야."

이런 이야기가 어머니에게는 여간 불쾌하지 않은 것임을 금방 알아차린 아버지는 웃으면서 고기만두를 엄마에게 건네주었다.

"제가 말씀드릴 것은 딱 한 가지뿐이에요. 다름이 아니라, 예순이 다 된 노인이 여름이든 겨울이든 맨발로 다니고, 일 년 내내 2푸드나 되는 쇠사슬을 걸치고 다니면서, 아무 일도 않고 편안히 지낼 수 있도록 해 준다 해도 그런 청을 절대로 듣지 않는 사람을 단순히 게으름뱅이라고 몰아붙일 수 있을까요? 그렇다고는 좀처럼 믿어지지 않아요. 그리고 예언이라는 것도 그래요."

어머니는 잠시 쉬고 나서 한숨과 함께 이런 말을 했다.

"믿는 마음은 그 값을 받기 마련이에요. 제가 이미 말씀드렸지만, 저 그리샤 같은 사람은, 여보, 돌아가신 아버님의 임종 날짜와 그 시간까지 정확하게 예언했어요."

"아니, 이건 너무하구나. 너 때문이야!"

아버지가 웃으면서 미미가 앉아 있는 쪽 손으로 입을 가리며 말했다.

아버지가 이럴 때마다 나는 늘 무엇인가 우스꽝스러운 일이 있을 것이라고 짐작하고는 유심히 귀를 기울이는 버릇이 있었다.

"아니, 너는 하필이면 왜 그 발들을 연상시키게 하는 거야? 내가 보았으니 나는 이제 아무것도 먹지 못하겠다."

식사가 거의 끝날 무렵이었다. 류보치카와 카텐카는 계속해서 우리에게 눈짓을 보내며 의자에서 몸을 뒤틀기도 했다. 몹시 마음이 들떠서 잠시도 안정되어 있지 않은 표정이었다. 그 눈짓은 '우리를 사냥에 데리고 가도록 왜 말해 주지 않는 거야?' 라는 의미였다.

내가 팔꿈치로 볼로쟈를 찔렀더니 볼로쟈는 다시 나를 찔렀다. 그러다가 드디어 용기를 낸 볼로쟈가 처음에는 겁쟁이 같은 목소리로, 나중에는 똑똑하고 큰 소리로 "우리는 오늘 출발하니 기념 삼아 두 누나들도 함께 마차를 타고 사냥에 갔으면 좋겠어요"라고 말했다.

　어른들끼리 잠시 의논이 있은 다음, 이 문제는 우리 뜻대로 해결되었다. 더구나 무엇보다 더 좋은 것은 어머니까지 함께 가 주신다고 한 것이었다.

사냥 준비

디저트를 먹으면서 아버지는 야코프를 불러 사륜마차, 사냥개, 승마용 말들에 대한 지시를 내렸는데, 특히 말들의 경우 한 필 한 필 이름을 불러가면서 상세하게 지시했다. 볼로쟈의 말이 다리를 절룩거린다는 것을 알고 있던 아버지는 사냥용 말에 안장을 얹으라고 지시했다. 어머니의 귀에는 '사냥용 말'이라는 단어가 거슬렸던지, 성질이 난폭한 짐승과 같은 사냥용 말이 볼로쟈를 태우고 쏜살같이 달리다가 죽일 수도 있겠다고 여긴 듯했다. 그가 말을 타면 신이 날 거라고 확신하는 볼로쟈와 아버지의 설득에도 불구하고 어머니는 볼로쟈가 사냥용 말을 탄다면 사냥을 하는 동안 내내 불안하고 고통스러울 것이라며 계속 고집을 부렸다.

식사가 끝나자 어른들은 커피를 마시기 위해 서재로 가고, 우리들은 대화를 하기 위해 노랗게 물든 낙엽들이 깔린 길을 따라 정원으로 달려갔다. 볼로쟈가 사냥용 말을 타고 가는 것과 류보치카가 카텐카보다 빨리 달리지 못하는 것이 얼마나 창피한 일이며, 그리샤가 걸치고 다니는 쇠사슬을 보는 것도 재미있을 것이라는 등의 얘기를 나누었다. 그러나 우리가 헤어진다는 사실에 대해서는 아무 말도 하지 않았다. 우리는 점점 가까이 들려오는 사륜마차의 삐걱거리는 소리에 이야기를 멈추었다.

마차에 달린 각각의 용수철 옆에는 어린 남자 하인들이 한 명씩 앉아 있었다. 마차 뒤에는 개들을 끌고 사냥꾼들이 따랐고, 그 뒤로는 마부 이그나트가 볼로쟈가 타고 갈 말에 올라앉은 채 내가 타고 갈 늙은 독일산 말의 고삐를 잡아끌면서 왔다. 우리는 담장으로 달려가 이 광경을 흥미롭게 바라보았고, 그런 후에는 요란스럽게 소리를 지르면서 2층으로 뛰어올라가 옷을 갈아입었다. 재빨리 옷을 입은 우리는 계단을 내려와 개와 말을 보고 사냥꾼들의 얘기를 들으며 즐거워했다.

몹시 더운 날이었다. 아침부터 수평선에 기이한 모양의 먹구름이 보이더니, 산들바람이 그 구름을 우리 쪽으로 몰고 왔는데 가끔 해를 가리기도 했다. 먹구름은 이리저리 떠다니며 하늘을 점점 검게 만들었지만, 그 먹구름이 비로 변하여 우리의 즐거움을 훼방놓을 것처럼 보이지는 않았다. 저녁 무렵이 되자 시커먼 먹구름은 다시 사방으로 흩어지기 시작했다. 어떤 구름은 점점 하얗게 되면서 수평선 너머로 사라졌고, 어떤 구름은 바로 우리의 머리 위에서 하얀 비늘처럼 변해 갔는데, 단지 하나의 커다란 먹구름만이 동쪽 하늘에 머물러 있었다. 카를 이바느이치는 어떤 먹구름이 어느 쪽으로 갈 것인지 잘 알고 있었는데, 그는 이 먹구름이 마슬로프카로 갈 것이며, 비도 오지 않고 날씨도 아주 좋을 것이라고 단정적으로 말했다.

포카는 나이가 많음에도 계단에서 아주 날렵하게 뛰어내려와 마차를 대라고 외쳤다. 그러고 나서는 마부가 마차를 세울 장소와 문지방 사이인 현관 중간에 다리를 벌린 채 의젓하게 섰다. 이러한 자세는 자기 일에 대해 자신 있는 사람들만이 취할 수 있는 것이었다. 어느새 부인들이 내려와서는 어떤 방향에 누가 앉고 누구를 붙잡아야 하는지에 대해 — 사실 붙잡아 주어야 할 필요는 전혀 없었다 — 잠시 이야기를 나눈 후 자리에 앉았고, 양산을 펼쳐 들자 바로 출발했다. 마차가 출발하자 어머니가 '사냥용 말'을 가리키며 걱정스러운 목소리로 마부에게 물었다.

"이 말이 블라디미르 페트로비치가 탈 말인가?"

마부가 그렇다고 대답하자 어머니는 손을 내젓더니 고개를 돌렸다. 나는 도저히 참을 수가 없어 내 말을 타고서 마당을 따라 돌며 여러 자세를 보여 주었다.

"말이 개를 밟지 않도록 조심하세요."

사냥꾼이 내게 말했다

"걱정 마세요. 난 처음이 아니거든요."

자신만만하게 내가 대답했다.

볼로쟈는 '사냥용 말'에 앉자, 자신의 강한 성격에도 불구하고 말을 쓰다듬으며 떨리는 목소리로 몇 번이고 되물었다.

"이 말, 순한 거지?"

말에 올라탄 볼로쟈는 아주 멋있어 보였는데, 다 큰 어른이나 다름없었다. 그는 몸에 꼭 맞는 바지를 입고 안장 위에 아주 멋지게 앉아 있었는데 내가 질투를 느낄 정도였다. 더구나 그림자를 보더라도 나의 모습은 멋진 모습과 거리가 멀었기 때문에 그가 더욱 멋지게 보였다.

그때 계단을 내려오는 아버지의 발소리가 들렸다. 이윽고 사냥개 몰이꾼이 무리에서 벗어난 사냥개들을 불러 모으고, 보르조이종을 데리고 온 사냥꾼들도 자기 개들을 불러 모은 후 말에 올라탔다. 마부가 계단 쪽으로 말을 몰고 가자, 방금 전까지 마차 주위에서 아무렇게나 누워 있던 사냥개들이 아버지를 알아보고 달려들었다. 아버지의 뒤를 따라 구슬이 박힌 목걸이를 찬 밀카가 짤랑거리는 소리를 울리며 뛰어나왔다.

아버지가 말안장에 올라앉자, 우리들은 출발했다.

사 냥

투르카(터키 사람)라는 별명이 붙은 사냥개 담당은 털이 북슬북슬
한 모자를 쓰고, 어깨에는 커다란 뿔피리를 멘 채 허리에는 칼을
차고서 코끝이 높이 튀어나온 회색 말 등에 올라앉아 앞장을 섰다.
어둡고 사납게 생긴 이 사나이의 얼굴은 마치 사냥을 간다기보다
는 목숨을 건 싸움터로 향하는 사람처럼 보였다. 이 사나이가 탄
말의 뒷다리 근처로, 한 줄로 붙들어 맨 사냥개들이 물결을 이루며
떼 지어 달려갔다. 그중 한 마리가 잠깐 발을 멈추려 하다가 얼마
나 가혹한 운명에 부딪쳐야 했는지를 지켜보는 일은 너무나 가슴
아팠다. 가엾게도 그 개는 같은 가죽끈에 매인 다른 개들을 끌어
세워야 했고, 있는 힘을 다해 간신히 다른 개들을 당겨 세웠을 무
렵, 이번에는 달려온 사냥개 담당이 긴 채찍을 휘둘러 철썩철썩 내
리치면서,

"함께 달려!"

하며 소리를 질러 댔다.

정문 밖으로 나서자 아버지는 사냥꾼들과 우리에게 큰길을 따라 그냥 가라고 명하고는, 혼자서 호밀밭 쪽으로 향했다.

추수가 한창 때였다. 황금빛으로 빛나는 들판은 한쪽 구석만이 높고 푸른 숲으로 막혀 있는데, 그 당시 내 눈에는 그 숲 너머에는 세상의 끝이 있든가, 아니면 사람이 살지 않은 미지의 나라로 들어가는 입구일 것 같은 아주 먼 신비한 곳으로 여겨졌다. 들에는 수많은 낟가리와 농부들로 가득했다.

탐스럽게 자란 호밀 사이로 벌써 추수가 끝난 이랑에서는 등을 구부리고 이삭을 줍는 여인이 보였고, 그녀가 손을 움직일 때마다 흔들리는 이삭이 보였다. 또한 그늘에 매단 요람을 들여다보고 있는 아낙네와 추수가 끝난 뒤에 도깨비바늘이 가득한 자리를 따라 여기저기 널려 있는 밀단들이 보였다. 또 다른 방향으로는, 셔츠 바람의 농부들이 짐마차 위에 올라가서 열심히 밀단을 쌓아 올리는 통에 햇볕에 메마른 들녘이 먼지로 자욱했다. 장화를 신고, 겉옷을 어깨에 걸친 마름이 계산용 목판을 들고 서 있다가 멀리서 아버지의 모습을 보고는, 자신이 쓰고 있던 양털 모자를 벗고 붉은 머리와 턱수염을 손수건으로 닦으면서 일하는 여자들한테 소리를 질렀다. 아버지가 타고 있는 밤색 말은 이따금 고삐를 당겨 머리를 가슴께로 휘젓기도 하고, 털이 많은 꼬리를 곤두세워 귀찮게 달라붙은 등에와 파리를 쫓으면서 가볍고 날쌘 걸음으로 나아갔다. 보르조이 종의 사냥개 두 마리는 낫 모양으로 꼬리를 구부리고 다리를 높이 치켜들면서, 추수 뒤에 높게 두드러진 밭이랑 사이를 맵시 있게 뛰어넘었다. 밀카는 선두를 달리다가 머리를 숙이며 상으로 주는 먹이를 기다리고 있었다. 사람들의 이야기 소리, 말발굽 소리, 마차 소리, 즐거운 메추라기 울음소리, 떼를 지어 공중을 빙빙 돌고 있는 벌레들의 윙윙거리는 소리, 쑥 냄새, 짚 냄새, 말의 땀 냄새, 여러 가지의 다양한 꽃들과 그림자들이 펼쳐진 황금빛 밀밭의 그루터기를 비추고 있는 뜨거운 태양, 멀리 있는 푸른 숲, 희뿌연 유리빛 구름, 공중에서 대롱거리다가 주르르 밀 밑동으로 흘러내리는 은빛 거미줄, 나는 이런 것들을 보고, 듣고 그리고 또 느꼈다.

까마귀밥여름나무 숲에 도착해 보니 이미 사륜마차가 도착해 있었고, 더구나 말 한 필이 끄는 짐마차까지 도착해 있었다. 짐마차에는 요리사가 타고 있었다. 건초 밑으로 사모바르, 아이스크림통, 그 밖에 시선을 끄는 여러 가지 상자와 꾸러미들이 실려 있었다. 분명 이것은 맑은 바깥 공기를 쐬며 차를 마시고 아이스크림과 과일을 먹으려고 준비해 놓은 것이었다. 짐마차를 본 우리는 동시에 환호성을 질렀다. 아무도 이제껏 그런 모임을 가져 본 적이 없는 의외의 장소인 숲 속의 풀밭에 앉아 차를 마시고 과일을 먹는다는 것은 참으로 기막힌 즐거움이기 때문이었다.

투르카는 사냥터에 도착하는 대로 말을 세우고, 이제부터 어떤 모양으로 진을 쳐서 어느 방향으로 나아갈 것이라는 아버지의 자세한 지시를 주의 깊게 들은 다음 ── 하지만 그는 한 번도 이 지시를 따르지 않고 자기 마음대로 행동했지만 ─ 개를 한 마리씩 따로 떼어 간격을 벌려 놓은 후 개줄들을 안장 뒤에 묶고는 말에 올라탔다. 그리고는 휘파람을 불면서 자작나무 그늘로 사라졌다. 끈이 풀려 자유로워진 사냥개들은 무엇보다도 꼬리를 흔들며 만족의 뜻을 나타낸 다음, 몸을 부르르 떨며 자세를 가다듬고는 잔걸음으로 그 둘레를 냄새 맡기도 하고, 꼬리를 흔들면서 사방을 향해 흩어져 달리기 시작했다.

"애야, 너 손수건 있니?"

아버지의 목소리였다.

나는 주머니에서 손수건을 꺼내 보였다.

"그럼 됐다. 너 이 회색 개를 그 손수건으로 묶어서 데리고 가렴."

"지란을요?"

나는 그 사냥개에 대해서 잘 알고 있는 것처럼 이렇게 되물었다.

"그래, 이 큰길을 따라 곧장 가거라. 숲 속의 빈 터에 다다르거든 거기 머물러서 주변을 잘 살펴라. 토끼 한 마리도 잡지 못하고 빈 손으로 아버지한테 돌아와선 안 돼!"

나는 지란의 털북숭이 목을 손수건으로 메고 지정된 지점을 향해 곧바로 내달렸다. 아버지는 뒤편에서 웃으면서 소리쳤다.

"빨리, 더 빨리, 그러다 늦는다!"

지란은 자그마한 귀를 쫑긋거리면서 멈춰 서서는 사냥꾼들의 고함 소리를 들었다. 나는 그곳에서 지란을 끌고 갈 만한 기운이 없었기 때문에 "잡아라! 잡아!" 하고 소리를 질렀다. 그러면 지란은 그때마다 맹렬한 기세로 내달리려고 몸부림을 쳤다. 나는 간신히 붙들어 세우곤 했지만, 목적지에 도달할 때까지 여러 차례 뒹굴어야 했다. 커다란 떡갈나무 밑동 언저리에서 그늘지고 평평한 장소를 찾은 나는 풀밭에 엎드려 지란을 곁에 앉히고는 조용히 토끼가 나타나기를 기다렸다.

이럴 때 흔히 일어나는 일이지만 내 상상은 현실을 넘어 멀리, 아주 멀리로 앞장서 갔다. 그리하여 내가 벌써 세 마리째의 토끼를 잡는 광경을 상상하고 있을 무렵이었다. 갑자기 숲 속에서 한 마리의 사냥개가 신호를 보내왔다. 이어서 투르카의 목소리가 한층 크고 싱싱하게 숲 속을 울렸다. 사냥개는 높은 소리로 짖어 댔다. 그 소리는 점점 더 세차게 울렸다. 이윽고 다른 사냥개의 굵직한 소리가 합세하고, 여기에 다시 제 3, 제 4의 사냥개 소리가 합쳐졌다. 그 소리들은 잠깐 멈추듯 하다가 다시 서로 막아서듯이 앞 다투어 짖어 댔다. 사냥개의 합창은 점점 맹렬해지고, 마침내는 하나의 요란한 포효로 바뀌었다. 사냥터인 숲 전체가 소리를 지르는 듯 요란하게 울려 퍼졌고, 사냥개들은 서로 무리를 이루어 짖어 대며 내달렸다.

이런 상황에서 나는 얼어붙은 듯 그곳에 서서 숲 주위를 바라보면서 아무 생각 없이 미소 짓고 있었다. 땀이 비 오듯이 쏟아졌고, 그 땀방울이 턱을 따라 흘러내리면서 못 견디게 간지러웠지만, 그것을 닦을 생각도 하지 못했다. 지금이야말로 결정적인 순간이라고 생각되었기 때문이다. 그렇지만 지나치게 긴장한 상태가 너무나도 부자연스러웠던 탓에 오랫동안 지속되지는 못했다.

사냥개들이 바로 옆 숲 가장자리에서 짖어 대는가 싶더니, 차츰 멀어져 갔다. 그러나 토끼는 보이지 않았다. 나는 둘레를 살피기 시작했다. 지란 역시 한동안 몸부림을 치며 높은 소리로 짖어 댔지만, 나중에는 내 곁에 엎드려 코를 내 무릎에 올려놓고는 아주 잠잠해졌다.

내가 앉은 떡갈나무의 뿌리가 드러난 주위에는 수많은 개미가 잿빛의 메마른 지면을 따라 떡갈나무 낙엽이며 도토리, 부러져 이끼가 낀 마른 가지, 황록색의 이끼, 여기저기 새 순이 돋은 풀잎 사이를 무리를 지어 기어다니고 있었다. 개미는 저희들이 개척하고 다진 오솔길을 따라 바쁘게 움직이고 있었다. 무거운 짐을 끌고 가는 놈도 있고 맨몸으로 다니는 놈도 있었다.

나는 마른 나뭇가지를 하나 주워서 개미의 통로를 막아 보았다. 개미들이 위험을 무시하고 그 밑으로 빠져나가거나 가지 위로 넘는 모양이 참으로 볼 만했다. 그중에는 그만 어리둥절해서 어찌할 바를 모르는 놈도 있었다. 무거운 짐을 든 놈에게 특히 그런 경우가 많았다. 이놈들은 멈춰 서서 돌아가는 길을 찾아보기도 하고, 처음 오던 쪽으로 되돌아가기도 하고, 나뭇가지를 타고 내 손으로 기어오르기도 했다. 어떤 놈들은 내 소매 밑으로 기어들어오려고 했다. 그러나 눈앞에서 아주 매혹적인 맵시로 나풀거리는 황금빛 나비가 나타나는 바람에 이 재미있는 관찰은 중단되었다.

내가 그쪽으로 주의를 옮기자 나비는 내게서 두어 걸음쯤 날아가서 반쯤 시든 야생 클로버의 흰 꽃 위에서 한참을 팔락거리며 날더니, 이윽고 살포시 그 위에 내려앉았다. 햇볕이 따사로운 때문인지 또는 꽃 속의 꿀맛이 좋았던 탓인지는 모르겠으나, 어쨌든 나비는 무척 기분이 좋은 모양이었다. 때때로 날개를 펄럭이면서 점점 깊숙이 꽃 속으로 파고들어서는 마침내 아주 조용해졌다. 나는 양손으로 턱을 괴고 즐거운 기분으로 나비를 구경했다.

별안간 지란이 으르릉대더니 자칫하면 나를 쓰러뜨릴 만큼이나 맹렬한 기운으로 끈을 잡아당겼다. 나는 주위를 살폈다. 숲 가장자리에서 토끼 한 마리가 한쪽 귀는 내리고 한쪽 귀는 세운 채 깡충깡충 이리 뛰고 저리 뛰고 하는 것이 보였다. 피가 머리로 솟구치면서, 나는 이 순간에 모든 것을 잊어버렸다. 그리고는 무어라 큰 소리로 외치면서 개를 놓아주고 내달렸다. 그러나 내달리자마자 나는 이내 후회하고 말았다. 토끼는 잠깐 웅크리는 듯하더니 깡충깡충 뛰어 사라져 버린 것이다.

그러나 목소리를 듣고 숲 가장자리 쪽으로 달려온 사냥개들을 따라 덤불 저쪽에서 투르카가 나타났을 때, 내 부끄러움은 이루 말할 수가 없었다. 투르카는 내가 저지른 실수를 알아채자 ― 참을성 없이 내달려간 실수 ― 멸시하는 눈으로 나를 바라보며 한마디 던졌다.

"에이, 도련님도!"

그런데 이 한마디를 말할 때의 말투와 태도가 나로서는 참으로 견기디 힘든 것이었다. 비록 투르카가 나를 죽은 토끼처럼 말안장에 거꾸로 매단다고 해도 차라리 그편이 마음 편했을 것이다.

나는 오랫동안 심한 절망에 빠져서 그 자리에 멍하니 선 채, 개를 불러들일 생각도 하지 못하고 양쪽 무릎을 치면서 이렇게 되풀이했을 뿐이다.

"아아, 터무니없는 실수를 저지르고 말았구나!"

사냥개들은 멀리 토끼를 쫓아갔고, 사냥터의 반대쪽에서 떠들썩한 소리가 터지더니, 제대로 토끼를 잡은 것 같은 공기가 느껴졌다. 투르카가 그 큰 뿔피리로 사냥개들을 불러 모으는 소리가 들렸다. 그러나 나는 여전히 그 자리에서 움직이지 않았다.

놀 이

　사냥은 끝났다. 어린 떡갈나무 그늘에 융단을 깔고, 참가한 모든 사람이 그 위에 빙 둘러앉았다. 요리사인 가브릴로가 싱싱한 풀잎을 깔고, 접시를 하나하나 깨끗이 닦고는 나뭇잎에 싼 자두와 복숭아를 상자에서 꺼내 놓았다. 햇볕은 어린 떡갈나무의 푸른 가지 사이로 비치어, 융단의 무늬와 내 다리 위에서는 물론이고 가브릴로의 땀에 젖은 대머리에까지 흔들리는 둥근 빛 그림자를 던져 주었다. 산들바람이 나뭇잎과 내 머리카락과 땀에 젖은 얼굴을 스쳐가면서 더없이 상쾌한 기분이 들게 했다.

　아이스크림과 과일을 나누어 받은 우리는 더 이상 융단 위에 남아 있을 이유도 없고 해서 뜨거운 햇볕이 내리쬐고 있음에도 불구하고 자리에서 일어나 놀이에 나섰다.

　"잠깐, 우리 무슨 놀이를 할까?"

　햇살 때문에 실눈을 뜨며 풀밭을 깡충깡충 뛰어다니던 류보치카가 말했다.

"로빈슨 놀이를 하자."

"싫어, 그건 재미없어!"

풀밭에 누워 있던 볼로쟈가 나뭇잎을 씹으면서 이렇게 대답했다.

"매번 로빈슨 놀이야? 이제 그건 싫어. 차라리 정자亭子를 지어 보는 게 어때? 그쪽이 훨씬 재미있을 거야."

볼로쟈는 확실히 거드름을 피우고 있었다. 사냥용 말을 타고 온 것이 퍽이나 자랑스러운 듯 아주 피곤한 척했다. 어쩌면 볼로쟈는 이미 어른처럼 합리적인 생각을 하기 때문에 상상력이 부족한 탓에 로빈슨 놀이의 재미를 충분히 맛보지 못하는 것인지도 몰랐다. 이 놀이의 골자는 우리들이 얼마 전에 읽은 《스위스의 로빈슨》이라는 책 속에서 몇 가지 장면을 골라 연출한 것이다.

"아, 잠깐만 제발 부탁이야⋯⋯. 너는 왜 우리와 로빈슨 놀이를 하지 않으려는 거야? 그게 얼마나 재미있는 놀인데!"

그러면서 여자애들은 볼로쟈를 붙들고 계속 졸랐다.

"그 대신 찰스든, 어네스트든, 아버지든 무엇이든 네가 원하는 역할을 줄게, 응?"

카텐카는 그의 소맷자락을 잡아당기며 그를 일으켜 앉히려고 애썼다.

"나는 정말 싫어. 그게 뭐가 재미있다는 거야!"

커다란 동작으로 기지개를 켠 볼로쟈는 만족스러운 듯 웃으면서 말했다.

"아무런 놀이도 하지 않을 거라면 차라리 집에나 가만히 들어앉아 있지 그랬어?"

류보치카는 울음 섞인 목소리로 말했다. 그녀는 굉장한 울보였다.

"아, 알았어. 할게, 할 테니까 제발 부탁인데 울지만 말아 줘. 내가 졌어. 정말이지 우는 데는 못 견디겠어!"

하지만 볼로쟈의 양보는 우리에게 그다지 큰 만족을 주지 못했다. 귀찮아하고 시시해하는 그의 태도가 오히려 우리 놀이의 매력을 없애 버렸기 때문이다.

우리가 땅바닥에 앉아서 고기잡이를 떠나는 심정으로 열심히 노를 젓고 있는데, 볼로쟈는 팔짱을 끼고 멍하니 앉아서는 어부와는 아무 연관도 없는 자세를 취하고 있는 것이 아닌가. 나는 그에게 그 점을 일러 주었다. 그랬더니 볼로쟈는 어차피 이 배는 앞으로 나아가는 것은 아니니까, 우리가 동작을 많이 하든 적게 하든 손해볼 것도 없고 이익이 될 것도 없다고 했다. 나는 마지못해 그렇다고 해 두었다.

또 우리가 사냥을 나서는 기분으로 막대기를 어깨에 메고 숲 쪽으로 가고 있는데, 볼로쟈는 두 손을 베개 대신 베고 누워, 자기도 마음속으로는 걸어가고 있다고 했다. 이러한 태도나 말은 이 놀이에 대한 우리의 열의를 식게 했고, 몹시 언짢게 했다. 더구나 볼로쟈가 하는 짓이 이치에 맞는 것임을 마음속으로 인정하지 않을 수 없는 데서 더욱 그러했다.

막대기로는 새를 잡을 수 없을 뿐만 아니라 총알을 잴 수도, 방아쇠를 당길 수도 없다. 우리도 그런 것쯤은 알고 있다. 그러나 이것은 일종의 놀이일 뿐이다. 그런 트집을 잡는다면 의자에 앉아서 여행을 하는 놀이 따위는 할 수가 없는 것이다. 볼로쟈도 기억하고 있겠지만, 우리는 긴 겨울밤 내내 곧잘 안락의자를 헝겊으로 둘러싸서 마차로 꾸미고는 한 사람은 마부, 한 사람은 하인이 되어 여자아이들을 가운데 앉히고 작은 의자 세 개를 세 필의 말로 삼아 마차를 달리는 여행놀이를 하지 않았는가! 볼로쟈도 함께 말이다. 그리고 아아, 그 여행 도중 얼마나 재미있는 일들이 일어났던가! 겨울철의 긴 밤이 얼마나 즐겁고 또한 빨리 지나갔던가! 일일이 이치를 따지고 트집을 잡자면 놀이라는 것은 존립할 수 없는 것이다. 그리고 놀이가 없어지면 대체 그 뒤에 무엇이 남아 있을 수 있겠는가?

첫사랑에 속하는 것

류보치카는 미국에서 어떤 나무 열매를 딴다는 심정으로 나뭇잎을 땄다. 하지만 커다란 배추벌레처럼 생긴 모양의 벌레가 달라붙은 나뭇잎을 따는 바람에 그만 깜짝 놀라 그것을 땅바닥에 내던지고 말았다. 두 손을 들고 물러서는 꼴이 금방 거기서 무엇인가 튀어나올 것만 같아 무서워 견디지 못하겠다는 표정이었다. 그 바람에 놀이가 중단되었다. 우리는 모두 한데 모여 땅바닥에다 허리를 구부리고 그 신기한 벌레를 들여다보았다.

나는 카텐카의 어깨너머로 그것을 구경했다. 카텐카는 벌레가 기어가는 바로 앞에다 나뭇잎을 대고는 그 벌레를 나뭇잎에 얹어서 들어 올리려고 애썼다.

나는 그때 많은 여자아이들이 목 부분이 트인 옷깃이 흘러내리면 그것을 바로잡으려고 어깨를 으쓱하며 추스르는 버릇이 있다는 것을 알게 되었다. 여자아이들이 그럴 때면 미미는 이런 행동이 보기 싫다면서 늘 "그것은 하녀들이 하는 행동이야."라고 말했다. 나는 그 순간 그 말이 생각났다.

벌레를 보려고 몸을 숙이고 있을 때, 카텐카는 바로 이와 같은 행동을 했고, 때마침 불어온 바람이 그녀의 흰 목에 두른 조그만 숄을 살짝 들어 올린 것이다. 그녀의 어깨는 내 입술에서 손가락 두 개 정도의 간격밖에는 떨어져 있지 않았다. 나는 벌레 따위는 제쳐놓고 계속해서 카텐카의 어깨만 바라보았다. 그러다가 드디어 용기를 내서 쪽 하고 그 어깨에 키스했다. 그녀는 돌아다보지 않았지만 그녀의 목덜미에서 귀밑까지 금방 빨개진 것을 알 수 있었다. 볼로쟈는 얼굴도 들지 않은 채 경멸하듯 말했다.

"무척 다정스러운데?"

내 눈에는 눈물이 글썽거렸다.

나는 카텐카에게서 눈을 떼지 않았다. 이미 오래 전부터 그 아이의 밝은 금발머리와 얼굴에 익숙해 있었고, 언제나 인상이 좋았다. 하지만 지금은 한층 더 깊은 주의를 기울여 그녀의 얼굴을 바라보지 않을 수 없었고, 지금까지보다 한층 더 마음에 들지 않을 수 없게 된 것이다.

우리가 어른들이 있는 곳으로 돌아가자, 아버지는 어머니의 부탁으로 모스크바로 출발하는 것을 내일 아침까지 연기한다고 말했다. 그것은 우리에게 아주 기쁜 소식이었다.

우리는 말을 타고 마차와 함께 귀로에 올랐다. 볼로쟈와 나는 누가 더 마술馬術과 용기가 우월한지 겨루기 위해 겉멋을 부리는 태도로 마차 옆을 따랐다. 땅에 어린 내 그림자는 앞서보다 더 길어졌다. 그래서 나는 '이제 나도 제법 멋이 나는, 기수다운 풍채가 되었구나.' 하고 속으로 생각했다.

하지만 내가 경험한 자기만족의 이 기쁨은 곧이어 발생한 다음과 같은 상황으로 인해 산산조각 나고 말았다. 다름이 아니라, 나는 마차에 타고 있는 사람들을 완전히 매료시키려는 욕심에서 일부러 좀 뒤에 처졌다가, 채찍과 발로 말에게 전속력을 내게 해서는, 자연스럽게 멋진 자세를 보이면서 카텐카가 앉아 있는 쪽으로 쏜살같이 마차를 앞질러 가고자 했다. 다만 잠자코 달려 나갈 것인가, 아니면 말을 건네는 편이 어울릴까에 대해서만 결정을 하지 못했을 뿐이다. 그런데 이 고약스런 말은 내 온갖 노력에도 불구하고 마차에 매인 말과 나란히 되자마자 갑자기 멈춰 서 버리고 말았다. 그 때문에 나는 안장에서 말의 목덜미 쪽으로 엎어져서 자칫하면 땅바닥에 내동댕이쳐질 뻔했다.

나의 아버지는 어떤 사람이었나

    아버지는 구시대 사람인 동시에 같은 시대의 젊은이들이 일반적으로 공유하고 있는 진취성, 기사도 정신, 상냥함, 자긍심과 방탕함을 함께 가진 묘한 성격의 소유자였다. 더구나 아버지는 같은 시대의 사람들을 경멸의 눈으로 바라보았는데, 그의 이러한 생각은 천성적인 오만함에서 나온 것이기도 하지만, 자신이 현시대의 흐름에서 예전과 같은 영향력과 명성을 가지지 못한 데 대한 마음속의 분노 때문이기도 했다. 아버지의 인생에서 열정적인 대상은 도박과 여자, 두 가지였다. 그는 살아 있는 동안 수백만 루블의 돈을 땄고, 또 여러 계층의 수많은 여자들과 관계를 맺었다.

    큰 키에 균형잡힌 몸매, 이상할 정도로 작은 보폭에 느린 걸음걸이, 어깨를 으쓱거리는 버릇, 미소 띤 조그만 눈, 커다란 매부리코에 약간 틀어진 듯한 어색한 입술, 속삭이는 듯한 불분명한 발음, 그리고 반질반질한 대머리. 내가 기억하고 있는 아버지의 모습은 이러하다. 그리고 이런 외모 때문에 아버지는 유명했을 뿐만 아니라 운이 좋은 사람으로 통했으며, 특히 자신이 마음에 들고 싶어 했던 사람들은 물론 모든 계층과 신분의 사람들로부터 호감을 살 수 있었다.

아버지는 수많은 사람들과의 관계에서 자신이 우위에 서는 법을 알고 있었다. 아버지는 '최상류 사교계' 인사는 아니었지만, 항상 이런 부류의 사람들과 어울렸고 또 존경을 받았다. 아버지는 상대방을 모욕하지 않으면서 상류 사교계에서 자신에 대해 높은 평가를 받을 수 있는 자존심과 자만심의 한계를 잘 알고 있었던 것이다. 그렇기 때문에 좀 유별나기는 했지만, 항상 그렇지는 않았고, 특별한 경우에만 세속적인 지위나 부를 대신하는 수단으로 그 유별남을 이용하곤 했다.

아버지는 세상의 그 어떤 것에도 놀라는 감정을 나타내지 않았는데, 심지어 어쩌다 빛나는 자리에 있게 되었을 때도 마치 그 자리가 자신을 위해 준비된 것처럼 여겨질 정도였다. 또 아버지는 모든 사람이 잘 알고 있는 인생에서 마주하는 조그만 분노와 슬픔으로 가득 찬 어두운 면을 다른 사람의 눈에 안 띄게 숨길 줄 아는 능력을 가지고 있었다. 아버지는 만족스러움과 편리함을 가져다주는 모든 일을 훤히 꿰뚫고 있었고, 이런 것들을 적절히 잘 이용했다. 아버지의 다양한 인맥의 일부는 어머니 쪽의 친척 관계에 의한 것이고, 다른 부분은 젊은 시절 친구들과의 관계에서 맺은 것이다. 아버지는 만년 근위대 중위로 이미 전역했지만, 친구들은 높은 지

위에 올라 있었기 때문에 이러한 상황에 대해 속으로 무척 화가 나 있었다. 아버지 역시 다른 모든 전역 군인들처럼 최신 유행에 맞게 옷을 입을 줄 몰랐지만, 대신 개성 있고 우아하게 입었다. 항상 가볍고 아주 헐렁한 의상에 커다랗게 접힌 커프스와 옷깃, 이러한 것들이 아버지의 외모와 자신감 있는 행동에 잘 어울렸다.

그리고 아버지는 매우 감성적인 분으로 때로는 눈물을 보이기도 했다. 이따금 큰 소리로 책을 읽다가 감동적인 부분에 이르면, 목소리가 떨리기 시작하면서 결국 눈가에 눈물이 맺히기도 했는데 그럴 때면 아버지는 화를 내면서 책장을 덮어 버렸다. 또 음악을 좋아하여 직접 피아노를 연주하며 친구가 작곡한 로망스나 집시들의 노래, 오페라 중 몇 마디의 멜로디들을 노래했다. 하지만 베토벤의 소나타 등 현학적인 음악은 그다지 좋아하지 않았다. 또 아버지는 좋은 일을 하기 위해서는 반드시 사람들의 공론公論이 필요하다는 생각을 갖고 있었다. 따라서 사람들의 의견이 좋다고 결론지은 것만을 좋은 것이라고 여겼다. 반면에 아버지의 인생은 수많은 종류의 쾌락으로 가득 차 있었으므로 도덕적 신념 같은 것은 형성될 틈이 없었고, 그럴 필요성을 느끼지 않을 만큼 행복했다.

아버지는 노년에 접어들자 사물을 보는 주관적 관점과 불변의 원칙이 형성되었지만, 그것은 경험에 기초한 것이었다. 아버지는 자신에게 만족과 행복을 주는 행위와 생활 방식을 선善으로 규정했고, 모두가 그렇게 행동해야 한다고 생각했다. 또한 아버지는 말할 때 사람의 마음을 사로잡는 매력이 있었는데 이러한 능력이 아버

지의 원칙에 유연성을 더해 준 것이 아닌가 생각된다. 아버지는 어
떤 행위에 의한 상황을 어떤 때는 가장 사랑스런 장난으로, 또 어
떤 때는 가장 비열하고 더러운 행동으로 표현하는 능력을 갖고 있
었다.

서재와 응접실에서

우리가 집으로 돌아왔을 때는 이미 저녁 무렵이었다. 어머니는 피아노 앞에 가 앉고, 우리는 종이, 연필, 그림물감을 가져와서 둥근 탁자를 둘러싸고 앉아 그림을 그리기 시작했다. 나는 파란색 물감밖에 갖고 있지 않았지만 사냥하는 그림을 그리고 싶었다.

나는 파란색 말을 탄 파란색 아이들과 몇 마리의 파란색 개를 실감나게 그렸으나, 파란색 토끼를 그려도 괜찮은지를 알 수가 없어서 아버지에게 물어보기 위해 서재로 뛰어갔다. 아버지는 무슨 책인가를 읽고 있었다.

"아버지, 파란색 토끼도 있나요?"

나의 질문에 아버지는 고개도 들지 않은 채 대답했다.

"그럼 있고말고, 있고말고."

나는 신이 나서 파란색 토끼를 그렸다. 다 그리고 나서 보니 이제 그 파란색 토끼를 덤불로 바꾸고 싶어졌다. 그러나 그 덤불이 마음에 들지 않아 다시 나무로 바꾸고, 나무에서 다시 건초 더미로, 건초 더미에서 구름으로 바꾸어 결국 종이 가득 파란색을 뭉개 버리고 말았다. 온통 파란색이 칠해진 종이를 보자 나는 화가 나서 종이를 박박 찢어 버리고는 잠을 자기 위해 안락의자로 갔다.

어머니는 필드라는 이름의 옛 음악 선생이 작곡한 두 번째 콘서트를 연주하고 있었다. 나는 잠이 들락말락했지만 머릿속에서는 무엇인가 아주 밝고 훤히 트이는 듯한 추억이 뭉게뭉게 피어올랐다.

어머니가 베토벤의 《비창》을 치기 시작하자 나는 왠지 슬프고, 답답하고, 우울한 마음에 젖어 들었다. 어머니는 이 두 곡을 즐겨 연주했기 때문에 나는 이 곡이 내 가슴에 불러일으키는 감정을 지금도 생생하게 기억하고 있다. 그 감정은 추억 비슷한 것이었다. 그러나 무슨 추억이었을까? 아마 일찍이 한 번도 경험해 보지 못한 것처럼 느껴졌다.

내가 졸고 있던 안락의자 건너편에는 서재로 통하는 문이 있었다. 그 문을 열고 야코프와 누군지는 모르지만 가운을 입고 턱수염을 기른 두어 사람이 들어가는 것이 보였다. 그 사람들이 들어가자마자 곧 문이 닫혔다.

'자, 또 일이 시작되었구나!'

나는 이 서재 안에서 일어나는 일보다 더 중대한 일은 이 세상에 없으리라 생각되었다. 내 이러한 생각을 뒷받침하는 사실이 또 하나 있었다. 그것은 누구든지 서재 문 앞에 다가갈 때는 언제나 뒤꿈치를 들고 소곤댄다는 사실이었다. 서재 안에서는 아버지의 커다란 목소리가 흘러나오고 담배 냄새가 풍겨 왔다. 그런데 이상하게도 담배 냄새는 나를 강하게 사로잡았다. 갑자기 하인방에서 들은 적이 있는 것 같은 발자국 소리가 나서, 꾸벅꾸벅 졸던 나는 그만 깜짝 놀라 잠에서 깨었다. 카를 이바느이치가 무언가를 적은 종이쪽지를 들고 까치발 걸음으로 걸어와서는 우울한, 그러나 망설임 없는 표정으로 문 앞에 다가서며 가볍게 문을 두드렸다. 그가 안으로 들어갔고, 문은 다시 닫혔다.

'아무 일도 없었으면 좋으련만, 카를 이바느이치는 몹시 화가 나 있군 그래. 무슨 일이 일어날지도 모르겠어……'

나는 다시 잠이 들었다.

염려했던 일은 일어나지 않았다. 한 시간쯤 지나자 앞서와 같은 발소리에 나는 어슴푸레한 꿈에서 깨어났다.

카를 이바느이치는 손수건으로 눈물을 닦으며 ─ 나는 그의 뺨에서 눈물을 보았다 ─ 서재에서 나왔다. 그리고 무슨 말인가를 혼자 중얼거리며 위층으로 올라갔다. 곧 이어 아버지도 서재에서 나와 응접실로 들어왔다.

"여보, 내가 지금 어떻게 결정했는지 알아?"

아버지는 어머니의 어깨 위에 한 손을 얹고 쾌활한 목소리로 말했다.

"글쎄요. 어떻게 정하셨어요?"

"카를 이바느이치를 아이들과 함께 데리고 가기로 했어. 마침 자리도 여유 있고 해서 말이야. 그리고 애들도 몹시 따르는데다가 그

사람도 우리 아이들을 진심으로 귀여워하는 것 같더군. 그까짓 1
년에 700루블의 보수쯤이야 별 문제도 아니지. 그리고 그는 정말
호인好人이라니까."

아버지는 마지막 한 구절을 프랑스 어로 덧붙였다.

어째서 아버지는 카를 이바느이치를 이런 모욕적인 말로 표현하
는지 나는 도무지 알 수가 없었다.

"어머나, 그러셨어요? 참 잘하셨네요. 그 사람에게나 아이들에
게나 아주 잘된 일이에요."

"내가 그에게 '이 500루블은 감사의 뜻으로 주는 것이니 받아
두게.' 했더니 그가 얼마나 감격스러워하는지. 당신도 함께 보았어
야 했는데. 그러나 무엇보다도 재미있는 것은 그가 가지고 온 계산
서야. 정말 볼만한 가치가 있다니까."

아버지는 미소를 지으며 카를 이바느이치의 글씨가 적힌 종이쪽
지를 어머니에게 건네주었다.

"정말 훌륭해!"

다음에 적은 것이 바로 그 종이쪽지의 내용이다.

도련님의 낚싯대 두 자루—70코페이카.

색종이, 황금색 고리, 풀 그리고 선물용 작은 상자에 든 마스코
트 인형—6루블 55코페이카.

책과 활, 도련님에게 보낸 선물—8루블 16코페이카.

니콜라이의 바지—4루블

18××년, 주인께서 저에게 선물하시겠다고 약속하신 금시계의 대금－140루블

카를에게 급료 이외에 주셔야 할 금액은 합해 159루블 79코페이카.

자기가 선물하는 데 쓴 돈이나 선물하기로 약속한 물건의 대금까지도 지불해 줄 것을 요구하는 이 쪽지를 읽는 사람은 모두 카를 이바느이치를 의리도 인정도 없는 욕심쟁이라 생각하겠지만 그것은 잘못된 생각이다.

그는 이 종이쪽지를 들고 미리 준비한 말들을 머릿속에서 외우며 아버지 서재로 들어갔을 것이다. 그리고는 우리 집에서 받은 부당한 모욕을 모두 털어 버리고 당당히 말하려 했을 것이다. 그러나 우리에게 가르칠 때의 그 다정하고 부드러운 목소리와 똑같은 감상적인 억양으로 이야기를 시작하자마자 그는 곧 아버지를 설복하기보다는 그 자신이 먼저 설복당하고 말았다. 그래서,

"도련님들과 헤어질 것을 생각하면 슬프지만……."

여기까지 말한 그는 자제력을 잃고 목소리를 떨기 시작했다. 그때문에 체크무늬의 손수건을 주머니에서 꺼내지 않으면 안 되었다.

"정말 그렇습니다."

그는 울먹이면서 이렇게 말했다. 이런 것들은 미리 준비했던 말 가운데 전혀 들어 있지 않았을 것이다.

"저는 도련님들과 이미 정이 들 대로 들어서 이제 도련님들과 헤

어지면 어떻게 견딜 수 있을지 저 스스로도 짐작할 수가 없습니다. 보수가 없더라도 좋으니 당신을 위해 계속 일하고 싶습니다."

한 손으로 눈물을 닦으며, 또 한 손으로는 청구서를 내면서 그는 이렇게 덧붙였다.

카를 이바느이치가 그 순간에 한 말들은 전부 그의 진심에서 우러나온 말들이란 것을 나는 조금도 의심하지 않는다. 왜냐하면 나는 그의 선량한 마음을 잘 알고 있기 때문이다. 그러면서도 그 청구서와 그의 말이 어떻게 조화될 수 있었는지는 지금까지도 내게 하나의 수수께끼로 남아 있다.

"자네가 그만큼 슬픈데 내 마음이야 어떻겠나. 자네와 헤어진다는 것은 몹시 가슴 아픈 일일세."

아버지는 그의 어깨를 가볍게 두드리며 말했다.

"그래서 방금 생각을 바꾸기로 했네."

저녁을 먹기 조금 전에 그리샤가 방 안으로 들어왔다. 그는 우리 집에 들어온 이래 툭하면 한숨을 쉬고 울부짖곤 했다. 그의 예언력과 신통력을 믿는 사람들에 의하면 그의 그러한 행동은 우리 집에 어떤 불행이 닥쳐올 조짐이라고 했다.

"안녕히 주무세요."

그는 우리 모두에게 인사하면서, 내일 아침 방랑의 나그네길을 떠난다는 작별의 인사까지 미리 했다. 나는 볼로쟈에게 눈짓을 하고는 방에서 나왔다.

"왜 그래?"

"형, 그리샤가 옷 속에 매달고 다니는 쇠사슬을 보고 싶지 않아? 지금 곧 2층 방으로 올라가면 볼 수 있어. 그리샤는 두 번째 방에서 자고 있으니까 반침半寢 속에 들어가 있으면 편히 앉아서 볼 수가 있을 거야."

"그래? 정말 멋지겠는데! 그럼 여기 있어, 누나들을 불러올게."

조금 뒤 누나가 뛰어왔고 우리는 2층으로 올라갔다. 누가 제일 먼저 캄캄한 반침 속으로 들어갈 것인가를 정하기 위해 잠깐 옥신 각신한 뒤, 우리는 자리를 잡고 앉아 그가 들어오기를 기다렸다.

그리샤

　캄캄한 반침 속에 앉아 있는 것은 우리 모두에게 그다지 기분 좋은 일은 아니었다. 우리는 서로의 몸을 바짝 붙이고 조용히 앉아 있었다. 우리가 반침 속에 들어가 자리를 잡은 지 얼마 지나지 않아 그리샤가 조용한 발걸음으로 들어왔다. 한 손에는 늘 짚고 다니는 지팡이를 들고, 한 손에는 놋쇠 받침 위에 세운 촛불을 들고 있었다. 우리는 일제히 숨을 죽였다.

　"주 예수 그리스도여! 성모 마리아여! 성부와 성자와 성령의……."

　숨을 크게 들이마시며 그는 몇 번이고 되풀이하여 외웠다. 그는 기도하는 사람들 특유의 갖가지 억양과 음조와 발음을 뒤섞어 가며 기도를 올렸다.

　지치지도 않고 기도문을 외우던 그리샤는 지팡이를 한쪽 구석에 세우고 나서 침대를 살펴본 다음 천천히 옷을 벗기 시작했다. 그는 낡아 빠진 검은 허리띠를 풀고, 형편없이 헤진 무명의 외투를 천천히 벗은 다음, 얌전히 개어 의자 등받이에 걸었다. 그때의 그의 얼굴에서는 다른 때와 같은 조급함이나 우둔함은 보이지 않았다. 아니 오히려 모든 것을 초월한 듯 여유가 있었을 뿐 아니라 명상에 잠긴 듯이 보였고, 어떻게 보면 장중하기까지 했다. 행동 또한 여유가 있었으며 사려 깊어 보였다.

셔츠 바람의 그리샤는 조용히 침대에 앉더니 사방을 향해 성호를 그었다. 그의 찡그린 얼굴로 보아 몹시 힘이 든 듯 보였으나, 그는 셔츠 안에 있는 쇠사슬의 위치를 바로잡았다. 잠깐 동안 조용히 앉아 여기저기 구멍 뚫린 셔츠를 주의 깊게 검사한 그는 다시 자리에서 일어났다. 그리고는 기도문을 외우면서 촛불을 들고 성상이 여러 개 안치된 탁자의 높이까지 받든 다음 성호를 그었다. 그는 촛불을 거꾸로 했다. 불은 툭툭 소리를 내더니 꺼졌다.

숲 쪽으로 난 창으로 거의 만월에 가까운 달빛이 비쳐 들었다. 흰 셔츠를 입은 신들린 사나이의 홀쭉하고 긴 모습이 푸른 기를 띤 은색 달빛에 반쯤 비치고, 나머지 반은 검은 그늘에 싸여 있었다. 길게 늘어진 그의 그림자는 창틀의 그림자와 함께 방바닥과 벽을 거쳐 천장에까지 닿았다. 밖에서는 야경꾼이 꽹과리를 두드렸다.

커다란 두 손을 가슴 위에서 마주 잡은 그는 고개를 숙인 채 거칠게 숨을 몰아쉬며 말없이 성상 앞에 서 있었다. 얼마 뒤 그는 힘겹게 무릎을 꿇더니 기도하기 시작했다.

처음에는 흔히 볼 수 있는 기도 문구를 군데군데 힘을 주어 가며 외우는 데 지나지 않다가, 차차 목소리를 높여 활기찬 어조로 되풀이하기 시작했다. 그는 고대 슬라브 어로 표현하려고 온갖 노력을 기울이더니 자신의 단어로 말하기 시작했다. 그 말들은 조리가 없기는 했으나 감동으로 이끄는 힘을 지녔다. 그는 자신에게 은혜를 베풀어 준 모든 사람들의 평안과 행복을 빌었다. 그는 자기를 묶어 가게 해 준 사람들을 전부 은인이라고 불렀다. 그러한 은인 가운데는 어머니와 나도 들어 있었다. 그 다음에 자신에 대하여도 신에게 기구하며, 무거운 죄업을 용서해 주시길 간절히 빌면서 이렇게 되풀이했다.

"주여, 우리의 원수까지도 용서해 주시옵소서!"

얼마 후 신음 비슷한 소리를 내면서 그가 일어섰다. 그런가 했더니, 곧이어 같은 말을 되풀이하며 방바닥에 몸을 던졌다. 다시 한 번 방바닥에 상체를 숙이고는 달가닥달가닥 날카로운 소리를 내는 쇠사슬에도 아랑곳하지 않고 몸을 일으켰다.

볼로쟈가 내 발을 아프게 꼬집었지만 나는 돌아보지도 않은 채 꼬집혀 아픈 곳만 손으로 문질렀다. 그리고 다만 어린이다운 놀라움과 측은함과 존경의 뜻을 가지고 그리샤의 언행에만 주의를 기울였다. 반침에 들어올 때 예상했던 기쁨과 웃음 대신 심장이 얼어붙고 떨리는 느낌을 받았다.

그리샤는 상당히 오랫동안 그러한 종교적 감격에 젖은 채 즉흥적인 기도문을 만들어 냈다. 때로는 몇 번이고,

"주여, 용서해 주시옵소서."

라고 되풀이했으나, 그 때마다 새로운 힘과 표현을 더해 갔다. 또,

"주여, 우리를 용서해 주시옵소서, 제게 가르침을 주소서. 제가 무엇을 해야 하는지 가르침을 주소서. 오, 주여!"

라고 하기도 했다. 마치 그것은 자신의 기도에 대한 답을 즉시 기대하고 있는 듯한 표정이었다. 그런가 하면 애절하게 하소연하는 듯한 오열만이 들려오기도 했다. 이윽고 엎드렸던 몸을 일으킨 그는 무릎을 꿇고 두 손을 가슴에 모은 뒤 침묵했다.

나는 숨을 죽이며 살그머니 반침 밖으로 고개를 내밀었다. 그리샤는 꿈쩍도 하지 않았다. 뱃속으로부터 토해 내는 듯한 한숨이 새어 나오고, 한쪽밖에 없는 그의 눈동자에는 눈물이 달빛을 받아 반짝였다.

"주여, 당신의 뜻대로 하시옵소서!"

갑자기 무어라 형용하기 어려운 표정으로 이렇게 외친 그는 이마를 방바닥에 대고 아이들처럼 통곡하기 시작했다.

그로부터 많은 세월이 흘러갔다. 과거에 관한 여러 가지 추억이 이제는 쓸모없는 것들이 되어 버리고, 몽롱한 공상으로 남아 있을 뿐이다.

이 그리샤 노인도 이미 오래 전에 그 마지막 유랑 길을 마쳤다. 그러나 내 가슴에 새겨진 그의 인상과 느낌은 내 추억 속에서 영원히 사라지지 않을 것이다.

오오, 위대한 그리스도교 신자인 그리샤여! 당신의 믿음은 당신이 신 가까이 있다는 것을 느낄 수 있을 정도로 열렬했고, 당신의

사랑은 당신의 말씀이 당신의 입을 통해 흘러나온 만큼 참으로 큰 것이었습니다. 당신은 그 사랑과 믿음을 이성으로써 따지려 하지 않았습니다. 표현할 말을 찾아내지 못해 통곡하며 대지에 몸을 던졌을 때, 당신은 신의 위대함에 더할 나위 없이 숭고한 찬미를 바친 것입니다.

그러나 그리샤의 기도에 귀를 기울이면서 느낀 감동은 그리 오래 계속되지 않았다. 첫째 그리샤에 대한 호기심이 채워졌고, 둘째 한자리에 너무 오래 앉아 있어서 발이 저려 왔기 때문이다. 그리고 나는 뒤쪽에서 소곤거리는 소리와 장난에 끼어들고 싶어졌다. 누군가가 내 손을 잡고 작은 목소리로 "이거 누구 손이야?" 하고 물었다. 반침 속은 몹시 캄캄했으나 나는 촉감과 바로 귓가에 들리는 목소리만으로 그것이 카텐카임을 알 수 있었다.

나는 짧은 소매에 싸인 그녀의 팔꿈치를 무의식적으로 꽉 쥐고 그곳을 입술로 세게 눌렀다. 깜짝 놀란 카텐카는 잡힌 손을 얼른 뒤로 뺐다. 그 바람에 반침 속에 넣어 두었던 망가진 의자를 그만 쾅 소리가 나도록 치고 말았다. 그리샤는 머리를 들어 조용히 사방을 둘러보았다. 그리고 기도문을 외우면서 방 모퉁이를 향해 성호를 긋기 시작했다. 우리는 시시덕거리며 요란스럽게 반침에서 나와 도망쳤다.

이 별

　앞서 말한 것처럼, 여러 가지 일이 일어났던 다음날 오전 11시가 조금 지나자 한 대의 사륜마차와 포장을 반만 덮은 마차 한 대가 현관 앞에 도착했다. 니콜라이는 벌써 여장을 갖추고 대기했다. 그는 장화 속에다 바지를 집어넣고 구식 티가 줄줄 흐르는 프록코트를 허리띠로 바짝 졸라맨 모습이었다. 그는 포장이 반만 덮인 마차에 서서 외투와 쿠션을 의자 위에 깔았다. 의자가 너무 높다고 생각되었는지, 그는 쿠션 위에 올라앉아 엉덩이를 들썩거리면서 자리를 알맞게 만들었다.

　"니콜라이, 미안하지만 주인어른 셔츠 상자를 당신 마차에 실어 줄 수 있나요? 아주 작은 건데……."

　아버지의 시종이 사륜마차에서 몸을 반쯤 내밀며 말했다.

　"진작 말해 주었으면 좋았을걸 그랬어!"

　화가 난 듯, 니콜라이는 이렇게 대답하며 어떤 보따리를 힘껏 마차에 던져 넣었다.

"정말이지 이쪽은 눈코 뜰 새 없이 바쁜데 말이야. 게다가 당신까지 와서 짐을 보태겠다고 하니, 도무지 견딜 수가 있나."

챙이 달린 모자를 살짝 들어 올린 후 햇볕에 그을린 이마의 땀방울을 닦으며 그가 말했다.

프록코트나 카프탄, 혹은 루바슈카(러시아의 민속 의상. 남자들이 입는 윗도리로 깃을 세운 채 왼쪽 앞가슴에서 단추로 여미며, 허리를 끈으로 매서 입음 : 역주) 따위를 입은 하인들과 줄무늬의 무명 헝겊을 덧댄 값싼 옷을 입고 아이들을 안은 하녀들, 한창 장난꾸러기인 맨발의 하인 아이들이 마차의 출입구인 계단 앞에 서서 마차를 구경하며 자기들끼리 수다를 떨고 있었다. 허리가 굽은 나이 많은 마부가 겨울 모자를 쓰고 소매가 없는 허름한 나사羅紗로 된 외투를 입은 채 멍에를 잡고 가볍게 흔들어 보았다. 차체의 상태를 신중하게 살펴보는 것이었다. 다른 한 사람 — 씩씩하게 보이는 이 젊은이는 빨갛고 네모진 헝겊을 겨드랑이에 덧붙인 셔츠 한 장만을 입고 검은 양털 모자를 쓰고 있었는데, 그 모자로 숱이 많은 머리를 이리저리 쓰다듬었다 — 은 자신의 외투를 마부석에 올려놓은 다음, 그 위에 고삐를 던져 놓고 가죽으로 짠 채찍을 소리를 내며 휘둘렀다. 그리고 자신이 신고 있는 장화와 포장이 반만 덮인 마차에 기름칠하고 있는 우리 집 마부들을 번갈아 가며 바라보았다.

마부들 중 한 사람이 오만상을 찌푸리며 마차를 들어 올렸다. 다른 한 사람은 바퀴 앞에 쭈그리고 앉아 차축과 바퀴의 축받이에 기름칠을 하고 있었다. 아니 그뿐 아니라, 솔에 묻은 기름이 아까워서 덧바르기까지 했다. 너무 오랫동안 부려 먹은 탓에 볼품없어진 여러 가지 털빛의 역마들은 문 옆에 매인 채 꼬리를 흔들며 파리를 쫓았다. 그 가운데 어떤 말은 털이 드문드문 난 굵은 다리를 앞으로 내밀고 눈을 반쯤 감은 채 졸고 있었고, 나머지 말들은 지루했던지 자기들끼리 털을 문지르거나 입구의 계단 가까이 돋아난 짙은 녹색의 잡초를 뜯고 있었다. 그곳에는 보르조이 사냥개 몇 마리가 있었는데 양지바른 곳에 드러누워 가쁜 숨을 몰아쉬고 있거나, 마차 근처의 그늘을 서성대며 차축 둘레의 기름을 핥고 있었다.

사방이 먼지가 섞인 듯한 안개로 자욱했고, 지평선은 회색에 가까운 보랏빛으로 물들어 있었다. 하지만 하늘에는 먹구름 한 점 없었다. 사나운 하늬바람이 길과 들판에 먼지 회오리를 일으켰고, 정원의 키 큰 보리수나무와 자작나무 가지를 뒤흔들어 노랗게 물든 잎을 멀리 날려 보냈다.

나는 창가에 앉아 모든 준비가 끝나기를 지루하게 기다렸다.

마지막으로 최후의 몇 분을 함께 보내기 위해 식구들이 응접실의 둥근 탁자를 둘러싸고 앉았을 때, 견딜 수 없이 슬픈 순간이 그곳에 도사리고 있었음을 나는 상상조차 하지 못한 채, 아무 짝에도 소용없는 하찮은 생각들만 하고 있었다.

'두 사람의 마부 가운데 누가 사륜마차에 타고, 어떤 마부가 반만 덮은 포장마차에 탈 것인가? 누가 아버지와 함께 타고 누가 카를 이바느이치와 함께 탈 것인가? 대체 나는 이 목도리를 왜 하고 있으며, 솜을 넣은 외투를 입어야 한단 말인가? 나를 이다지도 약골 취급을 하다니……. 설마 얼어 죽기야 하겠어. 그건 그렇다 치고 어서 빨리 준비를 마치고 마차를 타고 떠났으면 좋겠는데.'

이런 따위의 생각들이었다.

"도련님들의 속옷 목록을 어느 분께 드리면 좋을까요?"

울어서 눈이 퉁퉁 부은 나탈리야 사비슈나(어머니가 어렸을 적부터 데리고 있던 몸종)가 종이쪽지를 들고 와서 어머니에게 물었다.

"니콜라이한테 주구려. 그리고 아이들과 작별해야 하니까 이리로 오게나."

할멈은 무엇인가 말하려다 말고 손수건으로 얼굴을 감싼 채, 손을 저으며 방을 나가 버렸다. 이러한 모습을 보자 나는 잠시 심장이 에이는 듯한 아픔을 느꼈다. 그러나 빨리 출발하고 싶은 조급함이 더 강렬했으므로, 나는 아버지와 어머니가 주고받는 말들을 조용히 듣고 있었다. 두 사람의 대화는 어느 쪽에게도 재미가 없어 보였다. 집안 살림을 위해 무엇을 사야 한다든가, 공작 따님인 소피아나 줄리 부인에게 무슨 말을 하면 좋을 것인가 하는 따위의 대화였다.

이윽고 포카가 들어와서는 출입구의 문지방 앞에 서서 식사 준비가 다 되었음을 알릴 때와 똑같은 목소리로 이렇게 알렸다.

"마차 준비가 다 되었습니다."

이 전갈을 듣자 어머니는 몹시 놀란 듯이 경련이라도 하듯 몸을 떨면서 얼굴이 창백해졌다. 나는 그러한 어머니의 표정을 보았다.

그것은 마치 그녀에게 있어 전혀 뜻밖의 일이기라도 한 것처럼 보였다.

포카는 방문을 모두 닫으라는 명령을 받았다. '우리 모두가 마치 누구에게 쫓기어 숨는' 것 같아서 내게는 그것이 몹시 재미있었다.

모두 자리에 앉자 포카 역시 의자 끝부분에 걸터앉았다. 그가 자리에 앉자마자 방문이 삐걱 소리를 내며 열렸다. 모두들 그쪽을 돌아보았다.

나탈리야 사비슈나가 급히 들어왔다. 그녀는 눈을 아래로 떨구고 포카가 앉아 있는 의자에 함께 앉았다. 포카의 대머리와 무표정하고 주름투성이인 얼굴, 부인용 두건 밑으로 백발이 성성했던 참으로 선량하고 허리가 구부정한 나탈리야 사비슈나의 모습이 지금도 눈앞에 생생하게 떠오른다. 의자 하나에 몸을 붙이고 두 사람이 앉아서 그런지 자리가 몹시 옹색해 보였다.

나는 그런 일들과는 상관없이 그저 태평하기만 했고, 출발을 기다리는 그 시간이 초조할 뿐이었다. 문을 모두 닫고 앉아 있던 그 10초 동안이 나에게는 마치 한 시간 이상이나 된 듯 지루하게 느껴졌다. 마침내 모두가 일어나서 성호를 긋고 이별의 인사를 나누기 시작했다. 아버지는 어머니를 안으며 몇 번이고 키스를 했다.

"자, 이제 됐어. 영원히 이별하는 것도 아닌데 뭐!"

"그렇지만 슬픈걸요!"

어머니가 아버지의 말에 눈물을 흘리며 떨리는 목소리로 대답했다. 나는 그 목소리를 들었을 때, 어머니의 떨리는 입술과 눈물이 가득 고인 눈을 보았고, 이제까지의 모든 생각을 잊어버리고 말았다. 견딜 수 없이 슬프고, 괴롭고, 무서운 생각까지 들었다. 그래서 어머니와 작별 인사를 나누기보다 오히려 도망치고 싶은 심정이었다. 나는 그 순간 어머니가 아버지를 껴안으면서 동시에 우리에게도 작별을 고하고 있다는 것을 깨달았다.

어머니는 몇 번이고 볼로쟈에게 키스를 하고, 성호를 그어주었다. 이번에는 내 차례려니 생각하고 나는 몸을 앞으로 내밀었다. 그러나 어머니는 계속해서 형에게 축복을 해 주고는 가슴으로 꼭 안아 주었다. 그런 후에야 나는 어머니를 꼭 안은 채 바짝 달라붙어서 내 자신의 슬픔을 생각하며 흑흑 흐느껴 울었다.

이윽고 우리는 마차 쪽으로 걸어갔다. 현관까지 가자 하녀들이 작별 인사를 하기 위해 몰려왔다. 그들이,

"손을 좀 내 보세요."

라고 한 말과 우리들 어깨에 키스하는 소리, 그들의 머리에서 나는 기름 냄새가 내게 혐오에 가까운 감정을 불러일으켰다. 나는 이러한 기분의 영향으로 인해 나탈리야 사비슈나가 눈물로 얼룩진 얼굴로 작별 인사를 해 왔을 때, 몹시 냉담한 태도로 그 부인용 두건에 키스를 했을 뿐이었다.

참으로 이상한 것은, 내가 하인들의 얼굴을 지금도 생생히 떠올릴 수가 있기 때문에 그들의 모습에서 아주 사소한 표정까지도 자세히 그려낼 수가 있을 것만 같다는 점이다. 그러나 이와는 반대로 어머니의 얼굴 표정이나 태도에 관해서는 완전히 잊어버려 기억할

수가 없다. 아마 그때 내가 어머니의 얼굴을 한 번이라도 제대로 쳐다볼 만큼 용기가 없었던 때문인지도 모른다. 나는 그 당시 만일 내가 어머니의 얼굴을 똑바로 보면 걷잡을 수 없는 슬픔이 샘솟을 것만 같았다.

나는 제일 먼저 사륜마차로 뛰어올라 뒤쪽 좌석에 자리를 잡았다. 그쪽에서는 덮개 때문에 아무것도 볼 수 없었으나, 일종의 본능이 아직 어머니가 여기 계시다면서 내 귓가에 속삭였다.

'어머니의 얼굴을 한 번 더 보는 게 좋지 않을까? 그래, 마지막으로 한 번 더 보는 것이 좋겠어.'

마음속에서 이렇게 자문자답한 나는 사륜마차 안에서 현관 계단 쪽으로 상반신을 내밀었다.

마침 그때 어머니도 같은 생각이었던 모양인지, 마차 반대편에서 이쪽으로 다가왔다. 그리고는 내 이름을 불렀다. 뒤쪽에서 어머니의 목소리가 들렸으므로 나는 그쪽을 돌아보았다. 너무 급히 돌아보는 바람에 나는 어머니의 머리에 부딪쳤다. 어머니는 슬픈 미소를 지으며 다시 한 번 힘차게 나를 안고 키스해 주었다.

마차가 10여 미터쯤 움직였을 때, 나는 어머니 쪽을 다시 돌아보았다. 그녀의 머리를 감싼 하늘색 머플러가 바람에 날렸다. 어머니는 몹시 슬픈 듯이 두 손으로 얼굴을 가리고는 천천히 현관 계단을 오르고 있었다. 포카가 어머니를 부축하고 있었다.

아버지는 내 옆에 앉아 있었지만 아무 말이 없었다. 하지만 나는 계속해서 눈물이 흐르고 숨이 막힐 듯했다. 마치 무언가가 내 목을 조르는 것만 같았다. 넓은 길로 나오자 누군가가 발코니에서 흰 손수건을 흔들고 있는 것이 보였다. 나도 덩달아 손수건을 흔들었다. 그러한 동작으로 인해 내 슬픈 마음이 어느 정도는 가라앉았으나 울음은 언제까지고 그치지 않았다. 이 눈물은 내 자신의 다정다감한 마음을 증명하는 것이란 생각에서인지 어느 정도 내게 만족과 위안을 주었다.

1킬로미터쯤 떠나왔을 때, 나는 편하게 자리를 고쳐 앉아 바로 눈앞에 있는 것 — 내가 앉아 있는 쪽에 매어진 말의 엉덩이 — 을 주의 깊게 바라보기 시작했다. 약간 둥글둥글한 무늬가 있는 갈색 말이 꼬리를 어떻게 흔들고, 한 다리로 다른 다리를 어떻게 쳐내는지, 또 마부의 채찍이 떨어질 때마다 두 발이 어떻게 함께 뛰어오르는지 등을 자세히 바라보았다. 나는 또 꼬리가 돋아난 부분에 대어진 말의 엉덩이받이와 거기에 달린 장식들이 달랑거리는 것을 자세히 관찰했다. 그러나 어느덧 주변 풍경으로 눈길을 옮겼다. 물결치듯 출렁이는 잘 익은 호밀밭과 일하는 농부들, 망아지와 함께 잡초를 뜯고 있는 말, 검은 흙이 드러나 보이는 아무것도 심지 않은 밭에 여기저기 흩어져 있는 농기구들, 길가의 이정표 등이 보였다. 그뿐만 아니라 우리가 탄 마차를 부리고 있는 마부는 도대체 어떤 사람인지 보기 위해 마부석을 기웃거리기까지 했다. 내 얼굴에는 아직도 눈물 자국이 남아 있었지만, 생각은 이미 조금 전에 헤어진 어머니로부터 멀리 떠나 있었다. 그러나 하나하나의 단편적인 추억들이 어머니를 연상하게 해 주었다. 전날 밤에 자작나무

가로수에서 발견한 버섯과 류보치카와 카텐카가 그 버섯을 먼저 따겠다고 서로 다툰 일, 두 사람이 내게 작별 인사를 하면서 울었던 일 등이 생각났다.

'둘 다 가여워! 나탈리야 사비슈나도 가엾고, 자작나무 가로수도, 포카도 모두 가여워. 그 심술쟁이 미미도 가여워. 모든 게 다 가여워! 하지만 어머니가 제일 가여워!'

이렇게 생각하니 또 눈물이 나기 시작했다. 하지만 오래 계속되지는 않았다.

유년 시절

이제 다시는 돌아오지 않을, 달콤하고도 행복했던 시간이여! 그 시간들을 어찌 사랑하지 않고, 또 그 시절의 아름다운 추억들을 소중하게 간직하지 않을 수 있겠는가? 그 추억들은 내 영혼을 고양시키고 새롭게 해 주었으며, 내게 더할 수 없는 기쁨의 원천이 되었다.

나는 실컷 뛰어놀다가 지칠 때면, 차 마시는 탁자 옆의 높은 안락의자에 앉아 쉬곤 했다. 밤이 깊은 시간이었고, 이미 설탕을 넣은 우유 한 잔을 다 마신 뒤라서 눈이 저절로 감길 정도로 쏟아지는 잠을 이겨 내기가 힘들었지만, 꼼짝도 하지 않은 채 이야기를 듣고 있었다. 어머니가 누군가와 이야기를 나누고 있었는데, 어머니의 목소리는 아주 정겹고 감미로웠다. 졸음으로 인해 흐릿한 눈으로 어머니의 얼굴을 찬찬히 쳐다보고 있는데, 갑자기 어머니가 점점 작아지더니, 어머니의 얼굴이 단추만큼이나 작아졌다. 하지만 어머니의 얼굴은 내게 여전히 아주 분명하게 보였다. 그리고 어머니가 나를 어떻게 바라보고, 어떻게 미소 짓는지도 보았다. 나는 그처럼 작은 모습의 어머니를 보는 것이 좋았다. 내가 눈을 더 가늘게 뜨자, 어머니는 눈동자에 비친 꼬마보다 더 작아졌다. 그러나 내가 움직이자마자 그 환상은 바로 깨지고 말았다. 나는 눈을 가늘게 뜨기도 하고, 몸을 돌려보기도 하면서 그 모습을 되살리려고 갖은 노력을 했지만 아무런 소용이 없자, 다리를 모아 의자에 올리고 편하게 안락의자에 몸을 기댔다.

"너 그러다가 다시 잠들겠다, 니콜렌카(니콜라이의 애칭). 2층으로 올라가는 게 좋겠다."

어머니가 말했다.

"엄마, 전 지금 자고 싶지 않아요."

이렇게 대답했지만, 몽롱하면서도 달콤한 공상들이 머릿속에 가득 차면서 다시 눈꺼풀을 감기게 했다. 그리고 1분 후에는 사람들이 깨울 때까지 세상모르고 꿈나라로 빠져 들었다. 그러면서도 잠결에 누군가의 부드러운 손이 나를 만지는 것을 느꼈다. 난 한 번의 감촉만으로도 그것이 어머니의 손이라는 것을 알고, 아직 깨지 않은 꿈속에서 무의식적으로 그 손을 끌어당겨 입술에 갖다 댔다.

모두들 각자의 방으로 들어가고, 거실에는 촛불 하나만 켜져 있었다. 어머니가 직접 나를 깨웠다고 했다. 어머니는 내가 잠들어 있는 안락의자 옆에 앉아 아주 부드러운 손으로 내 머리를 쓰다듬었다. 다정스럽고 낯익은 어머니의 목소리가 내 귓가에 들려왔다.

"우리 아가, 일어나야지. 이제 자러 갈 시간이다."

어떤 차가운 시선도 어머니를 주저하게 하지 못했다. 어머니는 나에게 모든 사랑과 애정을 쏟았다. 나는 꼼짝하지 않은 채 더욱더 세게 어머니의 손에 입을 맞추었다.

"그만 일어나라, 우리 천사."

어머니는 다른 손으로 내 목을 부여잡고, 빠르게 손가락을 움직여 나를 간질였다. 거실은 어둡고 조용했지만 어머니의 간지럼과 잠을 깨우는 행동으로 인해 내 신경은 흥분되어 있었다. 어머니는 바로 옆에서 나를 쓰다듬어 주었고, 나는 어머니의 냄새와 목소리를 들었다. 그리고 이러한 모든 여건이 내가 벌떡 일어나서는 양팔로 어머니의 목을 끌어안고, 어머니의 가슴에 머리를 묻고 가쁘게 숨을 쉬면서 이야기하게끔 만들었다.

"사랑하는 엄마, 나는 정말 엄마를 사랑해요!"

어머니는 쓸쓸하면서도 매혹적인 미소를 지어 보이며, 두 팔로 내 머리를 감싸 안아 이마에 입맞춤을 하고 난 후 자신의 무릎에 나를 앉혔다.

"너, 엄마를 그렇게도 사랑하니?"

어머니는 잠시 말을 끊었다가 다시 이어갔다.

"엄마를 항상 사랑해야 한다. 절대로 잊으면 안 돼. 만일 엄마가 없더라도 엄마를 잊지 않을 거지, 니콜렌카?"

어머니는 더욱더 사랑스럽게 나에게 입맞춤을 했다.

"그만해요! 사랑하는 엄마, 그런 말은 하지 마세요. 응! 엄마!"

어머니의 무릎에 입을 맞추며 말하는 내 눈에선 어머니에 대한 사랑과 감동의 눈물이 흘러내렸다.

그런 다음 나는 2층으로 올라가 솜을 누빈 실내복으로 갈아입고 성상 앞에 서서, 어떤 신비스러운 기분을 느끼면서 이렇게 기도했다.

"주여, 아빠와 엄마를 구원해 주소서."

이런 기도문을 반복했는데 나의 어린 시절에 더듬거리며 처음으로 한 기도가 사랑하는 어머니를 위한 것이었으며, 어머니에 대한 사랑과 신에 대한 사랑이 하나의 감정으로 일치했다는 사실은 더욱더 이상했다.

기도를 하고 난 뒤 잠자리에 들면 대체로 마음도 가벼워지고 기분도 밝아져 즐거웠다. 그리고 하나의 공상이 다른 공상으로 계속 이어졌는데, 그 공상들은 꼭 붙잡을 수 없지만 행복에 대한 기대와 순수한 사랑으로 충만한 것이었다. 나는 카를 이바느이치와 그의 가엾은 운명에 대해서도 생각했는데, 그는 내가 알고 있는 사람들 중에서 유일하게 불행한 사람이었다. 그래서 나는 그를 불쌍하게 생각하는 만큼 더 그를 사랑하게 되었고, 눈물을 흘리면서도 이런 생각을 하곤 했다.

'주여, 그에게 행복을 주소서. 제가 그를 도울 수 있는 가능성과 그의 슬픔을 치유할 힘을 주소서. 저는 그를 위해 모든 것을 희생할 각오가 되어 있습니다.'

그러고 나면 내가 좋아하는 도자기로 만든 토끼나 강아지 장난감을 솜털로 속을 채운 베개 구석에 밀어 넣었는데, 이 장난감들이 그곳에서 따뜻하고 편안하게 놓여 있는 것을 보면 매우 기분이 좋아졌다. 그리고 세상 모든 사람들이 행복하고 만족할 수 있도록, 그리고 내일은 산책하기에 알맞은 날씨가 되게 해 달라고 기도하곤 했다. 그러다가 다른 쪽으로 돌아눕게 되면 공상과 여러 생각들이 이리저리 뒤섞이면서도 여전히 눈물에 젖은 얼굴로 편안하게 잠에 빠져들었다.

과연 언제쯤이면 유년 시절에 내가 가졌던 그러한 믿음의 힘과 사랑의 요구 그리고 신선함과 근심 없는 마음이 다시 찾아올 수 있을 것인가? 그 당시의 간절했던 기도들은 다 어떻게 된 것일까? 가장 좋은 선물인 사랑과 감동의 눈물은 어디로 간 것일까? 이런 눈물과 감동을 내게서 영원히 떠나게 할 정도로 인생은 내 마음속에 그리도 몹시 고단한 삶의 편린들을 남겨 놓았단 말인가? 진정 그것들은 추억으로 남아 있단 말인가?

시

모스크바로 옮겨 온 지 한 달쯤 되었을 무렵의 일이다. 나는 할머니 댁 2층에 있는 커다란 탁자 앞에서 무언가를 열심히 쓰고 있었다. 내가 앉은 바로 앞에는 미술 선생님이 앉아서 검은색 연필로 회교도 두건을 두른 터키 인의 머리 부분에 마지막 수정을 하고 있었다. 볼로쟈는 선생님 뒤에 서서 목을 길게 뽑고는 어깨 너머로 그 그림을 보았다. 이 터키 인의 인물화는 볼로쟈가 처음으로 그린 연필화인데 오늘로 명명일命名日을 맞으신 할머니께 선물로 드리기로 한 것이다.

"이곳에다 좀 더 음영이 지게 하는 게 어떨까요?"

볼로쟈가 터키 인의 목 부분을 가리키며 선생님에게 물었다.

"아니, 그럴 필요 없어."

선생님은 연필과 제도용 펜을 필통에 넣으며 대답했다.

"아주 잘됐어. 더 손질하면 오히려 좋지 않아. 자, 니콜렌카(니콜라이의 애칭) 도련님."

그는 일어서서 터키 인을 계속 곁눈질로 바라보며 내게 말했다.

"이제 그만 비밀을 털어놔도 되지 않을까? 대체 넌 할머니께 무엇을 드릴 생각이지? 너도 인물화를 그리면 좋을 텐데. …… 그럼 안녕."

그는 이렇게 말하며 모자와 수업 횟수 기입부를 챙겨 가지고 나갔다.

그때 나 역시 지금 하고 있는 일로 애쓸 것이 아니라, 인물화를 그리는 편이 훨씬 낫겠다고 생각했다. 곧 할머니의 명명일이 돌아오니 그때까지 선물을 준비해야 한다는 말을 들었을 때, 나는 이 기회에 시를 지어 할머니께 드리면 좋겠다는 생각을 했다. 나는 즉시 운율을 가진 시 두 행을 지었고, 나머지 부분도 쉽게 지어지겠지 하고 기대했다. 어떻게 해서 이런 아이답지 않은 엉뚱한 생각이 내게 떠오른 것일까? 그것은 전혀 기억나지 않았으나, 다만 이 생각이 무척 마음에 들었던 것만은 기억하고 있다. 그리고 다른 사람이 선물에 대해 물으면, 할머니께 꼭 선물을 드릴 테지만 그것이 다 준비될 때까지는 무엇인지 누구에게도 말하지 않겠다고 생각한 것도 기억하고 있다.

그러나 뜻밖에도, 쉽사리 떠오른 처음 두 행을 빼놓고는 아무리 애써도 시는 더 이상 써지지 않았다. 나는 내가 가진 책을 모두 뒤져 거기 실린 여러 편의 시들을 읽어 보았다. 그러나 드미트리예프(러시아 고전주의 시인-역주)의 시도, 데르자빈(러시아 고전주의 시인-

역주)의 시도 내게 아무런 도움을 주지 못했다. 도움은커녕 오히려 나의 무능력을 일깨워 주었을 뿐이다. 그러다 문득 카를 이바느이치가 즐겨 시를 썼던 일이 생각났다. 그래서 나는 몰래 그의 서류를 뒤적여 보았다. 나는 독일어로 된 많은 시 가운데서 그가 지었을 것임에 틀림없는 시 한 편을 발견했다. 그것은 러시아 어로 되어 있었다.

L. 페트로프스카 양에게

그대 나를 잊지 말아 주오.
내 곁에 있을 때나
멀리 떨어져 있을 때나
영원히 영원히
그대 나를 잊지 말아 주오.
이 몸이 다할 때까지
내 그대를
한결 같이 사랑할지니.

1828년 6월 3일
카를 마우에르

얇은 편지지에 둥글둥글 예쁜 글씨로 쓴 이 시는 눈물겨운 서정으로 가득 차 있었다. 나는 이 시가 마음에 들었다. 나는 이 시를 곧 외었고, 이 시를 본떠서 할머니께 드릴 시를 다시 지으리라 마음먹었다.

과연 일은 아주 쉽게 풀리어, 명명일에는 12행의 축하시가 완성되었다. 나는 공부방 책상 위에서 고급 모조지에 그 시를 깨끗이 베끼기 시작했다.

나는 이미 종이를 두 장이나 버렸다. 그것은 어떤 구절을 정정하려 해서가 아니었다. 시 자체는 썩 마음에 들었으나 셋째 줄부터 줄의 끝부분이 점점 위로 올라가 버렸기 때문이다. 멀리서 보아도 비뚤어진 줄이 눈에 띄었으므로 나는 도저히 그것을 남에게 보일 수가 없었다. 세 번째 종이도 마찬가지 실수를 저질렀다. 하지만 이번에는 고쳐 쓰지 않기로 했다. 나는 이 시로 할머니께 축하의 뜻을 표하고, 만수무강을 빌었다. 그리고 이렇게 끝을 맺었다.

당신을 위로하고 사모하리니
낳으시고 기르신 어머니처럼.

내가 보기에도 썩 잘된 것 같았다. 다만 마지막 한 행이 어쩐지 귀에 좀 거슬렸다.
"낳으시고 기르신 어어머어니처어럼."
나는 입으로 이 구절을 되풀이해 보았다.
어머니란 말 대신 적당한 말이 없을까 궁리해 봤으나 신통한 생각이 떠오르지 않았다.

'그대로 하자. 그래도 카를 이바느이치의 시보다는 잘됐어.'

나는 마지막 한 행을 적어 넣었다. 그리고 침실로 가서 내 작품을 처음부터 끝까지 감정과 몸짓을 곁들여 가며 낭독해 보았다. 내 시에는 리듬이라곤 전혀 없었다. 하지만 그런 것에는 괘념치 않았다. 다만 마지막 한 행이 한층 불쾌하게 느껴지고 귀에 거슬릴 뿐이었다. 나는 침대에 앉아 생각에 잠겼다.

'어째서 낳으시고 기르신 어머니처럼이라 적어 넣었을까? 어머니가 여기 없기 때문일까? 어머니 얘기는 끌어들이지 않는 편이 좋았을걸 그랬어. 물론 할머니는 아주 좋으신 분이고 그런 할머니를 존경하지만 그래도 어머니와는 다르잖아. 그런데 나는 왜 이렇게 적었을까? 왜 거짓말을 했을까? 아무리 시라고 하더라도 이렇게 쓰지는 말았어야 해…….'

마침 이때 재단사가 들어와서 새로 만든 약식 연미복을 내밀었다.

"이제는 별 도리가 없어!"

몹시 초조함을 느낀 나는 화가 나 이렇게 중얼거리며 쿠션 밑에다 시를 쑤셔 넣었다. 그리고는 모스크바 양복점에서 가져온 의상을 입어 보기 위해 뛰어갔다.

모스크바의 맞춤 양복은 아주 훌륭했다. 놋쇠 단추가 달린 초콜릿색 약식 연미복은 몸에 잘 맞았으며, 자라서도 입을 수 있도록 넉넉하게 만든 시골 양복점 것과는 비교가 되지 않았다. 딱 들어맞는 검은 바지도 아주 기분이 좋았다. 바지는 허벅지의 선을 그대로 드러내 보여 주며 장화 위에 닿았다.

'드디어 나도 가죽 끈이 달린 진짜 바지가 생겼구나!'

춤을 출 듯이 기쁜 나머지 나는 내 발을 내려다보며 생각했다. 사실 새 양복은 약간 작은 듯해서 불편했으나 나는 오히려 그것을 감추고는 사실과 반대로 이 옷은 대단히 편하며, 다만 이 옷에 결점이 있다면 약간 크다는 점이라고 말했다. 그리고 거울 앞에 서서 포마드를 흠뻑 바른 머리를 오랫동안 빗었다. 그러나 아무리 애를 써도 한가운데 뻗쳐 있는 머리를 잠재울 수는 없었다. 빗을 떼자마자 머리는 빳빳하게 뻗쳐서 내 얼굴을 아주 익살스럽게 만들었다.

카를 이바느이치는 옆방에서 옷을 갈아입고 있었다. 푸른 연미복과 셔츠 같은 것들이 공부방을 통해 그에게 전해졌다. 아래층으로 통하는 문 앞에서 할머니의 시중을 드는 하녀 하나가 뭐라고 이야기하는 것이 들려왔다. 나는 무슨 일인지 나가 보았다. 그녀는 풀을 빳빳하게 먹인 와이셔츠를 손에 들고 있었다. 그녀는 나를 보자 이것은 카를 이바느이치를 위해 가져온 것이며, 이 와이셔츠를 오늘 입을 수 있도록 하기 위해서 자기는 어젯밤 한숨도 자지 못했다고 했다. 그것을 내가 전해 주기 위해 받아들면서, 나는 할머니께서 일어나셨는지 그녀에게 물었다.

"네, 일어나셨고말고요! 커피도 벌써 드셨고, 신부님도 도착하셨는걸요. 어머, 아주 멋지시네요!"

그녀는 미소를 지으며 새로 맞춘 내 양복에 대해 칭찬했다.

그녀의 말에 나는 그만 얼굴을 붉혔다. 나는 한쪽 발로 서서 한 바퀴 빙그르르 돈 다음, 손가락을 탁 튕기며 깡충 뛰었다. 이러한 몸짓으로 내가 얼마나 더 멋진가를, 그녀가 아직 모르고 있는 점까지 알려 주려 했던 것이다.

내가 카를 이바느이치에게 와이셔츠를 갖고 갔을 때는 이미 그것은 그에게 더 이상 필요하지 않았다. 벌써 다른 셔츠를 꺼내 입은 그는 탁자 위에 놓인 작은 거울 앞에 앉아 화려한 무늬의 나비넥타이를 두 손에 들고, 깨끗이 면도한 턱이 나비넥타이 속으로 자유롭게 드나들 수 있는지 시험하고 있었다. 그리고 그는 우리가 입은 새 옷을 이리저리 살피고 만져 보면서, 니콜라이에게 자기도 같은 것으로 만들어 달라고 부탁한 뒤, 우리를 데리고 할머니한테 갔다. 계단을 내려가기 시작했을 때, 세 사람 모두에게서 포마드 냄새가 심하게 풍겨 왔던 것을 생각하면 지금도 우스워진다.

카를 이바느이치는 자신이 만든 작은 상자를, 볼로쟈는 그림을, 난 문제의 그 시를 들고 갔다. 우리는 모두 자신이 마련한 선물을 드릴 때 어떤 인사를 해야 할지 마음속으로 준비하고 있었다. 카를 이바느이치가 홀의 문을 열었을 때는, 사제복을 입은 신부의 첫 기도 소리가 울려 퍼졌다..

할머니는 벌써 홀에 나와 계셨다. 할머니는 허리를 굽히고 의자 등받이에 몸을 기댄 채, 벽 옆에 서서 경건하게 기도를 드리고 있었고, 그 곁에 아버지가 서 있었다. 아버지는 우리가 있는 쪽을 돌아다보았다. 아버지는 우리들이 준비한 선물을 등 뒤로 급히 감추며 문 쪽으로 슬슬 뒷걸음질치는 것을 보자 빙그레 웃었다. 갑자기 선물을 내보이며 깜짝 놀라게 하려던 우리의 계획은 이것으로 어긋나 버렸다.

우리가 신부가 들고 있는 십자가 앞으로 다가가서 차례로 키스하기 시작했을 때, 갑자기 주체할 길 없는 강렬한 수치심이 내게 엄습했다. 나는 도저히 준비한 시를 선물로 드릴 수 없다는 감정에 사로잡히고 말았다. 나는 카를 이바느이치의 등 뒤로 몸을 감추었다.

카를 이바느이치는 온갖 멋진 말로 할머니께 축하의 말을 올리고 나서, 선물인 작은 상자를 천천히 오른손에서 왼손으로 옮겨 쥔 다음 명명일의 주인공에게 드렸다. 그리고 볼로쟈에게 길을 비켜 주기 위해 두어 걸음 옆으로 물러났다. 할머니는 금테두리로 장식한 작은 상자를 받고 무척 기뻐하셨으나 어디에 놓아두어야 할지 결정을 못하신 듯, 아주 썩 잘 만들어진 것이니 구경 좀 하라고 아버지에게 건넸다.

아버지는 자기의 호기심을 만족시키고 나서 그 상자를 다시 신부에게 건네주었다. 신부는 그 상자가 몹시 마음에 들었는지, 고개를 끄덕이며 진기한 듯 상자와 훌륭한 솜씨의 주인을 번갈아 바라보았다. 다음에는 볼로쟈가 터키 인 인물화를 선물로 드렸고, 마찬가지로 여러 사람들로부터 칭찬을 받았다. 드디어 내 차례가 되었다. 할머니는 용기를 북돋워 주려는 듯 미소를 띠며 나를 보았다.

수치심을 경험해 본 사람이라면, 수치심이 시간과 비례해서 커가고 또 그와 반대로 결단력은 줄어든다는 사실을 잘 알 것이다.

즉 그러한 마음의 상태가 오래 계속되면 계속될수록 수치심을 떨쳐 버리기가 어려워지며 결단력은 감소되는 것이다.

카를 이바느이치와 볼로쟈가 선물을 드리고 있는 동안 얼마 남지 않았던 용기와 결단력마저 내게서 아주 사라져 버리고 말았다. 그리고 수치심은 절정에 이르렀다. 피가 심장에서 머리로 솟구치는 것 같았고, 얼굴은 붉으락푸르락 했다. 이마와 콧등에는 땀방울이 송송 맺혔으며, 귀가 화끈거리고 온몸에 오한이 이는 것처럼 떨리기 시작했다. 나는 주저하며 자리에서 움직이지 않았다.

"이리 내 봐라, 니콜렌카야. 네 선물은 무엇이니? 상자니, 그렇지 않으면 네 형처럼 그림이니?"

아버지가 말했다.

이제는 도리가 없었다. 꼼짝없이 준비한 시를 내놓지 않으면 안 되었다. 할 수 없이 나는 쭈글쭈글해진 두루마리를 떨리는 손으로 내밀었다. 목이 막혀서 말이 잘 나오지 않았으므로, 나는 잠자코 할머니 앞에 서 있었다. 할머니나 아버지가 기대했던 그림 대신 아무 짝에도 소용없는 시가 여러 사람들 앞에서 읽힌다고 생각하니 나는 몸 둘 바를 몰랐다. '낳으시고 기르신 어머니처럼'이란 말은 내가 한 번도 어머니를 사랑하지 않았을 뿐 아니라, 어머니 생각은 전혀 하지 않고 있다는 것을 분명히 드러내는 것 같았다. 할머니가 소리 내어 내 시를 읽기 시작했을 때, 또 글씨를 알아볼 수 없어 잠시 읽기를 중단하고 미소 지으며 — 내 눈에는 그것이 냉소로밖에는 보이지 않았다 — 아버지의 얼굴을 바라보았을 때, 내가 생각하는 것과는 다른 억양으로 읽어 내려갈 때, 시력이 약해 마지막까지 읽지 못하고 종이를 아버지에게 넘겨주며 처음부터 다시 읽어 달라고 부탁했을 때, 그럴 때마다 내가 경험한 마음의 고통은 도저히 표현할 길이 없다. 할머니가 그렇게 하신 것은 모두 서투른 솜씨로 적은 시 따위를 읽는 것이 귀찮고, 내 무정함을 분명하게 드러내는 마지막 한 행을 아버지에게 직접 읽어 보게 하려는 것이 분명하다고 나는 생각했다.

나는 아버지가 시가 적힌 종이로 내 콧등을 찰싹 때리고는,

"이 못된 녀석아, 어머니를 잊어서는 안 된다. 자, 이것은 너의 그런 짓에 대한 벌이다!"

이렇게 야단칠 것을 각오했다. 그러나 그런 일은 일어나지 않았다. 일어나지 않았을 뿐 아니라 낭독이 끝나자 할머니는,

"정말 훌륭하구나!"

라고 말하며 내 이마에 키스를 해 주었다. 작은 상자와 그림과 시는, 고급품인 두 장의 린네르 손수건과 어머니의 초상화가 들어 있는 향기 나는 담뱃갑 사이에 언제나 할머니가 앉아 계시는 안락의자 옆의 작은 탁자 위에 놓여졌다.

"바르바라 일리니슈나 공작 부인이 오셨습니다."

할머니가 타고 다니시는 마차를 따라다니며 시중을 드는 몸집 큰 하인 하나가 이렇게 보고했다.

할머니는 거북 껍질로 만든 담뱃갑 속의 어머니의 초상화를 보며 생각에 잠긴 듯 대답을 하지 않았다.

"이리로 모실까요?"
하인은 되물었다.

코르나코바 공작 부인

"이리 모셔라."

할머니가 안락의자에 깊숙이 앉으며 말했다.

마흔다섯 살 정도로 보이는 공작 부인은 몸집이 작고 몹시 마른데다가 신경질적으로 보였다. 불쾌한 느낌을 주는 녹회색의 눈은 부자연스럽지만 귀엽게 다물고 있는 입술과 대비되어 보였다. 타조 깃털로 장식한 비로드 모자 밑으로 옅은 붉은색의 머리카락이 보였다.

부인은 몹시 허약해 보이는 안색으로 인해 눈썹과 속눈썹이 한결 성글어 보였다. 그런데도 여유 있고 자연스러운 행동과 작은 손, 전체적으로 풍기는 깔끔한 이미지 때문에 기품이 있어 보였고, 정력적인 풍모를 풍겼다.

공작 부인은 몹시 수다스러운 여자였다. 얼마나 수다스러운지, 상대에게는 한마디도 이야기할 기회를 주지 않고 마치 싸움이라도 하듯 자기 이야기만을 쏟아 놓는 유형이었다. 그녀는 갑자기 목소리가 높아지는가 하면 어느새 낮아지고, 그러다가 다시 소리 높여 수다를 떨었다. 또한 이야기의 상대가 아닌 다른 사람들까지 둘러보며, 그 시선으로 마치 자기의 의견을 강조하려고 애쓰는 것처럼 보였다.

　공작 부인은 할머니의 손에 키스를 하면서,

　"나의 다정한 아주머니!"

라는 말을 몇 번이고 되풀이했다. 그럼에도 내가 보기에 할머니는 공작 부인을 별로 마음에 들어 하지 않는 것 같았다. 할머니는 기분이 썩 좋지 않을 때면 독특한 모양으로 눈썹을 치켜 올리는 버릇이 있었는데, 그때도 이러했다. 할머니는 미하일 공작이 할머니께 꼭 축하를 드리고 싶었지만 직접 오지 못한 이유에 대해 설명하는 공작 부인의 이야기를 듣고 있었다. 그리고 공작 부인의 프랑스 어에 대해 굳이 당신 나라의 말인 러시아 어로, 그것도 일부러 말꼬리를 길게 끌면서 대답했다.

　"고맙기도 하시지. 미하일 공작께서 못 오셨다고 말씀하셨는데……. 아무튼 그분은 언제나 바쁘신 양반이니, 원……. 그리고 말이야 바른 말이지, 그 양반인들 이런 할멈과 상대하는 게 재미있겠소?"

　자신의 말에 공작 부인이 반론할 틈을 주지 않고 할머니는 말을 이었다.

　"그건 그렇고, 댁의 도련님들은 잘 있나요?"

"네, 덕분에 공부도 하고 장난도 치면서 잘들 자라고 있답니다. 더구나 큰 녀석인 에티엔은 이루 말할 수 없는 개구쟁이예요. 도무지 말을 들어야 말이죠. 그래도 영리하긴 해서 장차 큰 인물이 될 거라고 봐요. 정말 아주 심한 말썽꾸러기예요. 그런 애는 처음 봤어요."

어색하게도 공작 부인은 아버지 쪽만을 바라보며 설명을 계속했다. 왜냐하면 할머니는 공작 부인의 아이들에게는 조금도 흥미를 보이지 않고, 당신의 손자들을 칭찬하고 싶은 마음에 상자 속에서 내 시를 소중한 듯 꺼내어 펼쳐 보였기 때문이다.

"아, 그 녀석이 글쎄 며칠 전에 무슨 짓을 했는지 아세요……."

공작 부인은 아버지 쪽으로 몸을 돌리고 마치 신명이라도 난 듯 무언가를 설명하기 시작했다. 하지만 무슨 말을 하는지 내게는 들리지 않았다. 그녀는 설명을 마치자마자 자지러지게 웃으며 아버지의 얼굴을 살폈다. 그리고는 이렇게 덧붙였다.

"정말 어쩔 수 없는 녀석이에요. 따끔하게 혼을 내주었어야 하는 건데, 그 생각이 매우 기발하고 재미있어서 그냥 내버려 두었어요."

공작 부인은 할머니에게 시선을 보내며 아무 말도 하지 않은 채 미소만 지었다.

"원 저런, 부인이 정말 아이들을 때린다고요?"

할머니는 눈썹을 치켜 올리며 때린다는 말에 힘을 주어 반문했다.

"그럼요, 아주머니."

공작 부인은 아버지 쪽으로 힐끗 시선을 던지며 어리광을 부리듯이 대답했다.

"아주머니께서 그러한 점에 대해 어떤 생각을 갖고 계신지는 저도 잘 알고 있어요. 그렇기는 하지만 이 점에 관해서는 아주머니와 제 의견이 다르다는 것을 용서해 주세요. 저도 여러 가지로 생각해 보았고, 책도 읽어 보았죠. 또 다른 분과 의논해 보기도 했지만 경험한 바에 의하면 아이들의 버릇은 아주 엄격히 길들여야 할 것 같아요. 저는 그렇게 믿거든요. 아이들을 장차 한 구실 할 수 있게 만들려면 아무래도 엄격해야 해요. 그렇지 않아요, 아주머니? 회초리 말고 아이들이 무서워하는 것이 달리 있나요?"

이렇게 말하며 그녀는 궁금하다는 듯한 눈빛으로 우리 쪽을 쳐다보았다. 고백하거니와, 나는 그 순간 이상하게도 가슴이 뜨끔했다.

"아무튼 사내아이들은 열두 살까지, 아니 열네 살이 되어서도 어리광을 부리죠. 여자애들은 좀 다르지만요."

'저런 사람의 자식으로 태어나지 않은 게 얼마나 다행인가.'

나는 생각했다.

"그래요. 정말 훌륭한 생각이군요, 부인."

할머니는 이야기를 들은 후 그런 소리를 하는 공작 부인 따위에게는 이러한 훌륭한 작품을 들려주어야 할 가치가 없다고 느끼신 듯 내가 쓴 시를 접어 상자에 넣으며 말했다.

"그래도 상관이야 없겠지만, 그래 가지고 애들이 섬세한 감정을 가질 수 있을 거라 생각하세요?"

할머니는 이 논거에는 반론의 여지가 없다고 생각했음인지, 얘기를 끝내기 위해 이렇게 덧붙였다.

"물론 이 문제에 대해서는 각자 자기 의견을 갖는다고 해서 나쁠 건 없겠지요."

공작 부인은 대답 대신 미소만 지을 뿐이었다. 진심으로 깊이 존경하는 노부인인 까닭에, 그러한 괴팍한 편견도 너그러이 이해해 드린다는 빛이 역력했다.

"참, 내 정신 좀 봐. 댁의 도련님들과도 다정하게 지낼 수 있도록 인사를 시켜 주세요."

공작 부인은 우리 쪽을 향해 부드럽게 미소를 지으며 말했다.

우리는 자리에서 일어나 공작 부인의 얼굴 위로 시선을 돌렸다. 하지만 친숙해졌다는 표시를 하려면 어떤 행동을 해야 하는지 알 수가 없었다.

"공작 부인의 손에 키스를 해 드려라."

아버지가 말했다.

"이 나이 많은 아줌마와 앞으로 다정하게 지내요."

그녀는 볼로쟈의 머리에 입을 맞추며 말했다.

"비록 너희들과는 먼 친척뻘밖에 되지 않지만, 촌수가 가깝고 먼 것보다는 얼마나 친숙하고 다정하게 지내는가가 더 중요하다고 생각해요."

공작 부인은 할머니 들으라는 듯 이런 말을 덧붙였다. 그러나 할머니는 아직도 그녀가 못마땅한 듯 이렇게 대답했다.

"부인도 참……. 요즘 누가 그렇게 촌수를 따지나요?"

"얘가 우리 큰 아이올시다. 장차 사교계의 신사가 되리라 생각합니다만."

아버지가 볼로쟈를 가리키며 말했다.

"이쪽에 있는 작은 친구는 시인이 될 겁니다."

아버지는 이렇게 덧붙였다. 마침 그때 나는 공작 부인의 작고 마른 손에 키스를 하면서, 이 작은 손에 쥐어진 회초리와 회초리 아래 놓인 의자 등을 상상하고 있었다.

"어떤 도련님이죠?"

공작 부인은 내 손을 쥔 채 물었다.

"그 녀석이 작은 녀석입니다. 이마 위로 곱슬곱슬한 머리가 늘어진……."

아버지가 유쾌한 듯 미소 지으며 말했다.

'이마 위로 늘어진 내 머리가 어쨌단 말인가…… 그것 때문에 아버지께서 손해를 본 적이 있는가…… 다른 좋은 말도 많으련만 하필이면 머리 이야기를 꺼내다니!'

나는 이렇게 생각하며 구석 자리에 가 앉았다.

나는 아름다움이란 것에 대해 좀 색다른 견해를 갖고 있었다. 심지어 나는 카를 이바느이치를 세계 제일의 미남자라 여길 정도였다. 물론 나는 내 자신이 못생겼다는 사실을 아주 잘 알고 있었다. 그것은 틀림없는 사실이었다. 따라서 내 용모를 화제에 올린다는 것은 참을 수 없는 모욕으로 느껴지곤 했다.

지금도 생생히 기억되지만, 어느 식사 때 — 나는 그때 여섯 살이었다 — 였다. 여러 가지 화제 끝에 내 외모에 대한 이야기가 나왔다.

어머니는 어떻게든지 내 얼굴에서 좋은 점을 발견하기 위해 애쓰면서, 눈이 영리하게 생겼다는 등 웃는 얼굴이 귀엽다는 등 말했으나, 아버지의 논증과 명백한 사실 앞에 굴복하고는 내 얼굴이 잘생기지 않았다는 것을 인정해야 했다.

식사가 끝난 뒤, 식사에 대한 감사 인사를 하러 갔을 때 어머니는 내 뺨을 가볍게 두드리며 이렇게 말했다.

"니콜렌카야, 네 그 얼굴로는 누구에게도 사랑받기 어려울 거야. 그러니 반드시 똑똑하고 착한 아이가 되도록 노력해야 한다."

어머니의 이 말은 내가 미남이 못 된다는 것을 나 자신에게 확인시켜 주었을 뿐 아니라, 나는 꼭 영리하고 착한 아이가 되어야 한다는 결심을 하게 만들었다.

그럼에도 불구하고 나는 자주 절망에 빠졌다. 납작한 코와, 두툼한 입술, 회색의 작은 눈을 가진 사람은 이 세상에서 결코 행복할 수 없다는 절망감에 빠져드는 것이다. 그래서 나는 하느님께 부디 기적을 베푸시어 나를 미남으로 만들어 달라고 간절히 기도했다. 현재 가지고 있는 모든 것과 장래 가질 수 있는 모든 것도 아름다운 얼굴이 될 수만 있다면 전부 포기해도 아깝지 않으리라 생각한 것이다.

이반 이바느이치 공작

공작 부인이 내가 지은 시 낭독을 듣고 나서, 앞으로 훌륭한 시인이 될 거라며 칭찬을 퍼붓자, 할머니는 겨우 마음이 풀어져서 프랑스 어로 대화하기 시작했다. 그리고 그제야 부인에게 친척으로서의 대우를 하기 시작했으며, 오늘 밤 아이들을 모두 데리고 와 달라고 초대하기까지 했다. 공작 부인은 고맙다고 대답한 뒤, 얼마 동안 자리에 앉아 있다가 돌아갔다.

그날은 축하하러 온 손님이 너무 많아서 오전 중에는 현관의 마차 세워 두는 곳 주변에 계속 두세 대의 마차가 밀려 있었다.

"안녕하시오, 누님."

한 손님이 방으로 들어와서는 할머니의 손에 키스를 하며 프랑스 어로 말했다.

일흔 살 정도로 보이는 이 키가 큰 노인은 커다란 견장이 달린 제복을 입고 있었는데, 옷깃 아래로 커다란 흰색 십자가가 보였다.

얼굴 표정은 차분하면서도 개방적인 성격을 보여 주었는데, 자유
롭고 여유 있어 보이는 행동과 솔직함이 나를 놀라게 했다. 머리카
락은 뒤통수에만 초승달 모양으로 조금 남아 있었고, 윗입술의 모
양도 이가 다 빠졌음을 드러내고 있었지만 그의 얼굴은 놀랄 만큼
멋있었다.

이반 이바느이치 공작은 지난 세기가 끝날 무렵 고결한 성품과
멋진 외모, 대단한 용기와 고귀하고 명망 있는 가문, 특히 그에게
찾아온 행운의 덕택으로 아주 젊어서부터 화려한 출세 가도를 달
린 사람이었다. 그는 줄곧 관직에 있었는데, 얼마 되지 않아 명예
욕이 충족되었으므로 이제 그 방면에서는 더 이상 바랄 것이 없었
다. 아주 젊은 시절부터 사교계의 중심이 되었고, 그것은 운명적이
기도 했다. 비록 그의 인생이 화려하면서도 어느 정도는 허영심을
채운 것이 사실이지만, 모든 사람의 생애에서 찾아볼 수 있듯 그
역시 실패와 환멸, 절망을 맛보기도 했다. 하지만 그는 항상 침착
하고 의젓한 성격으로 고상한 사고방식, 종교 및 도덕상의 원칙에
어긋나는 일은 한 번도 하지 않았다. 그래서 그는 화려한 사회적
지위 때문이라기보다는 오히려 강인한 그의 행동과 의연한 성격으
로 해서 모든 사람들의 존경을 받아 왔다.

그다지 우수한 두뇌의 소유자는 아니었으나, 인생에서 요구되는
허영虛榮에 대해 초연한 태도로 바라볼 수 있는 지위에 있었던 까
닭에, 사물을 대하는 사고방식에 있어 품위가 있었다. 사람들을 대
하는 데 선량하고 감수성이 풍부했으나 그 태도는 냉정했고, 조금

은 오만하기도 했다. 이것은 권력과 화려한 자리에 있는 그를 이용하려는 사람들의 지속적인 요청과 아첨을 방지하기 위한 장벽으로써 냉정한 태도를 보이려고 노력했기 때문이다. 그렇다고는 하나 그의 이런 냉정함도 최상류 사교계의 사람들이 갖는 너그러움과 온후함으로 부드러워져 있었다.

그는 교양 있고 박식했으며, 책을 많이 읽었다. 그러나 그가 받은 교육이란 젊었을 때, 즉 전 세기말에 받았던 것이 전부였다. 18세기 프랑스에서 쓰여진 책이라면 철학과 수사학 분야의 웬만한 것은 거의 모두 읽었다. 따라서 프랑스 문학의 명작이라면 훤히 알고 있어서 라신·코르네유·부알로·몰리에르·몽테뉴·페늘롱의 여러 작품에서 필요한 문구를 언제 어디서나 인용할 수 있었으며 또 그것을 즐겼다. 신화에 대한 지식도 풍부했고, 고대 서사시의 걸작들에 대해서도 불역본으로 연구할 정도였으며, 또 세귀르의 저서를 통해 얻은 역사상의 지식도 상당했다. 다만 수학에 대해서만은 산술 이상의 지식을 전혀 갖추지 못했고, 물리학이나 현대 문학에 있어서도 그러했다. 때문에 대화 도중에 괴테나 실러·바이런 등의 이야기가 나오면 적당히 침묵을 지키거나, 극히 일반적인 견해만 언급하며 넘어갔지만, 솔직히 그는 그들의 작품을 하나도 읽은 것이 없었다. 지금은 그러한 예를 거의 찾아볼 수 없을 만큼 프랑스 고전에 대한 폭넓은 교육을 받았음에도 불구하고 그의 화술은 단순하고 소박했으며, 이러한 소박함이 몇몇 지식들에 관한 그의 무식을 잘 감싸 주었고, 그에게 호감을 갖도록 했다.

그는 모든 독창적인 것, 상식에서 벗어난 것을 싫어했는데, 그런 것은 상스러운 사람들이 사용하는 속임수에 지나지 않는다는 게 그의 견해였다. 그는 그가 사는 곳이 모스크바이든 해외든 상관없이, 사교계 없이는 생활할 수 없는 사람이었다. 그는 항상 개방적인 생활을 했고, 정기적으로 모든 친지들을 초대하기도 했다. 그는 자신이 살고 있는 곳에서 언제나 최고의 지위에 있었으므로, 그의 초대장은 모든 곳으로 통하는 증명서가 되었다. 젊고 아름다운 귀부인들은 기꺼이 그에게 장밋빛 뺨을 내밀었고, 그에게서 아버지와 같은 자애로움이 담긴 키스를 받았다. 매우 신분이 높은 사람들조차 공작의 사교 그룹에 끼는 것을 더없는 기쁨으로 받아들였다.

하지만 이제 공작에게 우리 할머니처럼 그와 같은 상류층에 속하고, 같은 교육을 받았으며, 사물에 대해 같은 사고방식을 가진 비슷한 연령의 사람은 몇 남지 않았다. 따라서 우리 할머니와의 오랜 교분을 특별히 소중하게 여겼고, 언제나 그녀에게 깊은 경의를 표했다.

나는 공작을 제대로 쳐다볼 수가 없었다. 모든 사람이 그에게 표한 존경과 커다란 견장, 그에게 각별한 기쁨을 표시하던 할머니의 표정, 그리고 그 사람만이 할머니를 두려워하지 않고 나타내 보이는 자연스러운 태도, 게다가 할머니에게 '누님' 이라고 부를 정도로 용기를 보인 사실은 내가 할머니에 대해 느끼고 있는 존경심보다 크다고까지 할 수는 없지만, 적어도 그와 같은 정도의 존경을 불러일으켰기 때문이다. 할머니가 문제의 그 시를 보여 주자, 그는 나를 곁으로 부르더니 이렇게 말했다.

"이거 놀라운데요. 어쩌면 이 아이는 제2의 데르자빈이 될지도 모르겠습니다."

이렇게 말하면서 그는 '아얏' 소리가 나올 정도로 내 뺨을 아프게 꼬집었다. 그러나 내가 소리를 지르지 않은 것은 칭찬의 표시로 받아들였기 때문이다.

손님들이 모두 물러가자 아버지와 볼로쟈도 방에서 나갔다. 응접실에 남아 있는 사람은 공작과 할머니와 나뿐이었다.

"왜 나탈리야 니콜라예브나는 이곳에 오지 않았지요?"

짧은 침묵이 흐른 뒤에 이반 이바느이치 공작이 이렇게 물었다.

"아아! 이 사람."

할머니는 공작의 제복 소매에 손을 얹으며 낮은 목소리로 대답했다.

"그 애가 왔다면 얼마나 좋았겠어. 그 애도 제 생각대로만 했다면 물론 왔을 거야. 하지만 그 애가 보낸 편지에 의하면, 표트르가 모스크바로 함께 가길 권했으나 그 애가 거절했다는군. 금년에는 수입이 별로 없었던 모양이야. 그리고 또 이렇게 썼더군. '금년에는 저까지 모스크바로 갈 수가 없어요. 류보치카도 아직 너무 어리고, 어머니 집에서 잘 지내게 될 사내아이들의 경우도 제가 더 데리고 있을 수 있다면, 그렇게 하는 것이 훨씬 더 제 마음이 편할 거예요' 하고 말이야. 모두 다 맞는 말이지, 뭐!"

할머니는 편지 내용이 전혀 맞지 않다는 것을 증명이나 하려는 듯한 말투로 계속해서 말했다.

"사내애들은 벌써 이곳으로 보냈어야 했어. 그 애들은 공부도 하고 사교계에도 적응해야 하니까. 시골에서 어디 제대로 교육을 시킬 수 있었겠어. 알다시피 큰애는 이제 곧 만 열세 살이 되고 작은 애도 열한 살인걸. 자네도 눈치 챘겠지만 아이들이 아주 제멋대로잖아…… 방에 드나드는 예절조차 모른다니까."

"그렇다고는 해도 저로서는 도저히 이해가 되지 않습니다. 어째서 항상 돈이 없다, 돈이 없다 하며 우는 소리만 하는지 모르겠군요. 저 애 아버지도 상당한 재산을 가지고 있는데다가, 나탈리야의 영지인 하바로프카도 있는데 말이죠. 옛날 우리가 함께 연극을 한 일도 있고 해서 훤히 알고 있지만, 아주 훌륭한 영지가 아닙니까! 그 정도 땅이라면 해마다 적지 않은 수입을 올릴 수 있을 텐데요?"

공작은 대답했다.

"자네를 가장 믿을 만한 친구로 여기니까 터놓고 얘기하네만……"

할머니는 서글픈 표정으로 공작의 말을 가로막았다.

"내 생각이지만, 그런 건 모두 구실에 지나지 않아. 저 애 아버지는 이곳에 혼자 있으면서 클럽이나 파티에 드나들며 저 하고 싶은 대로 하겠다는 속셈인 것 같아. 나탈리야는 그런 점에 관해서는 조금도 의심하지 않지만. 천사와 같은 그 애의 마음은 자네도 잘 알잖아. 그 애는 하나부터 열까지 전적으로 표트르를 믿고 있네. '나는 애들을 데리고 모스크바에 가야 하니 당신은 미련한 여자 가정교사랑 시골에서 집이나 지키고 있는 편이 좋겠어.' 라고 표트르가 설득하면, 그 애는 정말 그렇게 믿는다니까. 만약 표트르가 그 애에게 바르바라 일리니슈나 공작 부인이 하는 대로 아이들을 매로 다스려야 한다고 하면 아마 그 애는 그런 무지막지한 짓이라도 하고 말 거야."

이렇게 말한 할머니는 크게 모욕당한 듯한 표정을 지어 보이며 안락의자에서 몸을 돌렸다.

"글쎄 이것 보게."

할머니는 잠시 침묵하다가 눈물을 닦기 위해서 두 장의 손수건 중 하나를 집어 들더니 말을 이었다.

"나는 가끔 애들 아버지가 나탈리야를 이해할 줄도 또 소중히 여길 줄도 모른다고 생각하네. 나탈리야는 참으로 어질고 착해서, 남편에 대한 속 깊은 사랑으로 자신의 슬픔을 감추려고 노력하고 있는데도 말이야. 하지만 그 애는 남편과 함께하는 한 절대로 행복하지 못할 거네. 내가 지금 한 말을 잘 기억해 두게. 만약 그 녀석이, 표트르가……"

할머니는 손수건으로 얼굴을 가렸다.

"이러면 안 돼요."

공작이 나무라듯이 말했다.

"누님은 아직도 사리분별을 못하시는구려. 있지도 않은 일 가지고 그렇게 훌쩍거리다니 부끄럽지도 않으시오? 나는 옛날부터 그 사람을 잘 알고 있지만, 그는 남편으로서 나무랄 데 없는 훌륭한

사람이에요. 무엇보다도 고결한 인격을 가진 사람이죠. 아주 예의
가 바르고 단정한 사람이란 말입니다.”

　결코 들어서는 안 될 이야기를 뜻밖에 듣게 된 나는 몹시 흥분되
었으며, 발끝으로 걸어서 몰래 방을 빠져나왔다.

이빈 형제들

창밖에서 세 소년의 모습을 발견한 나는 이렇게 외쳤다.

"형! 형! 이빈 형제들이 왔어!"

해달 가죽으로 옷깃을 댄 푸른색의 외투를 입고, 그들은 멋쟁이 가정교사의 뒤를 따라 건너편 인도에서 우리 집을 향해 건너오고 있었다.

이빈 형제들은 우리와 친척이었으며 나이도 우리와 비슷했다. 모스크바에 온 지 얼마 지나지 않아 우리는 서로 알게 되었고, 곧 다정하게 지냈다.

둘째인 세료쟈(세르게이의 애칭)는 곱슬머리에 가무잡잡한 소년이었는데, 코끝이 위로 살짝 들린 들창코가 그를 다부지게 보이도록 했다. 그리고 선명하고 붉은 입술에 약간 앞으로 튀어나온 하얀 윗니를 가지고 있었다. 아름다운 눈은 암청색을 띠었고, 얼굴은 몹시 기운 찬 표정이었다. 이 소년은 미소 짓는 법이 없었는데 항상 심각한 얼굴을 하고 있거나, 아니면 쩌렁쩌렁 울리는 아주 호탕한 목소리로 우렁차게 웃거나 했다. 그 색다른 아름다움은 처음 만나는 순간부터 내 마음을 사로잡았다.

나는 그에게서 억제하기 어려운 강한 매력을 느꼈다. 그의 얼굴을 보는 것만으로도 내 마음은 흐뭇해졌던 것이다. 어떤 때는 내 모든 마음이 그 애를 보고싶다는 열망으로 가득 차기도 했다. 어쩌다 사나흘 정도 지내다 보면 그가 몹시 보고 싶었을 뿐 아니라, 눈물이 나올 정도로 슬퍼지기까지 했다.

자나 깨나 온종일 그에 관한 공상뿐이었다. 잠자리에 들 때도 나는 그의 꿈을 꾸길 원했다. 눈을 감고 조용히 앉아 그의 모습을 떠올리며, 그 환상을 더 없는 기쁨으로 사랑하고 아끼곤 한 것이다. 나는 이러한 감정을 이 세상 그 누구에게도 알리고 싶지 않았다. 그만큼 나는 그 감정을 소중히 여겼다. 그러나 무엇에 홀린 듯한 끊임없는 내 시선이 귀찮았는지, 아니면 그저 막연하게나마 내게 아무런 호감을 품지 못했던 때문인지, 하여튼 그는 나보다는 볼로쟈와 놀거나 이야기하는 것을 더 좋아하는 것이 분명했다. 그렇다고 해서 내가 불만을 가진 것은 아니다. 나는 아무것도 원하지 않았고, 또 요구하지도 않았으며, 그를 위해서라면 모든 것을 희생할 수도 있었다. 그는 아주 열렬한 감정을 내 가슴속에 불러일으켰을 뿐 아니라, 그가 곁에 있다는 사실만으로도 그와 견줄만한 또 다른 감정을 느끼게 해 주었다.

그것은 다름이 아니라 그를 실망시키지는 않을까, 어떤 모욕감을 안겨 주지나 않을까, 혐오감을 일으키지나 않을까 하는 불안이었다.

그의 얼굴이 오만한 표정을 띠고 있기 때문인지, 아니면 내 자신이 스스로의 모습을 비하한 나머지 다른 사람의 용모를 지나치게 평가한 탓인지, 그것도 아니면 ― 이것이 가장 적절한 이유로 생각되지만 ― 의심할 여지없는 사랑의 징조였는지, 아무튼 나는 그에 대한 애정만큼이나 불안을 함께 느끼고 있었던 것이다. 처음으로 세료쟈가 말을 걸어 왔을 때, 나는 뜻밖의 행운에 당황해서 어쩔 줄 몰라 했고, 얼굴만 창백해졌다가 붉어지면서 아무런 대답도 할 수가 없었다.

그에게는 나쁜 버릇이 있었다. 무엇인가 생각에 잠기면 시선을 한곳으로 모으고 코와 눈썹을 찡긋거리며 눈을 쉴 사이 없이 깜빡이는 것이었다. 이 버릇이 그를 아주 어리석게 보이도록 만든다고 다른 사람들은 생각하고 있었지만, 나는 이러한 그의 버릇까지도 마음에 들어서인지 내게도 그만 똑같은 버릇이 생기고 말았다. 그를 알고 지낸 지 얼마 되지 않아 할머니가 내게 물었다.

"너 눈이 아픈 거 아니니? 왜 그렇게 올빼미처럼 깜빡거리지?"

우리 두 사람 사이에는 사랑이니 우정이니 하는 말이 오간 적이 없지만, 나에 대한 자신의 지배력을 느낀 그는 무의식적으로 폭군과 같은 태도를 나와의 관계에서 행사했다. 한편으로 나는 내 마음을 그에게 고백하고 싶어서 견딜 수 없을 지경이었으나, 그러한 허물없는 태도를 갖기에는 나는 너무나 그를 두려워하고 있었다. 그래서 나는 지극히 태연한 모습을 보였고, 불평 한마디 없이 그에게 복종했다. 때로는 그의 이러한 태도가 견딜 수 없이 괴로웠으나 나는 거기서 빠져나올 수가 없었다.

나는 이 신선하고 아름다운, 무한히 크고도 무아無我 무욕無慾했던 감정을 끝내 드러내 보이지도 못하고, 또 세료자의 공감도 얻지 못한 채 허무하게 사라진 일을 생각하면 견딜 수 없는 슬픔이 밀려온다.

참으로 모순된 이야기지만 무슨 까닭에서인지 어린 시절에는 어른을 닮으려 애썼으나, 이미 어린이가 아니고부터는 다시 어린이를 닮고자 하는 욕망을 자주 갖게 된다는 점이다. 세료쟈와의 관계에 있어서도 애들처럼 보이고 싶지 않다는 욕망에 사로잡혔고, 또한 금방이라도 드러내 놓고 싶은 감정을 억눌렀으며, 몇 번이고 위선적인 행동을 하도록 강요했던 것이다. 때때로 나는 강렬한 욕망을 느끼면서도 그에게 키스하거나 손을 잡지도 못했고, '사귀게 되어 기쁘다'는 말조차 할 용기가 없었을 뿐 아니라, 그를 '세료쟈'라고 부를 엄두조차 못 내고 항상 정식으로 '세르게이'라고 깍듯이 불렀다.

그것은 이미 우리에게 있어 원칙으로 통했다. 누구든 조금이라도 감상적인 기색을 보이면 그것은 어리다는 증거가 되었으며, 그러한 언행을 하는 것은 그가 아직 아이들이란 증거가 되었다. 어른들은 여러 가지 쓰라린 경험을 통해 대인 관계에 있어서 조심스럽고 냉정한 태도를 갖게 되지만, 우리는 아직 그러한 경험을 가져

보지도 못한 주제에 어른다운 태도를 보이고 싶다는 기괴한 욕망에 사로잡혀 어린애다운 순수한 애착심에서 우러나오는 티 없는 기쁨을 잃고 있었던 것이다.

나는 단숨에 밖으로 달려 나가 하인방에서 머뭇거리고 있는 이빈 형제들에게 인사를 하고는 질풍처럼 할머니 방으로 달려갔다. 나는 이빈 형제들이 왔음을 알렸다. 틀림없이 할머니가 무척 기뻐하실 거라는 믿음에서였다. 나는 세료쟈에게서 눈을 떼지 않고 그 애를 따라 응접실로 들어가서 그의 모든 행동을 따라 했다. 할머니가 세료쟈에게 많이 컸다면서 유심히 바라보았을 때, 나는 마치 예술가가 존경하는 비평가로부터 자신의 작품에 대한 평가를 기다릴 때 경험하는 것과 같은 두려움과 기대감이 뒤섞인 이상한 감정을 느꼈다.

이빈 형제들의 젊은 가정교사 헤어 프로스트는 할머니의 허락을 구한 후 우리와 함께 앞마당으로 나왔다. 그는 그림처럼 녹색의 벤치에 두 다리를 멋지게 꼬고 앉아 놋쇠 손잡이가 달린 지팡이를 가랑이 사이에 끼고는, 자신의 행동에 지극히 만족하고 있는 듯한 자세로 유유히 시가를 피우기 시작했다.

헤어 프로스트 역시 독일인이었지만 그는 우리의 착하디 착한 카를 이바느이치와는 전혀 다른 유형의 독일인이었다. 우선 그는 정확한 러시아 어를 구사했으며, 악센트가 심하긴 했지만 프랑스 어에도 상당히 익숙한 편이어서 일반적으로, 특히 부인들 사이에서는 대단한 학자란 소문이 있었다. 둘째로 그는 붉은색 콧수염을 길렀으며, 검은 천으로 된 목도리의 양끝을 바지 멜빵 사이에 끼워 넣고 커다란 루비가 박힌 핀으로 고정시켰다. 그리고 바짓단에 가죽 끈이 달린 푸른색 바지를 입고 있었다. 셋째로 그는 젊고 잘생긴 미남이었으며, 스스로 만족할 만한 용모와 뛰어나게 근육이 발달한 당당한 다리를 가지고 있었다. 내가 보기에 그는 이 다리를 특히 자랑스럽게 여기고 있는 듯했다. 그는 자신의 근육질 다리가 여성들에게 거부하기 어려운 매력을 갖는 것으로 생각한 모양인지, 사람들의 눈에 가장 잘 띄는 위치에 놓으려 애쓸 뿐 아니라, 앉아 있을 때나 서 있을 때나 항상 종아리에 힘을 주어 꿈틀꿈틀 약동시키고 있었다. 이 모든 것은 젊은 멋진 남자가 여자의 꽁무니를 쫓아 다니는 러시아식 독일 청년의 전형적인 행동이었다.

앞마당에서 우리는 참으로 유쾌한 시간을 보냈다. '강도잡기 놀이'는 더할 나위 없는 재미를 주었다. 그러나 한 가지 사건 때문에 하마터면 모든 것이 엉망이 될 뻔했다. 세료쟈가 강도가 되었을 때였는데, 행인의 뒤를 쫓으며 뛰어가다가 그만 돌부리에 걸려 무릎을 정원의 나무에 부딪힌 것이다. 나는 그가 몹시 다친 줄로만 알았다. 나는 그때 경찰로서 강도인 그를 잡는 역할이었음에도 불구하고 그에게로 달려가 아프지 않느냐고 물었다. 그러나 뜻밖에도 세료쟈가 벌컥 화를 냈다. 그는 주먹을 쥐고 발을 구르며 내게 소리를 질렀다.

"어떻게 된 거야? 그렇게 하면 놀이가 엉망이 되잖아! 왜 나를 잡지 않는 거야, 왜 잡지 않느냔 말이야?"

행인의 역할을 맡아 깡충깡충 뛰어 달아나고 있는 볼로쟈와 자기 형을 곁눈질하며 그는 몇 번이고 되풀이해서 외쳤다. 그러다 갑자기 큰 소리로 웃으며, 그는 두 행인을 잡으러 뛰어갔다.

그의 이 영웅적인 행위가 나를 얼마나 놀라게 하고 매혹시켰는지는 이루 다 말할 수가 없다. 심한 통증에도 불구하고 그는 울음을 터뜨리지 않았을 뿐만 아니라, 아픈 척도 하지 않았으며, 잠시 동안이라도 놀이에 대해 잊지 않았던 것이다.

얼마 뒤 일렌카 그라프라는 아이가 우리 사이에 끼어들었다. 우리는 식사를 하기에 앞서 2층으로 올라갔다. 그런데 그때 세료쟈는 다시 한 번 그 놀라운 용기와 침착한 성격으로 나를 감격시키고 매혹시킬 기회를 갖게 되었다.

일렌카 그라프는 가난한 외국인의 아들이었다. 그의 아버지는 전에 우리 할아버지 댁에서 식객 노릇을 한 적이 있으며, 적잖게 신세를 졌다. 그래서 지금도 자기 아들을 우리 집에 보내 문안드리는 일을 자신의 필수적인 의무로 생각하고 있었다. 그러나 만약 그가 자신의 아들이 우리와 함께 어울림으로써 그에게 어떤 영광이나 만족을 주는 것이라고 생각한다면 그것은 크게 잘못된 생각이었다. 왜냐하면 우리는 일렌카와 정답게 놀지 않았을 뿐 아니라, 놀리려고 할 때 외에는 잘 상대도 해 주지 않았기 때문이다.

열세 살 정도 된 일렌카 그라프는 몸이 마르고 키가 컸으며 혈색이 좋지 않은 소년이었다. 그는 새와 같은 인상을 주는 얼굴과 유순하고 착한 표정을 가진 아이였다. 몹시 초라한 차림새였지만 머리만은 포마드로 인해 언제나 번쩍였다. 포마드를 너무나 흠뻑 바른 탓에 저런 상태로 가다간 날씨가 더운 날이면 다 녹아 흘러서 양복에까지 묻을 것이라고 우리끼리 쑥덕거릴 정도였다. 지금 회상해 보면 몹시도 남의 시중을 잘 들어주는 조용하고 착한 성격을 가진 소년이었는데, 그때는 불쌍히 여길 가치도 없으며 생각해 줄 가치도 없는 천한 존재라고 생각했다.

강도잡기 놀이가 끝나자 우리는 2층으로 올라가 떠들며 장난치기 시작했다. 여러 가지 기계 체조 묘기를 보여 주며 우리는 서로 뽐내기에 열중했다.

일렌카는 놀라서 경탄의 미소를 띠며 우리를 바라보았고, 우리가 너도 한번 해 보라고 권하자 그는 자기에게는 그런 재주가 없다며 사양했다.

세료쟈는 놀라울 만큼 멋있었다. 윗도리를 벗은 그의 얼굴과 눈은 붉게 상기되었다. 그는 쉴 새 없이 큰 소리로 웃으며 새로운 재주를 생각해 냈다. 의자를 세 개 늘어놓고는 그것을 뛰어넘기도 하고, 방의 끝에서 끝까지 훌쩍 재주를 넘으며 돌기도 했다. 또 타티시체프(1839년 간행. 프랑스·러시아 어 사전 : 역주)의 사전을 방 한 가운데에 쌓아 놓고 그 위에 물구나무를 서서 다리를 흔들어 대는 통에 도저히 웃지 않고서는 견딜 수 없는 재주를 부렸다. 이 마지막 재주가 끝나자 그는 잠깐 생각에 잠겨 눈을 깜박이더니, 갑자기 정색을 하고는 일렌카 앞으로 걸어갔다.

"지금 내가 한 것을 너도 한번 해 봐. 아주 쉬워."

일렌카는 모두의 시선이 자기에게 쏠린 것을 알고는 얼굴이 빨개진 채 들릴까 말까한 목소리로 자기는 도저히 그렇게 할 수 없다고 말했다.

"어떻게 된 거야? 넌 왜 아무것도 보여 주지 않는 거지? 마치 계집애 같아……. 그러지 말고 너도 한번 물구나무를 서 봐!"

이렇게 말하며 세료쟈는 그의 손을 잡았다.

"꼭 해야 해. 꼭 물구나무를 서야 한단 말이야."

우리는 일렌카를 둘러싸고는 제각기 외쳤다. 일렌카는 몹시 놀란 듯 얼굴이 새파래졌다. 그러나 우리는 상관하지 않고 그의 두 손을 우악살스럽게 잡아끌고는 사전이 있는 쪽으로 갔다.

"놔, 이거 놔! 알았어, 할게. 옷이 찢어진단 말이야!"

불행한 희생자가 외쳤다. 그러나 이 외침은 우리의 장난기를 한층 더 부채질했다. 우리는 배를 쥐고 웃었다. 일렌카의 옷은 이미 여기저기 타져 있었다.

볼로쟈와 제일 위인 세료쟈의 형은 버둥대는 일렌카의 머리를 억지로 굽혀 사전 위에다 올려놓았다. 나와 세료쟈는 사방으로 버둥대는 불행한 소년의 가느다란 다리를 잡아 바지를 무릎까지 걷어올리고는 큰 소리로 웃으며 위로 곤두세웠다. 가장 어린 세료쟈의 동생은 그의 허리를 꽉 잡았다.

떠들썩한 웃음소리가 퍼지는 가운데 일순 침묵이 흘렀다. 웬일인지 방 안은 조용해지고 불행한 일렌카의 무거운 숨소리만이 들려왔다. 그 순간 나는 우리가 한 행동이 정말 재미있고 유쾌한 일이라고는 확신할 수 없었다.

"자, 이제야 완전히 남자가 되었군."

세료쟈가 손바닥으로 일렌카를 툭 치며 말했다.

일렌카는 계속 입을 다문 채 빠져나가기 위해 다리를 사방으로 휘저었다. 그가 그렇게 필사적으로 반항하다가 그만 구두 뒤축으로 세료쟈의 한쪽 눈을 세게 걷어차고 말았다. 세료쟈는 순간 잡았던 발을 놓으면서 본능적으로 눈물이 나는 눈을 한 손으로 누르고는 힘껏 일렌카를 밀쳤다. 아무도 그를 붙잡아 주는 사람이 없었으므로, 그는 마치 생명이 없는 통나무처럼 마룻바닥에 쓰러졌다. 눈물을 흘리면서 그는 고작 이렇게 말할 뿐이었다.

"너희들은 왜 날 괴롭히는 거야?"

눈물로 뒤범벅이 된 얼굴과 온통 흐트러진 머리, 걷어올린 바지 밑으로 닦지 않아 더러운 장화를 내보이고 있는 가엾은 일렌카의 모습을 보자 갑자기 불쌍해졌다. 우리는 모두 침묵했고 억지로라도 미소를 띠려 했다. 제일 먼저 기분을 바꾼 것은 세료쟈였다.

"이게 뭐야, 계집애처럼 훌쩍훌쩍 울기나 하고!"

그는 발끝으로 가볍게 일렌카를 툭 치며 말했다.

"애하고는 장난도 못 치겠네. 자, 어서 일어나."

"너 같은 망나니하고는 상대하지 않을 거야."

일렌카는 이렇게 외치며 그에게 등을 돌리더니 크게 소리내어 울기 시작했다.

"이 자식이! 남을 구둣발로 차고는 욕까지 하기냐!"

세료쟈는 커다란 사전을 두 손으로 들더니 불쌍한 소년의 머리 위에다 대고 겁을 주었다. 그러나 이 불쌍한 소년은 방어할 생각도 하지 않은 채 두 손으로 얼굴을 가릴 뿐이었다.

"어휴, 이걸로 그냥 콱 쥐어박아야 하는 건데! ……아니 그만두 자. 장난도 이해하지 못하는 녀석과는 상대를 말아야지. 자, 밑으 로 내려가자."

세료쟈가 멋쩍게 웃으면서 말했다.

나는 동정의 눈길로 그 불쌍한 소년을 바라보았다. 소년은 마룻 바닥에 쓰러져 사전에다 얼굴을 파묻고는, 이대로 내버려 두었다 가는 혹시 죽지나 않을까 염려될 정도로 흑흑 흐느끼며 울었다.

"세르게이! 왜 그런 짓을 했어?"

나는 세료쟈에게 말했다.

"뭐가 어때서……? 나도 아까 뼈가 부러질 정도로 부딪쳤지만 울지 않았어!"

'하긴 그랬어.'

나는 속으로 생각했다.

'일렌카는 울보에 지나지 않지만, 세료쟈는 정말 대단했어……. 진짜 사내대장부야.'

나는 그때 이 불쌍한 소년이 육체적인 아픔보다 오히려 자신이 좋아하는 다섯 명의 아이들이 아무런 이유도 없이 서로 짜고 자기 를 미워하며 못살게 구는 것 때문에 우는 것임에 틀림없으련만, 나 는 거기까지는 생각이 미치지 못했다.

나는 당시 내 자신의 잔인한 행동을 도저히 설명할 수가 없다. 왜 일렌카 곁으로 다가가서 위로해 주지 않았을까? 둥지에서 떨어진 어린 까마귀를 보았을 때, 담 밖으로 버려진 강아지나 요리사가 수프를 만들기 위해 잡아가는 닭을 보고도 눈물을 흘렸던 나의 인정은 대체 어디로 갔단 말인가?

　내 몸 안에서 맥박치고 있던 이 아름다운 감정은 세료쟈에 대한 애정과 그애 못지않은 용기를 보이려는 욕망에 의해 압도되어 버린 것일까! 이 애정과 욕망은 실로 바람직하지 못한 것이었다. 그것은 내 유년 시대를 회상함에 있어서 단 하나의 오점으로 남아 있다.

손님이 계속 모여들다

보통 때와는 달리 쉴 틈도 없이 분주해 보이는 부엌의 상황으로 보나, 늘 보아오던 응접실이나 홀에 있는 물건들을 비추는 밝은 조명으로 보나, 특히 이반 이바느이치 공작이 특별히 자신이 고용하고 있는 악사들을 일부러 파견한 것으로 보더라도 이날 밤은 상당히 많은 손님이 올 것이라는 예상은 하고도 남았다.

집 앞을 지나는 마차 소리가 들릴 때마다 나는 창가로 달려가서 얼굴과 두 손을 유리창에 대고 밖을 내다보았다. 얼마 동안은 캄캄해 아무것도 보이지 않았지만, 차차 여러 가지 것들이 보이기 시작했다. 바로 맞은편으로는 등불을 늘어뜨린 눈에 익은 작은 가게가 보였고, 그 옆 아래쪽에는 두 개의 창문에 불이 켜진 큰 집이 보였다. 다시 길 한가운데로 두 사람의 손님을 태운 마차와 천천히 왔던 길로 돌아가는 빈 포장마차가 보였다.

얼마 후 상자 모양의 사륜마차 한 대가 현관 앞에 멈추었으므로,

나는 꼭 오겠다고 약속한 이빈 형제들이 틀림없으리라 생각하고 그들을 맞기 위해 현관으로 뛰어 내려갔다.

그러나 금줄이 둘러쳐진 제복을 입은 문지기의 손 뒤에서 모습을 드러낸 것은 뜻밖에도 두 사람의 귀부인이었다. 한 사람은 모피 깃이 달린 푸른색 외투를 입은 몸집이 큰 여인이었고, 다른 한 사람은 몸집이 작았는데 몸을 감싼 올리브색 숄 밑으로 털 구두를 신은 작은 발이 보였다.

이 두 사람이 나타났을 때, 나는 내 자신의 의무라 생각해서 몹시 정중하게 인사를 했건만, 내 행동에는 아무런 관심도 보이지 않은 채 몸집이 작은 여인은 말없이 같이 온 귀부인 쪽으로 가더니 그녀 앞에 가서 멈추었다. 그러자 몸집이 큰 여인은 작은 여인의 온몸을 감싼 숄을 내리고서 외투의 단추를 끌러주었다. 제복을 입은 문지기가 외투와 숄을 받고 모피로 된 신발을 벗기자, 지금까지 온몸이 커다란 숄에 싸여 있던 작은 여인은 다름 아닌 귀여운 열두 살이거나 열세 살쯤의 소녀로 변했다.

그녀는 가슴을 드러낸 망사로 된 짧은 웃옷과 눈처럼 흰 짧은 치마에 작은 검정 구두를 신고 있었다. 하얀 목덜미에는 검정 벨벳 리본이 매어져 있었다. 검은 아마 빛의 곱슬곱슬한 머리는 앞에서 보면 아름다운 얼굴과, 뒤에서 보면 새하얗게 드러난 어깨와 썩 잘 어울렸다. 그래서 그 머리가 어떻게 저처럼 아름다운 물결을 이룰 수 있는지에 대해, 아침부터 모스크바 신문지로 싸서 뜨거운 머리 인두로 모양을 낸 때문이라고 누군가 말해 준다 해도, 아니 내가 제일 믿고 있는 카를 이바느이치 자신이 직접 그렇게 한 것이라고 말한다 해도 도저히 믿어지지 않을 정도였다. 나는 이 아름다운 물결을 이룬 머리 그대로를 그녀가 태어날 때부터 갖고 있었던 것으로 생각되었다.

그녀의 얼굴 가운데서 가장 내 눈길을 끈 것은 약간 부은 듯하면서도 반쯤 감긴 두 눈이었는데, 이 커다란 눈은 귀엽도록 작은 입과 이상할 정도로 기분 좋은 대조를 이루었다. 새침하게 다문 입술과 몹시도 진지한 표정이 어려 있는 눈은 전체적으로 그녀의 얼굴에서 미소 따위는 기대할 수 없도록 만들었다. 따라서 그녀의 미소는 한결 더 매혹적으로 보였다.

나는 다른 사람들의 눈에 띄지 않도록 조심하면서 재빨리 홀로 들어갔다. 그리고 생각에 잠긴 나머지 손님이 왔다는 것도 깨닫지 못한 것처럼 가장하며 방 안을 이리저리 걷고 있었다. 그리고 그 두 손님이 홀 중간쯤 왔을 때, 그제야 그녀들을 발견한 것 같은 표정으로 그들 앞에 가서 공손히 인사를 하고 나서 '할머니께서는 응접실에 계십니다' 라고 말했다. 발라히나 부인 — 이 부인의 얼굴은 참으로 마음에 들었다. 딸인 소네치카의 얼굴과 아주 많이 닮았으므로 더욱 그러했다 — 은 호의가 담긴 표정으로 고개를 끄덕였다. 할머니는 소네치카를 보자 각별히 기쁜 듯한 애정을 보이며 가까이 불러들였다. 할머니는 소네치카의 이마에 흘러내린 머리를 쓰다듬으며 얼굴을 자세히 들여다본 다음 이렇게 말했다.

"참 예쁘구나!"

소네치카는 얼굴을 붉히며 방그레 웃었다. 그 모습이 어찌나 귀엽든지 보고 있던 나까지도 얼굴이 빨개질 정도였다.

"애야, 우리 집에 있으면 심심하지는 않을 테니······."

소네치카의 턱에 손을 대고 귀여운 그 얼굴을 들어 올리며 할머니가 말했다.

"부디 재미있게 놀고, 춤도 실컷 추려무나. 이제 숙녀가 하나, 신사가 둘이 생긴 셈이에요."

할머니는 다른 한 손으로 내 머리를 슬쩍 쓰다듬으며 발라히나 부인에게 마지막으로 덧붙였다. 소네치카와 더불어 취급된 것이 몹시도 기뻤던 나는 다시 한 번 얼굴을 붉히지 않을 수 없었다.

나는 그 자리에 계속 있는 것이 쑥스러워서 현관 앞에 다가오는 마차 소리를 듣고 슬그머니 자리를 떴다. 현관 대기실에 와 보니 코르나코바 공작 부인이 외아들과 깜짝 놀랄 정도로 많은 수의 딸들을 데리고 와 있었다.

딸들은 모두 비슷한 얼굴이었는데, 모두들 공작 부인을 닮아 못생겨 보였다. 따라서 어느 한 사람도 내 주의를 끌지는 못했다. 외투와 숄을 벗자 그녀들은 갑자기 째진 듯한 목소리로 수다를 떨기 시작했다. 그렇게 한 차례 넋을 빼고 나서는 무엇이 우스운지 큰 소리로 웃어 댔다. 틀림없이 그녀들도 자기들의 수가 많은 것이 우스웠을 것이다.

열다섯 살 가량으로 보이는 에티엔은 키가 크고 살이 찐 소년이었다. 하지만 얼굴은 홀쭉하고 눈은 움푹 들어간 데다 나이에 어울리지 않는 커다란 손발을 가졌으며, 대체로 미련한 느낌을 주었고 목소리마저 거칠었다. 그런 주제에 고집과 자만심은 대단해 보였다. 요컨대 내가 보기에도 회초리로 맞아도 싸다는 느낌을 주는 소년이었다.

우리는 상당히 오랫동안 마주선 채 한마디 말도 하지 않고 서로 쳐다보기만 했다. 이윽고 입맞춤을 나누기 위해 몸을 가까이 가려고 했으나, 그 순간 우리는 서로 다시 한 번 바라보고 나서는 무슨 이유에선지 생각을 바꾸었다. 그의 여자 형제들이 사각사각 옷 스치는 소리를 내며 옆으로 지나갔을 때, 나는 무엇인가 이야기를 해야겠다는 생각에서 마차가 좁지는 않았느냐고 물었다.

"몰라."

그가 무뚝뚝하게 대답했다.

"나는 절대로 마차 안의 좌석에 앉지 않아. 곧 속이 메스꺼워지거든. 그건 우리 엄마도 잘 알고 있어. 그래서 밤에 어디 갈 때는 언제나 마부석에 앉지. 그러는 편이 훨씬 좋아. 앞이 훤히 보이거든. 그리고 가끔 필리프가 내게 말고삐를 넘겨줄 때도 있어. 그럴 때면 나는 지나가는 사람들에게 이렇게 한단다. 자, 이렇게 말이야……."

그는 표정이 풍부한 몸짓으로 한마디 덧붙였다.

"얼마나 멋지다고!"

이때 한 하인이 대기실로 들어와서 이렇게 말했다.

"도련님, 채찍을 어디다 두셨습니까? 필리프가 여쭈어 보라고 합니다."

"뭐, 어디다 두다니? 그에게 주었는걸."

"주지 않았다고 하던데요."

"그럼 마차 등에 걸어 놨겠지."

"필리프의 말로는 마차 등에도 없다고 합니다. 도련님, 정직하게 말씀해 주십시오. 그렇지 않으시면 필리프가 도련님 장난 때문에 낭패를 보게 됩니다."

몹시 화가 난 하인은 점점 열을 올리며 말했다.

언뜻 보기에도 동료들 사이에서 꽤나 존경을 받고 있는 듯이 보이는 이 깐깐한 풍채의 하인은 열심히 필리프의 편을 들며 이 문제를 꼭 해결하고야 말겠다는 투로 말했다.

나는 본의 아니게 이런 미묘한 일에 끼고 싶지 않아 아무것도 모르는 체하며 옆으로 슬쩍 물러났다. 그러나 그 자리에 있던 하인들은 반대로 재미있다는 듯 그에게 다가섰다. 그들은 바짝 곁으로 다가서서는 잘하고 있다는 듯이 이 늙은 하인을 바라보았다.

"그럼 내가 잃어버렸단 말이야? ……그렇다면 좋아."

더 이상 억지를 부려 봐야 소용없다는 것을 깨달았는지 에티엔이 말했다.

"채찍 값쯤이야 내가 물어 주면 될 거 아냐. 이게 뭐야, 창피하게!"

그는 내 곁으로 다가와서는 나를 응접실 쪽으로 잡아끌었다.

"잠깐 기다리세요, 도련님. 대체 어떻게 물어 준다는 겁니까? 도련님이 갚아 주신다는 것쯤이야 이미 잘 알고 있죠. 마리야 바실리예브나가 꾸어 드린 20코페이카도 그렇죠, 벌써 이럭저럭 8개월이 지났는데도 불구하고 아직 갚지 않으셨잖아요. 내 것은 2년이 넘고, 또 페트루슈카만 하더라도……."

"그만 닥치지 못해!"

분노한 나머지 얼굴이 새파랗게 질린 어린 공작이 큰 소리로 외쳤다.

"두고 봐, 죄다 일러바칠 테야!"

"또 그 못된 버릇이 나왔군요. 지금도 '일러바칠 테야' 입니까?"

하인이 말했다.

"그러시면 안 됩니다, 도련님!"

우리가 홀로 들어서려 하자, 그는 의미심장한 어조로 이렇게 덧붙이면서 여자들의 외투를 한 아름 안고 옷장 쪽으로 갔다.

"도련님도 정말 너무하셔. 암 그렇고말고!"

우리가 들으라는 듯 현관에서 누군가 하인의 말에 찬성하는 목소리로 말했다.

할머니는 2인칭 대명사이 복수와 단수를 일정한 어양으로, 특수한 경우에 사용함으로써 사람들에게 자신의 의견을 표현하는 특별한 재능을 가진 분이었다(단수는 허물없이 지내는 사이에, 복수는 상대를 존대하는 경우에 사용한다). 이를테면 '당신(복수)'과 '너(단수)'를 일반적으로 쓰이는 관습과는 달리 사용하는 것인데, 그럼에도 불구하고 할머니의 입에서 나온 말의 뉘앙스는 전혀 다른 의미를 갖고 있었다. 어린 공작이 곁으로 다가오자 할머니는 그를 '당신'이라고 부르면서 몇 마디 말한 뒤 — 우리들이라면 당황하지 않을 수 없는 — 몹시 못마땅한 표정으로 그를 흘깃 바라보았다.

그러나 에티엔은 그런 일에는 꿈쩍도 하지 않는 성격인 양, 할머니의 태도에 조금도 신경을 쓰지 않았을 뿐 아니라 상대의 존재를 완전히 무시하고 그 자리에 모인 여러 사람들에게 익숙하다고는 할 수 없어도 상당히 자연스러운 태도로 인사를 했다.

소네치카는 여전히 내 시선을 집중시켰다. 지금도 기억하고 있지만 볼로쟈와 에티엔과 나는 홀의 구석에서 이야기하고 있었는데, 그곳은 소네치카의 모습이 잘 보이는 곳이었고 소네치카 쪽에서도 우리를 보거나 우리의 이야기를 잘 들을 수 있는 장소였다. 나는 아주 만족스러운 기분으로 대화를 이끌었다. 당시의 어린 생각으로는 우습게 생각되거나 센스가 있어 보인다고 생각되는 대목에서는 한층 더 소리를 높였으며, 그때마다 응접실 쪽을 돌아다보았다. 그러나 우리가 자리를 옮겨 응접실 쪽에서 잘 보이지 않거나 들리지 않게 되자 나는 입을 다물었을 뿐 아니라, 이야기에 흥미를 잃고 말았다.

응접실과 홀은 점점 손님으로 가득 찼다. 아이들을 위한 파티이지만 관례에 따라 나이 많은 아이들도 섞여 있었다. 그들 역시 춤을 추며 흥겹게 놀 수 있는 기회를 놓치고 싶지 않은 것이 본심이면서도, 자기들은 다만 파티의 주최자인 여주인을 기쁘게 하기 위해 참석하고 있는 듯한 태도를 취했다.

이윽고 이빈 형제들이 도착했다. 그러나 세료쟈와 만날 때마다 언제나 느끼던 만족감은 온데간데없고 이상한 증오와 밉살스러움이 그에게서 느껴졌다. 그가 소네치카를 보거나 또 소네치카가 그의 모습을 보는 것이 왠지 두려웠던 것이다.

마주르카를 추기에 앞서

　응접실에 들어갔다 나온 세료쟈가 새 가죽 장갑을 주머니에서 꺼내며 말했다.

　"무도회가 시작될 모양이니 장갑을 끼어야겠군."

　나는 걱정이 되었다.

　'이거 야단났네! 우린 장갑도 준비하지 않았는걸……. 2층에 올라가서 찾아봐야겠다.'

　옷장을 전부 뒤져 보았으나, 여행용 푸른색 벙어리장갑 한 짝이 서랍에서 나왔고, 아무짝에도 쓸모없는 가죽 장갑 한 짝이 다른 서랍에서 나왔을 뿐이었다. 이 가죽 장갑은 첫째 몹시 낡았고, 둘째로 내게는 너무 컸으며, 셋째 이 점이 가장 치명적이지만 벌써 오래 전에 카를 이바느이치가 손가락이 아플 때 끼려고 자른 것으로 보이는데, 가운데 손가락이 잘려 나가고 없었다. 하는 수 없이 나는 이 처참한 모양의 장갑을 끼고서 항상 잉크로 더럽혀져 있는 가운데 손가락을 바라보았다.

"아아, 이럴 때 나탈리야 사비슈나가 있다면, 그러면 그녀는 틀림없이 장갑을 찾아 주었을 텐데. 그러나저러나 왜 춤을 추지 않느냐고 물으면 무어라 대답하지? 그렇다고 여기서 이러고 있을 수도 없고, 내가 없어진 것을 금방 알 텐데 어쩌면 좋담!"

나는 두 손을 내저으며 말했다.

"야, 여기서 뭐 하고 있어?"

볼로쟈가 뛰어 올라오면서 말했다.

"빨리 와서 상대를 정해……. 곧 시작된단 말이야."

"형!"

형편없는 장갑을 들어 보이며 내가 말했다. 그건 절망에 가까운 목소리였다.

"형도 이건 전혀 생각하지 못했지?"

"무슨 소리야?"

볼로쟈는 답답하다는 듯 말했다.

"아, 장갑 말이야?"

볼로쟈는 내 손을 보고도 태연한 모습으로 말했다.

"그렇군. 나도 장갑이 없는데, 할머니한테 물어봐야겠는걸……."

볼로쟈는 이렇게 말하고 나서 조금도 걱정하는 기색 없이 성큼성큼 아래로 뛰어 내려갔다.

내가 그처럼 걱정했던 일을 아무렇지도 않게 받아넘긴 볼로쟈의 태도에 나는 좀 안심이 되었다. 그래서 나는 왼손에 끼고 있던 흉측한 장갑에 대해 까맣게 잊고 응접실로 서둘러 내려갔다.

나는 할머니가 앉아 계신 안락의자로 살그머니 다가가서 할머니의 어깨에 걸쳐진 망토를 가볍게 만지며 속삭였다.

"할머니, 어쩌면 좋죠? 우린 장갑이 없어요."

"뭐라고?"

"우린 장갑이 없다고요!"

나는 곁으로 좀 더 다가서서 두 손을 안락의자의 팔걸이에 얹으며 되풀이 말했다.

"아니, 너 이게 어떻게 된 일이니?"

할머니는 갑자기 내 손을 잡으며 말했다.

"이것 좀 보시우, 부인."

할머니는 발라히나 부인을 돌아보며 프랑스 어로 말했다.

"이걸 어쩌면 좋아요? 이걸 좀 보세요, 이 어린 신사가 댁의 따님과 춤을 추려고 이처럼 모양을 냈다우."

할머니는 내 손을 꽉 잡고는 아주 정색을 한 채, 그러면서도 장난기 어린 눈초리로 일동을 둘러보았다. 할머니는 모든 손님들의 호기심이 채워지고, 모든 손님들이 웃음을 터뜨릴 때까지 손을 놓지 않았으며, 손님들을 둘러보는 것도 멈추지 않았다.

만약 내가 부끄러운 나머지 얼굴을 찡그리며 손을 빼내려고 애쓰는 모습을 세료쟈에게 들켰다면 나는 정말 슬펐을 것이다. 하지만 소네치카에 대해서는 조금도 부끄럽다거나 쑥스러운 생각이 들지 않았다.

사실 그녀는 너무 웃어 대는 바람에 눈물이 맺혔고, 붉게 상기된 얼굴에 아름다운 물결을 이룬 머리카락이 찰랑거릴 정도였다. 그녀의 웃음은 냉소라 하기에는 매우 명랑하고 자연스러웠다. 적어도 내가 느끼기에는 그러했다. 그뿐만 아니라 우리 둘이 서로 얼굴을 마주하고 함께 웃었다는 사실이 왠지 우리를 더 가깝게 만든 것 같은 느낌이 들었다.

장갑 사건은 어찌 보면 아주 언짢은 결과를 가져올 수도 있었지만 오히려 내게는 행운을 가져다주었다. 그것은 다름 아니라 항상 어색하고 특별하게만 생각되던 응접실을 자유롭게 드나들면서 행동할 수 있는 계기를 만들어 주었기 때문이다. 그래서 나는 많은 손님들이 모인 응접실에서 조금도 쑥스럽거나 기죽지 않았다.

내성적인 사람의 괴로움은 자기에 대한 타인의 견해를 모르는 데서 생긴다. 일단 타인의 견해가 명확하게 표시되면, 그것이 어떤 견해라 하더라도 그 괴로움은 당장 사라져 버리기 마련이다.

파트너가 된 어린 공작 에티엔과 소네치카가 내 맞은편에서 프랑스식 카드리유(프랑스 나폴레옹 1세 때 최초로 궁정에서 유행한 스퀘어 댄스 : 역주)를 추었을 때의 그 귀여운 모습이 지금도 눈에 선하다. 셰네(직선 또는 원을 그리면서 연속적으로 빠른 템포로 회전하는 동작 : 역주)를 추며 내게 손을 내밀었을 때의 그 웃음 띤 얼굴은 얼마나 아름다웠던가! 박자에 따라 찰랑거리는 그녀의 곱슬곱슬한 아마 빛 머리칼은 한층 더 매력을 발산했다.

자그마한 발을 재치 있게 바꿔 가며 즈테(한 발을 내던지면서 그 방향으로 뛰어 내리는 춤 동작 : 역주)를 추었을 때의 그녀의 모습은 그야말로 천진난만했다. 다섯 번째 턴할 때 나와 짝이 되었던 소녀가 종종걸음으로 옆쪽으로 물러나고, 내가 박자를 헤아리면서 솔로로 들어갈 준비를 하고 있는 동안, 소네치카는 긴장된 표정으로 입술을 꼭 다문 채 딴 곳을 바라보고 있었다. 하지만 내 춤에 대한 그녀의 그러한 눈치는 쓸데없는 기우였다.

　나는 샤세 앙 나방과 샤세 앙 나리에르와 글리사드를 멋지게 해 보이고는 소네치카 곁으로 다가가 장난삼아 두 손가락이 삐져나온 장갑을 들어 보였다. 그녀는 큰 소리로 웃음을 터뜨렸고, 더욱 귀여운 모습으로 마호가니를 깔아 놓은 마루 위를 사뿐사뿐 걸어갔다.

　지금도 생생하건대, 우리들이 둥글게 원을 짓고 모두 손을 맞잡고 있을 때였다. 소네치카는 고개를 숙이고 내게 잡힌 손을 그대로 끌어다가 콧등을 긁었다. 이러한 모든 것이 눈앞에 선하다. 또 이것의 배경이 되었던 '다뉴브 강의 처녀'란 카드리유도 아직까지 귓전에 맴도는 것만 같다.

　어느덧 두 번째 카드리유가 시작되었다. 나는 소네치카와 같이 춤을 추었다. 얼마 후 그녀와 함께 휴식을 취하게 되었을 때, 나는 부끄러움으로 인해 무슨 말을 어떻게 해야 할지 갈피를 잡을 수가 없었다. 침묵이 길어지자 나는 소네치카가 나를 바보로 취급하지나 않을까 걱정되었고, 그녀에게서 그런 오해를 받지 말아야겠다고 마음먹었다.

"계속 모스크바에서 살았어요?"

나는 프랑스 어로 물었다.

"그래요."

"나도 지금은 모스크바에 살게 되었지만 아직 한 번도 상트페테르부르크를 방문해 본 적이 없어요."

나는 특히 '방문' 이라는 말의 효과를 기대하면서 말했다. 이 대화의 실마리는 매우 훌륭했으며, 프랑스 어 실력을 보여 주었다고는 할지라도, 이것 가지고 대화를 계속 이끌어 갈 수는 없음을 느꼈다.

우리가 춤을 출 차례가 되려면 한참을 기다려야 해서 또다시 침묵이 찾아왔다. 나는 내가 그녀에게 어떤 인상을 주었는지 알고 싶어졌고, 동시에 그녀가 말을 걸어오기를 희망하며 들뜬 기분으로 잠시 소네치카를 바라보았다.

"그런데 어디서 그런 우스꽝스러운 장갑을 찾은 거죠?"

그녀가 갑자기 내게 물었다. 이 질문으로 인해 나는 큰 만족감을 얻었고 마음이 진정되었다. 나는 서슴지 않고 그 장갑이 카를 이바느이치의 것이라고 설명했다. 이어 카를 이바느이치의 사람됨과 그가 빨간 모자를 쓰고 익살 부리던 일, 또 언젠가는 프록코트를 입은 채 말 등에서 엉덩이로 거꾸로 떨어졌던 일 등을 약간은 풍자적으로 장황하게 이야기했다. 그러는 사이에 카드리유는 어느새 끝나 버렸다. 그래도 모든 것이 좋았다.

하지만 나는 왜 카를 이바느이치의 일을 마치 조소하듯 말했을까? 내가 그에 대해 품고 있는 사랑과 존경을 그대로 간직하면서 그의 사람됨을 전했다면 과연 소네치카의 호감을 잃었을까?

카드리유가 끝나자 소네치카는 나를 향해 진심으로 감사하는 표정으로,

"고마워요."

프랑스 어로 말했다. 나는 기쁨을 주체할 수 없어 잠시 멍할 정도로 희열을 느꼈다. 어디에서 그런 용기와 확신과 대담함이 생겨났는지 스스로도 벙벙할 뿐이었다.

'이제 어떤 일이 일어난다 해도 나는 결코 당황하지 않을 거야.'

매우 편한 마음으로 홀 안을 돌아다니며 나는 생각했다.

'흥, 활이건 총이건 다 가져와 봐! 나는 자신 있어!'

그때 세료쟈가 같이 대무對舞를 추지 않겠느냐고 요청해 왔다.

"좋아, 추지."

나는 대답했다.

"지금 내게는 파트너가 없지만 곧 찾아낼 거야."

나는 홀 전체를 용감히 바라보았다. 하지만 여자들에게는 이미 상대가 정해져 있었다.

다만 오직 한 사람, 혼자 응접실 문 옆에 서 있는 몸집이 큰 아가씨만이 아직 상대가 없었다. 키 큰 청년이 그녀한테로 다가가고 있었다. 틀림없이 무도의 상대자가 되어 달라고 신청하는 것이리라. 이 청년은 그녀로부터 불과 두어 걸음 정도밖에 떨어져 있지 않았다.

나는 홀의 반대편에 서 있었다. 그 순간 나는 우아하게 마호가니 마루를 미끄러져 가서는 그녀 앞에 서서 목례를 하고 춤 상대가 되어 주기를 청했다. 몸집이 큰 그녀는 엷은 미소를 지으면서 내게 손을 내밀었다. 결국 그 청년은 파트너 없이 혼자 남게 되었다.

　나는 나의 능력을 충분히 의식하게 되었으므로 청년의 분개 따위에는 아랑곳하지 않았다. 나중에 알게 된 일이지만, 이 청년은 주위 사람들을 붙들고는 난데없이 튀어나와 눈앞에서 파트너를 가로채간 머리카락이 텁수룩한 놈이 누구냐고 열심히 묻고 다녔다는 것이다.

마주르카

마주르카를 출 때는 내게 파트너를 빼앗긴 청년이 제일 선두에 섰다. 그는 자기 파트너의 손을 잡고 자리에서 일어나더니 미미가 우리에게 가르쳐 준 '파 드 바스크'(포크댄스를 출 때의 스텝의 일종 : 역주)도 하지 않고 불쑥 선두로 뛰어나갔다. 그리고 홀 끝까지 가서는 잠깐 멈춰 서서 두 다리를 벌려 구두 뒤축으로 바닥을 한 번 치고는, 다시 몸을 휙 돌려 깡충깡충 뛰듯이 하며 앞으로 나아갔다.

마주르카를 출 파트너가 없었던 나는 할머니의 안락의자 뒤에 기대어 구경했다.

'저 남자는 대체 뭘 하고 있는 거야?'

나는 혼자서 생각했다.

'저건 미미가 가르쳐 준 것과는 전혀 다르잖아. 미미가 말하는 마주르카는 부드럽게 반원을 그리며 발끝으로 추는 거였어. 하지만 지금 저 춤은 전혀 다른걸. 이빈 형제들과 에티엔도 모두 춤을 추고 있지만 파 드 바스크를 하는 사람이 없어. 저런! 볼로쟈도 새로운 방법을 따라하고 있군! 제법인데……. 하지만 그건 그렇다치고 소네치카는 정말 귀여운 애야! 아, 지금 춤추기 시작했어!'

나는 말할 수 없을 정도로 기분이 들떠 있었다.

마주르카가 거의 끝나가고 있었다. 몇몇 나이 든 남자와 부인들이 할머니에게 와서 작별 인사를 하고는 돌아갔다. 하인들은 춤추는 사람들에게 방해가 되지 않도록 조심스럽게 몸을 피하면서 식사 도구를 식당으로 날랐다. 할머니는 매우 피로한 기색으로 귀찮다는 듯 말끝을 길게 빼며 말했다. 악사들은 이미 열세 번씩이나 되풀이된 곡을 울적한 가락으로 연주하고 있었다. 마주르카에 앞서 나하고 춤을 추었던 키가 큰 아가씨는 익살맞은 미소를 띠며 코르나코바 공작 부인의 수많은 딸들 중 하나를 내 앞으로 데리고 왔다.

"장미입니까, 쐐기풀입니까?"

그녀는 내게 프랑스 어로 물었다.

"네가 여기에 있었구나!"

안락의자에서 몸을 일으킨 할머니가 내게 말했다.

"너도 어서 나가서 추렴."

나는 그때 춤을 추기보다는 할머니의 의자 옆에 그대로 처박혀 있고 싶었지만 딱히 거절할 이유도 없고 해서 '장미'라고 말하며 묵묵히 일어났다. 나는 두려운 마음으로 소네치카의 얼굴을 바라보았다. 하지만 그녀는 장미가 아니라 쐐기풀이었던 모양이다. 주저할 새도 없이 흰 장갑을 낀 누군가의 손이 내 손을 잡았는데 공작의 딸이었다. 그녀는 더없이 기쁜 미소를 얼굴 가득히 지으면서 내가 발을 어떻게 처리할 것인가에 대해 방법을 고민하는 줄도 모르고 덮어놓고 앞으로 나아가기 시작했다.

나는 '파 드 바스크'가 이런 장소에 어울리지 않을 뿐만 아니라, 그런 것을 드러낸다면 오히려 내 자신의 수치라는 것을 깨달았다. 하지만 귀에 익은 마주르카의 울림이 내 귀에 작용해서 음향 신경에 일정한 방향을 제시했다. 그러자 음향 신경은 기다리고 있었다는 듯이 이 운동을 발에 전달했다. 그 결과 내 발끝은 무의식적으로, 아니 숙명적으로 반원을 그리며 경쾌하게 스텝을 밟아 구경꾼 모두를 놀라게 했다.

똑바로 나아가고 있을 때는 어떻게든지 속일 수 있었지만, 방향을 전환시킬 때쯤 되어서는 무슨 수단을 강구해야만 했다. 자기 혼자 헤엄치는 결과밖에 되지 않을 것이 뻔했기 때문이다. 그런 불쾌한 상황을 피하기 위해 나는 선두에 서 있는 청년이 멋진 자세로 보여 준 회전을 해 보일 생각으로 그 자리에 멈추어 섰다.

그러나 내가 발을 벌리고 막 뛰어오르려는 순간 공작의 딸이 서둘러 내 주변을 돌며 호기심과 놀란 표정으로 내 발을 뚫어지게 쳐다보았다. 그녀의 시선으로 인해 나는 치명상을 입었다. 몹시 당황한 나는 춤을 추는 대신 한곳에서 제자리걸음을 하고 말았다. 박자에도 맞지 않고 어떤 형태의 스텝도 아닌 실로 묘한 행동이었다. 그 결과, 나는 하는 수 없이 멈추어 서고 말았다. 모두들 내 얼굴을 빤히 쳐다보았다. 놀란 표정으로 쳐다보는 사람이 있는가 하면, 신기한 표정으로 보는 사람도 있었다. 어떤 이는 비웃는 것 같기도 하고, 또 어떤 이는 동정하는 눈빛이 엿보이기도 했다. 하지만 오직 한 분, 할머니만은 끝까지 태연한 기색으로 일관했다.

"춤을 출 줄 모르면 추지나 말 것을!"

화가 난 아버지가 프랑스 어로 내 귀에 대고 말하더니 나를 슬쩍 밀쳐 내고 대신 내 상대였던 공작 딸의 손을 잡았다. 아버지는 옛 솜씨를 발휘해서 한 바퀴 춤을 추고 나서는 관중의 열렬한 갈채를 받으며 그녀를 제자리에 데려다 놓았다. 그와 동시에 마주르카는 끝이 났다.

'오, 하느님! 어찌하여 내게 이다지도 무서운 벌을 내리시나이까! 모두들 나를 경멸하고 있어. 이후에도 경멸할 거야……. 나는 모든 것에 대해 굳게 문을 닫아걸고 말았다. 친한 사이에도, 사랑에 대해서도, 명예에 대해서도……. 모든 게 끝장나고 만 것이다. 볼로쟈는 왜 내게 그런 손짓을 한 것일까? 그런 게 내 회전에 무슨 도움이 된다고 그랬을까? 오히려 사람들의 웃음만 샀을 뿐이다! 왜 저 밉살스러운 공작의 딸은 그렇게도 짓궂게 내 발을 쳐다보았을까? 왜 소네치카는…… 아, 그녀는 귀여운 소녀지만 어찌하여 그 상황에서 혼자 그렇게 웃고 있었을까? 왜 아버지는 얼굴을 붉히고 나를 밀어냈을까? 과연 아버지까지도 나 때문에 수치스러웠던 것일까? 아, 무서운 일이다. 만일 어머니가 있었더라면 이 귀여운 니콜렌카를 위해 얼굴을 붉히지는 않았을 것이다.'

나의 이러한 상상은 그리운 어머니를 따라 먼 고향으로 달아났

다. 시골집 앞의 잔디와 뜰에 자란 보리수, 제비들이 날고 있는 연
못가와 흰 구름이 말없이 떠다니는 푸른 하늘, 향기 어린 들국화
등이 내 눈앞에 떠올랐다. 그리고 다시 고요하고 아름다운 옛 추억
들이 엉클어진 내 마음을 스쳐 지나갔다.

마주르카가 끝난 후

저녁 식사 시간이 되자 선두에서 마주르카를 추던 예의 그 청년은 우리와 함께 아이들 식탁에 자리잡고 앉아 내게 특별한 관심을 보였다.

그런 불행한 사건 후에도 내가 무엇인가를 느낄 수 있는 감정이 조금이라도 남아 있었다면, 이러한 청년의 태도가 적잖이 내 자존심을 충족시켜 주었을 것이다. 청년은 어떻게 해서든 내 기분을 풀어 주기 위해 내게 농담을 걸기도 하고 또 대장부라며 추켜올리기도 했다. 어른들이 이쪽을 보지 않을 때에는 많은 병들 중에서 재빨리 내 잔에 포도주를 따르며 마시라고 권하기도 했다.

식사가 끝날 무렵, 집사가 냅킨으로 감싼 샴페인 한 병을 가지고 와서 내 술잔에 불과 4분의 1 정도만 따르고 가려 하자, 그 청년은 가득 따르게 하더니 나한테 단숨에 들이키라며 권했다. 나는 온몸에 따뜻한 쾌감을 느꼈고, 이 유쾌한 보호자에 대해 특별한 우의友

誼를 보이면서 아무 이유도 없이 소리 내어 웃기도 했다.

갑자기 홀에서 그로스파테르(옛 독일 무도곡의 일종 : 역주)가 울려 오자, 사람들은 식탁에서 일어나기 시작했다. 그 청년과 나와의 우정은 그와 동시에 끝나 버렸다.

그는 어른들 쪽으로 갔다. 차마 같이 갈 엄두를 내지 못했던 나는 발라히나 부인과 소네치카 곁으로 가서 두 모녀의 이야기에 귀를 기울였다.

"30분만 더 있다 가요."

소네치카가 졸라 댔다.

"안 된대도 그러네."

"저를 위해 특별히 부탁드려요. 제발 30분만 더요."

소네치카가 응석을 부리며 말했다.

"그러다가 만약 내가 내일 병이라도 난다면 너는 어떻게 할 거니? 그렇게 되면 너도 유쾌하진 않겠지?"

발라히나 부인이 말하며 생긋 웃었다.

"아이, 기뻐라. 허락하신 거죠? 조금 더 있다 가도 되는 거죠?"

소네치카는 기쁨으로 껑충껑충 뛰면서 말했다.

"정말이지 너는 당하지 못하겠구나. 자, 어서 가서 추려무나. 어……, 마침 여기 상대가 있었네."

부인은 나를 가리키며 말했다.

소네치카가 내게 손을 내밀었고, 우리는 넓은 홀로 뛰어갔다.

좀 전에 들이킨 술과 소네치카의 밝은 모습이 마주르카를 추었을 때의 불행을 완전히 잊게 해 주었다. 나는 두 다리를 벌려 아주 재미있는 포즈를 취했다. 자신만만한 모습으로 두 발을 높이 쳐들고 말이 빨리 달리는 모습을 흉내 내기도 하고, 사나운 개에게 화를 내고 있는 양처럼 한 곳에서 발을 구르며 제자리걸음을 하기도 하고, 통쾌하다는 듯 소리 내어 웃기도 했다. 그러한 행동이 사람들에게 어떤 인상을 줄지에 대해서는 조금도 신경 쓰지 않았다.

소네치카는 계속해서 깔깔대며 웃었다. 그녀도 이렇게 손을 맞잡고 빙빙 도는 것이 재미있는 모양이었다. 한 노신사가 천천히 발을 들면서 아주 힘겹다는 시늉을 하며 바닥에 떨어진 손수건을 뛰어넘는 것을 보자, 그녀는 배를 움켜잡으며 웃었다. 그리고 내가 나의 날쌘 동작을 과시하기 위해 천장 높이로 뛰어올랐을 때도 그녀는 걷잡을 수 없이 웃어 댔다.

할머니의 서재를 지나갈 때, 나는 거울을 들여다보았다. 내 얼굴은 땀으로 범벅이 되어 있었으며, 머리카락은 몹시 헝클어져 있었다. 하지만 얼굴 표정은 유쾌하고 선량해 보였으며, 동시에 건강이 넘쳐흐르는 사람처럼 보여 스스로 흡족했다.

'언제나 이런 모습이라면, 사람들에게 좀 더 호감을 살 텐데…….'

나는 마음속으로 이렇게 생각했다.

하지만 내 상대인 소네치카의 아름다운 얼굴을 바라보니, 그 얼굴에는 편안함과 건강함, 티 없는 표정 외에도 우아하고 섬세한 매력이 가득 담겨 있었다. 그래서 나는 다시 내 자신에 대해 화가 났다. 그리고 이런 아름답고 매력적인 소녀의 주의를 끌려고 한 것이 얼마나 큰 욕심이며 어리석은 일인지를 깨달았다.

나는 그녀가 나와 같은 감정을 품고 있으리라고는 기대하지 않았으며, 또 그런 것들은 본래부터 생각지도 않았다. 굳이 그런 기대를 갖지 않더라도 내 마음은 행복으로 넘쳐났다. 나는 사랑의 감정으로 가득 차 있었다. 그리고 그러한 감정이 영원히 소멸되지 않기를 바라는 것 외에는 아무런 욕심도 없었다. 더구나 더욱 큰 행복을 바라지도 않았다. 나는 그대로도 행복했다. 심장은 비둘기처럼 뛰었고, 약동하듯 전신을 도는 피가 가슴으로 몰려들어서 울고 싶을 정도였다.

우리가 복도를 따라 계단 밑에 있는 캄캄한 창고 옆을 지나칠 쯤에, 나는 슬쩍 그쪽을 바라보며 이렇게 생각했다.

'만일 소네치카와 단둘이 저 캄캄한 창고 속에서 한평생 같이 살게 된다면 얼마나 행복할까! 아무도 모르게 우리 둘이 이곳에서 산다면……'

"오늘 밤은 정말 즐거웠지요?"

나는 낮고 떨리는 음성으로 말했다. 그리고 지금 말한 것보다도 그 다음 내가 말하려는 것에 스스로 놀라 걸음을 재촉했다.

"네, 정말 즐거웠어요!"

그녀는 내 쪽으로 얼굴을 돌리며 대답했다. 아주 밝고 천진天眞한 표정이었다. 그제야 나는 긴장되었던 마음이 완전히 풀어졌다.

"특히 저녁 식사 후가 제일 즐거웠답니다! 하지만 이제 당신은 떠날 것이고, 만나지 못할 것을 생각하니 너무 아쉽군요."

"왜요? 왜 만날 수 없다고 말하죠?"

그녀는 고개를 떨군 채 자신의 신발 끝을 바라보며 물었다.

"나는 매주 화요일과 금요일이면 어머니랑 같이 트베르스카야 거리(모스크바 최대의 중심가 : 역주)로 산책을 나가요. 당신도 산책하러 나오지 않겠어요?"

"그래요? 그렇다면 나도 허락을 얻어서 화요일날 그곳으로 가 볼게요. 만약 허락이 떨어지지 않는다면 그때는 나 혼자 도망쳐서라도 나가겠어요. 모자 같은 건 쓰지 않을 거예요. 길은 알고 있으니까……."

"잠깐!"

갑자기 소네치카가 말했다.

"사실 나는 집에 놀러 오는 남자들에게 당신이란 말을 쓰지 않아요. 그러니 이제 너라고 했으면 좋겠어요……. 그러니까 너도…… 찬성하지?"

그녀는 고개를 갸웃거리며 내 눈을 뚫어지게 바라보았다.

그때 우리는 홀로 들어서고 있었다. 넓은 홀에서는 그로스파테르 가운데서도 제일 흥겨운 부분이 연주되기 시작했다.

"그렇게 하죠."

나는 음악 소리와 소음이 사라진 때를 이용해 이렇게 말했다.

"넌 '그렇게 하죠'라고 하지 말고, '그렇게 하자'라고 해야지."

소네치카는 내 말을 정정해 주고는 웃었다.

그로스파테르는 끝이 났다. 나는 그동안 '너'라는 말을 한 번도 입 밖에 내지 못했다. 이 대명사를 몇 번이나 입속으로 되풀이했으면서도 나에게는 그럴 만한 용기가 없었다. '너도 찬성하지?' 하는 말이 언제까지고 내 귓전에 울리며 나를 황홀경으로 몰고 갔다.

나는 소네치카 외에는 어느 누구도, 그 무엇도 안중에 없었다. 나는 흘러내린 그녀의 머리카락이 귓등으로 치켜올려져서, 지금까지 보이지 않았던 이마의 일부와 관자놀이가 드러나는 것을 놓치지 않고 바라보았다.

또 녹색 숄로 자신의 코끝만을 살짝 드러낸 채 온몸을 휘감는 것도 보았다. 그리고 다시 그녀가 어머니를 따라 계단을 내려올 때 재빨리 몸을 돌려 우리를 향해 가볍게 고개를 끄덕이고는 문밖으로 사라지는 것도 보았다.

볼로쟈, 이빈 형제들, 에티엔, 나, 우리 모두 소네치카를 좋아하고 있었으므로, 일동은 계단 위에 우두커니 서서 그녀의 뒷모습을 바라보았다. 그녀가 특히 누구를 향해 고개를 끄덕였는지는 알 수 없었으나, 나는 그것이 나를 향한 인사였음이 틀림없다고 굳게 믿었다.

이빈 형제들과 작별 인사를 나누면서, 나는 지극히 자유스러우면서도 조금은 냉담한 태도로 세료쟈와 악수를 했다. 만약 그가 오늘 이후, 내 사랑과 나에 대한 지배력을 잃었다는 것을 알았다면 그는 반드시 서운하게 생각했을 것이다. 하지만 나는 끝까지 태연한 태도를 취하려 했다.

나는 세상에 태어나서 처음으로 사랑을 배신했다. 또한 세상에 태어나서 처음으로 진실한 사랑의 감정을 경험했다. 이미 심드렁해진 세료쟈에 대한 헌신의 감정을 신비와 경이로 가득 찬 신선한 사랑의 감정으로 바꾼다는 것은 내게 있어 커다란 기쁨이었다. 뿐만 아니라 한 사람에 대한 사랑을 잃음과 동시에 다른 한 사람을 사랑하게 된 것은, 결국 전에 비해 한층 더 강한 사랑에 빠졌음을 의미했다.

침대에서

잠자리에 들어서 나는 '어찌하여 나는 그토록 열렬히, 또 그토록 오랫동안 세료쟈를 사랑하게 되었을까?' 라는 생각을 해 보았다.

'아니야! 세료쟈는 내 사랑을 전혀 이해하지 못했고, 그 가치도 몰랐을뿐더러 받을 자격도 없었어⋯⋯. 그렇지만 소네치카는? 아, 그 얼마나 귀여운가! '너도⋯⋯ 찬성하지?', '그렇게 하자' 이 얼마나 귀여운 말들인가!'

나는 사랑스러운 그녀의 얼굴을 머릿속에 생생하게 떠올리며 침대에서 벌떡 일어나 엎드렸다. 그리고는 다시 이불을 덮어쓰고 온몸을 가린 다음 비로소 허리를 펴고 누웠다. 나는 그 속에서 따뜻함을 느끼면서 달콤한 공상과 추억에 잠겼다.

푹신한 담요 속에 몸을 파묻은 나는 한 시간 전과 마찬가지로 그녀의 얼굴을 눈앞에 그려 보았다. 그리고는 상상의 세계에서 그녀와 이야기를 나누었다.

아무런 뜻도 없는 대화였지만 나는 이루 말할 수 없이 기뻤다. '당신, 당신에게, 당신과, 당신이' 등과 같은 잊을 수 없는 말들이 연상되었기 때문이다.

공상은 매우 뚜렷한 형태로 이루어졌으므로 나는 달콤한 흥분 속에서 도저히 잠을 이룰 수가 없었다. 분에 넘치는 이 행복을 누구에게 나누어 주고 싶은 마음이 들기도 했다.

'사랑스러운 소네치카!'

나는 돌아누우며 간신히 들릴락 말락한 목소리로 물었다.

"형, 잠들었어?"

"아니."

볼로쟈는 졸린 듯한 목소리로 답했다.

"왜 그래?"

"형, 나 말이야 사랑에 빠졌어. 나, 소네치카한테 홀딱 반했다고."

"흠, 그래서 그게 어떻다는 거야?"

볼로쟈가 물었다.

"형은 지금의 내 심정을 상상하지도 못할 거야. 이렇게 이불을 덮어쓰고 누워 있어도 그 애 얼굴이 눈앞에 보여. 아주 또렷하게 말이야. 그래서 나는 지금 그 애와 얘기하고 있었어. 정말이지 이상야릇해. 그리고 형, 내가 이렇게 침대에서 그 애를 생각하고 있으면 무슨 영문인지 갑자기 슬퍼지고 눈물이 나올 것만 같아."

볼로쟈는 약간 몸을 뒤틀었다.

"내게 꼭 한 가지 소원이 있는데."

나는 계속 이어서 말했다.

"다름이 아니라, 늘 그 애와 같이 있으면서 그 애의 얼굴을 바라보고 싶어. 내 소원은 이것뿐이야. 형도 그 애를 좋아하지? 사실대로 말해 줘."

나는 이상스럽게도 모든 사람이 소네치카를 사랑하고, 또 모든 사람이 그 애에 관한 이야기를 해 주었으면 하는 마음이었다.

"그런 건 네가 알 바 아니야."

볼로쟈는 내 쪽으로 얼굴을 돌리면서 말했다.

"물론 그럴지도 모르지."

"형도 잠이 오지 않는 거구나. 그러면서 자는 체하고 있었군!"

반짝반짝 빛나는 눈으로 보건대, 형도 잠을 이룰 수 없었음을 알아차린 나는 이렇게 큰 소리로 말하며 이불을 걷어찼다.

"그럼 차라리 우리 그 애 얘기나 해. 형, 그 앤 정말 견딜 수 없을 정도로 사랑스러워! 뭐랄까……, 만약 그 애가 나더러 '니콜렌카, 창에서 뛰어내려 봐', 라든가 '불속으로 뛰어들어' 라고 한다면 나는 서슴지 않고 그렇게 할 거야."

나는 힘있게 말했다. 그리고는 재빨리 돌아누우며 베개 밑에 머리를 집어넣었다.

"어쩐 일인지 나는 지금 울고 싶어 견딜 수가 없어, 형."

"바보같은 녀석!"

볼로쟈는 미소 지으며 말했다. 잠시 침묵이 흐른 뒤 볼로쟈가 다시 말했다.

"나는 너와는 달라. 나는 그 애와 나란히 앉아 여러 가지 이야기를 나누고 싶어."

"아하! 그렇다면 형도 역시 그 애를 사랑하고 있구나?"

나는 볼로쟈의 말을 가로막으며 말했다.

"그리고 그 다음은?"

그러자 볼로쟈는 기분 좋게 웃으면서 자신의 생각을 모두 털어놓았다.

"그 다음에는 그 애의 손가락과 눈과 입술, 코, 발 등 온몸에 키스 세례를 퍼붓고 싶어."

"그 따위 소리는 집어치워!"

나는 베개 밑에서 큰 소리로 말했다.

"너는 아무것도 몰라."

볼로쟈는 나를 경멸하듯이 말했다.

"나는 다 알고 있어. 형이야말로 아무것도 모르면서 턱없는 소리하지 마."

나는 울면서 말했다.

"훌쩍거린다고 뭐가 되는 줄 알아? 계집애 같이!"

편 지

   4월 16일, 앞서 말한 사건들이 있고 나서 거의 6개월이 지났다. 아버지가 수업 도중 와서는 오늘 밤 우리 모두를 데리고 시골로 내려간다고 말씀하셨다. 순간 나는 까닭 없이 가슴이 미어졌고, 내 마음은 곧 어머니에게로 달려가고 있었다. 이 뜻하지 않은 출발의 원인은 아버지 앞으로 보낸 어머니의 편지 때문이었다.

   4월 12일, 페트로프스코예에서……

   당신이 4월 3일에 보낸 편지를 오늘 밤 10시나 되어서야 읽어 보았습니다. 언제나 그랬듯이 지금 읽자마자 답신을 보냅니다. 어제 표도르가 시내에 나가서 편지를 찾아와서는 오늘 아침에야 미미한테 넘겨주었습니다. 하지만 미미는 내 건강을 생각해서 종일 내게 편지를 보여 주지 않았지요. 사실 요즘 이따금씩 열이 나서 나흘 전부터 자리에 누워 있답니다.

그렇다고 걱정하지는 마세요. 오늘은 몸 상태가 많이 좋아졌고, 이반 바실리예비치가 허락한다면 내일쯤 털고 일어나려 해요.

지난 주 금요일, 나는 아이들과 함께 마차를 타고 소풍을 갔어요. 그런데 큰길로 들어서는 입구이자, 언제나 위태위태했던 그 다리 모퉁이에서 마차가 진창에 빠졌지 뭐예요. 마침 날씨가 좋아서 마차를 진창에서 빼낼 때까지 큰길까지 걷기로 했어요. 그런데 교회 앞에 이르렀을 때, 저는 매우 피곤함을 느껴 그곳에서 좀 쉬었지요.

여러 사람들이 달려들어 진창에 빠진 마차를 끌어내는 데는 30분이나 걸렸어요. 그동안 나는 조금씩 한기를 느꼈는데, 특히 발이 시려 혼이 났습니다. 하필 그때 나는 뒤축이 낮은 신발을 신은 데다 물에 흠뻑 젖기까지 했거든요.

저녁 식사 후에 오한과 발열이 조금 있었지만 나는 평소와 다름없이 움직였어요. 그리고 차를 마신 후에는 류보치카와 함께 피아노를 연주하기 위해 앉았어요. 하지만 그 순간에 나는 아주 놀라고 말았어요. 박자를 셀 수가 없었거든요. 계속해서 나는 박자를 제대로 세기 위해 애를 써 봤지만 머리가 흐릿해지면서 귀가 멍멍해졌어요. 하나 둘 셋 세다가는 갑자기 여덟, 열다섯 하는 식으로 엉뚱한 소리를 하지 뭐예요! 더구나 내가 잘못하고 있다는 것을 알면서도 도저히 고쳐지질 않는 거예요. 내 상태를 눈치 챈 미미가 다가왔을 때에야 나는 강제로 자리에 눕게 되었답니다.

이상이 내 병에 대한 경과 보고예요. 모든 게 내 잘못이었어요. 다음날은 열이 더 올라가서 친절한 이반 바실리예비치에게 왕진을 부탁했답니다. 그분은 계속 우리 집에 머물면서 내가 빨리 회복하도록 도와주겠다고 하셨어요. 그분은 정말이지 훌륭한 분이에요. 내가 고열에 시달려 헛소리를 해댈 때는 꼼짝 않고 베갯머리에서 시중을 들어주셨지요. 그리고 지금 내가 편지 쓰는 것을 알고는 응접실에서 딸애들과 놀아 주고 계세요. 독일의 옛날 이야기를 들려주고 있는데 아이들이 배를 움켜쥐고 까르르 웃는 것이 이곳 침실까지 들려오는군요.

당신이 '아름다운 플랑드르 여인' 이라고 말씀하셨던 그 처녀는 벌써 2주간이나 집에 머물러 있어요. 그 처녀의 어머니가 지금 여행중이거든요. 친절하고 조심성 있게 집안일을 도우면서 우리에게 진실된 애정을 보여주고 있어요. 그리고 자기 마음속에 있는 비밀을 모두 내게 털어놓았답니다. 아름다운 용모와 부드러운 마음씨, 푸릇푸릇한 젊음을 갖고 있으니까 좋은 후원자를 만나 교육을 잘 받는다면 훌륭한 처녀가 될 수 있을 거예요. 하지만 그녀의 말을 듣고 판단해 보건대, 현재와 같은 그런 환경에서는 도저히 파멸을 면할 길이 없어요. 만약 내게 이처럼 많은 자식들이 없었다면 그 애를 맡아 줄 수도 있을 텐데 하는 생각이 자꾸 머리에 떠올라요.

류보치카가 당신에게 편지를 쓰겠다고 하더니 벌써 석 장째 편지를 구기고 있어요. 그러면서 하는 말이 "아버지가 얼마나 남의 흠을 잘 잡아내는데요. 만약 하나라도 틀린 곳이 있다면 여러 사람들에게 보여 줄 게 틀림없어요." 하면서 억지를 부린답니다. 카텐카는 여전히 귀엽고, 미미 역시 착한 사람이긴 하지만 이야기 상대로는 따분해요.

이제 쓸데없는 이야기는 그만하고, 용건을 말하겠어요. 당신의 편지에 의하면 지난 겨울 불경기 탓에 하바로프카 영지에서 들어오는 돈을 좀 써

야겠다고 말씀하셨는데, 이런 일에 대해 제 동의를 구하는 것 자체가 이해가 안 되는군요. 저의 소유로 되어 있는 것은 동시에 당신의 소유나 다름없지 않나요?

당신은 제가 고통으로 슬퍼할까 봐 그쪽 형편을 숨기시는 것 같아요. 그러나 나는 모든 것을 알 수 있답니다. 필시 당신은 트럼프로 인해 많은 돈을 잃으셨을 거예요. 하지만 저는 그런 것들을 가지고 슬퍼하지는 않아요. 그러니까 일을 잘 해결할 수만 있다면 너무 걱정하지 마시고 마음을 편하게 가지세요. 당신이 트럼프에서 얻는 수입은 아이들을 위해서라도 염두에 두지 않고 있으며, 또 이런 말을 하는 것이 당돌하게 보일 수도 있겠지만 사실 저는 당신의 재산에 의지하지 않아요. 그러니 당신이 도박에서 이겼다고 한들 별달리 기쁠 것도 없으며, 또 졌다고 해서 슬퍼하지도 않아요. 다만 제가 괴롭고 슬픈 것은 도박에 대한 당신의 집착이에요. 더구나 이 저주스러운 집착이 저에 대한 당신의 애정의 일부를 빼앗아 갈 뿐만 아니라, 저로 하여금 지금과 같은 괴로운 말을 하도록 만들고 있어요. 정말 당신에게 이런 말을 한다는 것이 저로서는 얼마나 괴로운지 모르겠어요. 저는 언제나 한 가지에 대해서만 하느님께 기도한답니다. 벗어나게 해 달라구요……그건 가난에서 벗어나게 해 달라는 게 아니에요. 그런 건 문제도 아니죠. 다만 내가 끝까지 지켜 줘야 할 아이들의 이익이 우리 부부의 이익과 충돌하는 무서운 상황이 벌어지지 않도록 해 달라고 기원하는 거예요. 그리고 지금까지 하느님은 저의 기도를 들어주셨어요. 그 덕분에 이미 아이들 소유로 되어 있는 재산까지 희생해야 하는 어려운 상황은 피할 수 있었지요. 하지만 만약 그러한 불행에 처하게 된다면……

아, 그건 생각만 해도 무서운 일이에요. 하지만 그런 무서운 불행이 언제나 우리를 위협하고 있는 게 사실이에요. 이건 분명 하느님이 우리 부부에게 짐 지우신 무거운 십자가일 거예요.

그리고 아이들의 교육에 대해서도 여러 가지로 편지에 말씀하셨지만, 이 문제에 대해 당신과 저는 또다시 의견 일치를 보지 못하고 있어요. 당신은 아이들을 학교 기숙사에 넣고 싶어 하시지만, 제가 그러한 교육법을 처음부터 싫어하고 있다는 것을 당신도 잘 알고 계시잖아요……. 아무튼 당신이 제 생각에 동의하실지 어떨지는 모르겠지만, 저에 대한 사랑으로 꼭 약속해 주세요. 제가 살아 있는 동안은 물론이고 하느님의 뜻으로 제가 먼저 이 세상을 떠난다 해도 결코 그런 일은 하지 않겠다고 약속해 주세요.

그리고 당신의 편지에는 집안일 때문에 페테르부르크에 다녀와야 한다고 하셨는데, 아무쪼록 무사히 그리고 하루속히 돌아오시기를 바랄게요. 당신이 집에 계시지 않으니까 너무나 적적해요.

어느덧 봄이 되어 실로 아침, 저녁이 얼마나 멋있는지 몰라요. 발코니의 이중 문도 이미 떼어냈고, 온실로 통하는 샛길도 4, 5일 전부터 완전히 말라 버렸어요. 복숭아꽃도 만개했고, 눈은 이제 군데군데 조금만 남아 있을 뿐이에요. 제비도 날아왔답니다. 오늘 류보치카가 첫 봄꽃을 꺾어 왔어요. 의사 말로는 앞으로 3, 4일 후면 완전히 회복되어 신선한 바깥 공기를 마시며 4월의 햇볕을 쬘 수 있다고 하니 부디 안심하세요. 이제 작별 인사를 해야겠네요. 아무튼 저의 건강이나 노름으로 잃은 돈 따위에 대해서는 너무 걱정하지 마세요. 속히 볼일을 마치고, 여름 방학에는 아이들과 함께 이곳으로 돌아오시길 바라요. 저는 올 여름을 보내기 위해 여러 가지 멋진 계획을 많이 세워 놨답니다. 그 계획이 실행되려면 꼭 당신이 돌아오셔야만 해요.

이 편지의 다음 부분은 필적이 그리 고르지 못한 프랑스 어로 작은 종이쪽지에 따로 쓰여 있었다. 그것을 하나하나 번역하면 다음과 같다.

제 병이 얼마나 심각한지는 아무도 몰라요. 오로지 저만이 알고 있답니다. 이제 저는 다시는 이 침대에서 일어날 수 없다는 거예요. 그러니 한시도 지체하시지 말고 속히 아이들을 데리고 돌아와 주세요. 그렇게 되면 다시 한 번 당신을 안아보고, 아이들을 축복해 줄 수 있을 거예요. 이것이 저의 마지막 소원이에요. 이 편지로 인해 당신은 충격을 받겠지만, 이러한 일은 누구나 받아들여야만 하는 성질이므로 나쁘게 생각하지 마세요. 하느님의 자비에 의지해서 경건한 태도로 이 불행을 이겨 나갔으면 해요. 하느님은 순종하는 자만을 구해 주시니까요.

지금 제가 적고 있는 것을 환자의 상상에서 나온 실없는 소리라고 생각지 마세요. 오히려 저는 지금 머리가 아주 맑고 마음도 더없이 차분하답니다. 막연하게나마 이것이 정신 착란일지도 모른다는 예감을 갖고 자신을 위로하지는 마세요. 저는 분명 느끼고 있답니다. 하느님이 제게 계시를 주셨거든요. 이제 제가 살날이 얼마 남지 않았어요.

당신과 아이들에 대한 저의 사랑은 이 세상에서의 생활과 함께 끝나는 것일까요? 아니에요, 그렇지 않아요. 이것 없이는 삶 그 자체를 알 수 없을 만큼의 강하디 강한 감정이, 언젠가 끝날 것이라고 생각하기에는 이 순간의 감정이, 그 애정이 한량없고 강하답니다. 저의 영혼은 당신과 아이들에 대한 애정 없이는 존재할 수 없어요. 제 사랑의 감정이 어느 순간에 멈추어 버리는 그런 것이었다면 처음부터 생겨나지도 않았을 거예요.

저는 이제 머지않아 당신과 아이들 곁을 떠나게 될 거예요. 그렇지만 저의 사랑은 영원히 당신과 아이들을 저버리지 않을 것으로 굳게 믿고 있어요. 이렇게 생각하니 제 가슴은 한없는 기쁨으로 충만해집니다. 이로 인해 저는 아무런 두려움 없이 편안하게 죽음을 기다리고 있어요.

하느님이 알고 계시듯, 항상 죽음은 더욱 나은 삶으로 가는 길이라는 것을 보아왔고, 또한 보고 있기 때문에 지금 저는 아주 편안해요. 그런데 어찌하여 이토록 눈물로 목이 메이는지, 무슨 이유로 아이들에게서 사랑하는 어머니를 빼앗지 않으면 안 되는 것인지, 어째서 당신에게 이런 참혹한 불의의 충격을 주어야 하는 것인지……. 당신의 지극한 사랑으로 제 삶은 한없이 행복했는데, 어째서 그러한 제가 죽지 않으면 안 될까요?

그래요, 이 모든 것이 거룩하신 하느님의 뜻이겠지요.

이제 눈물이 앞을 가려 더 이상 쓸 수가 없어요. 자칫 잘못하다간 이대로 당신을 만나 볼 수 없을지도 모르겠어요. 더없이 존귀한 내 평생의 벗이여, 이 세상에서 나를 더없이 행복하게 해 준 당신에게 깊은 감사를 드립니다. 저 세상에 가면 당신에게 은혜를 베풀어 주십사 하고 하느님께 간청하겠습니다. 그럼 안녕. 제가 죽더라도 저의 사랑만은 영원히 남아 언제 어느 곳에서든 당신과 함께 할 거예요. 이것만은 꼭 기억해 주세요.

안녕, 볼로쟈, 내 천사! 안녕, 벤야민, 나의 니콜렌카! 설마 이 아이들이 저를 잊지는 않겠지요.

미미가 쓴 짤막한 프랑스 어 편지도 동봉되었다. 그것은 다음과 같은 내용의 편지였다.

마님께서 편지에 쓰신 슬픈 예감은 의사의 말에 의해 명확하게 확인되었습니다. 마님께서는 어젯밤에 이 편지를 빨리 부치고 오라고 말씀하셨지만, 저는 농담으로 받아들이고 오늘 아침에서야 봉한 것을 열어 보았습니다. 편지를 뜯고 있는데 마님께서 편지를 어떻게 했느냐고 물으시면서, 만약 부치지 않았거든 불에 태워 버리라고 하셨습니다. 마님께서는 계속 편지 이야기만 하시고, 그 편지로 인해 나리께서 엄청난 충격을 받을 것이 틀림없다며 되풀이하셨습니다. 만일 나리께서 이 천사 같은 마님을 만나고 싶으시다면 더 이상 지체 마시고 하루속히 돌아오시기 바랍니다. 마님에 대한 저의 존경과 사랑은 나리께서도 잘 아실 것이라 믿습니다. 며칠 동안 잠을 자지 못해서 글씨가 형편없습니다. 난필을 용서하십시오.

4월 11일 밤, 어머니의 침실에서 밤새 간호를 했던 나탈리야 사비슈나의 말에 의하면, 어머니는 편지의 첫머리를 쓰고 나서 그것을 곁에 있는 탁자 위에 놓고는 꾸벅꾸벅 졸기 시작했다는 것이다.

"사실 나 역시……."

나탈리야 사비슈나가 말했다.

"바로 안락의자에 앉아 꾸벅꾸벅 졸고 있었어요. 그러다가 그만 양말을 짜던 실을 떨어뜨리고 말았지요. 잠결에 듣자 하니 — 그럭저럭 12시가 지났는데 — 마님께서 혼잣말을 하시는 것 같아 엉겁결에 눈을 떠 보니, 자리에서 단정하게 일어나 앉아 두 손을 가슴에 모으고 계시지 않겠어요? 그리고는 눈물을 주르르 흘리셨어요. '이것으로 모든 것이 끝난단 말인가?' 이렇게만 말씀하셨을 뿐, 마님은 두 손에 얼굴을 파묻고는 아무 말도 않으셨지요. 나는 벌떡 일어나 어찌된 영문인지 마님께 물었어요. 마님은 다만, '아, 나탈리야! 지금 내가 누구를 봤는지 알아?' 라는 말씀만 하셨어요. 내가 아무리 물어도 마님은 그 말밖에는 하지 않으셨어요. 단지 탁자를 가져오라고 하시고는 다시 편지를 쓰신 다음 그 자리에서 봉하고는 빨리 부치라고 하셨습니다. 그리고 그 다음부터 몸이 더욱 악화되셨지요."

무엇이 시골에서 우리를 기다렸나

4월 18일, 마차가 페트로프스코예 마을의 그리운 저택 현관 앞에 이르자 우리는 마차에서 내렸다.

모스크바에서 출발한 이후로 아버지는 무언가를 깊이 생각하는 눈치였다. 그리고 볼로쟈가 "어머니가 편찮으세요?" 하고 물으니 침울한 얼굴로 아무 말 없이 고개만 끄덕였다. 마차를 타고 오는 도중에 아버지는 많이 진정되었지만 집에 가까워질수록 얼굴은 점점 슬픈 표정으로 변해 갔다.

아버지가 마차에서 내리자마자 포카가 헐떡이며 달려왔다. 아버지는,

"마님은 어디 계시지?"

하고 물었으나, 그 목소리에는 힘이 없었고 눈에는 눈물이 괴어 있었다. 선량한 노인 포카는 우리들을 슬쩍 돌아보고는 이내 시선을 돌리더니 현관문을 열며 말했다.

"벌써 엿새째 침실에서 나오지 못하고 계십니다."

나중에 들은 바에 의하면 밀카는 어머니가 병든 날부터 줄곧 애처로운 소리로 짖었다는데, 그날 아버지를 보더니 반가운 듯 껑충껑충 뛰어오르며 몸에 매달려 그 손을 핥았다. 하지만 아버지는 밀카를 뿌리친 채 곧장 응접실로 발길을 옮겼다. 응접실에는 침실로 곧장 들어가는 문이 있었다. 응접실에 들어서자 아버지는 더욱 불안해 보였다. 아버지는 숨을 죽이며 까치발로 침실 문까지 다가가서는 닫혀져 있는 문의 손잡이에 손을 대기 전에 성호를 그었다. 그때 복도에서 헝클어진 머리카락을 한 미미가 울어서 퉁퉁 부은 눈으로 뛰어나왔다.

"아, 나리!"

그녀는 절망적인 표정으로 작게 말했다. 그러나 아버지가 문의 손잡이를 돌리는 것을 보자 문득 정신이 든 듯 들릴락 말락한 목소리로 덧붙였다.

"그곳으로는 안 됩니다. 출입구는 저쪽입니다."

아, 무서운 예감으로 인해 잔뜩 겁을 집어먹은 내게 이러한 모든 것들은 얼마나 두렵고 괴로운 영향을 미쳤는지 모른다!

우리는 하녀들의 방 쪽으로 돌아갔다. 복도 중간에서 우리는 바보 소년 아킴을 만났다. 언제나 묘한 익살로 우리를 웃기곤 했지만, 그 순간만큼은 그마저 익살스럽게 보이지 않았을 뿐만 아니라, 오히려 그 무관심한 표정이 내게 통렬한 충격을 주었다.

하녀의 방에는 두 하녀가 무엇인가 일을 하고 있다가 우리를 보더니 인사를 하기 위해 잠깐 허리를 일으켰다. 너무나 슬픈 표정이어서 오히려 무서워질 정도였다.

그리고 다시 미미의 방을 지나 아버지는 침실 문을 열었다. 우리는 침실로 들어갔다. 문 오른쪽에 창이 두 개 나 있었는데, 양쪽 모두 커튼이 쳐져 캄캄했다. 한쪽 창가에서는 나탈리야 사비슈나가 콧등에 안경을 얹고 앉아 열심히 양말을 짜고 있었다. 그녀는 평상시처럼 우리에게 입맞춤을 하지 않았다. 대신 벌떡 일어나 안경 너머로 이쪽을 바라볼 뿐이었다. 그녀의 두 뺨에 눈물 방울이 흘러내리기 시작했다. 조금 전까지만 해도 가만히 있다가 우리가 들어서자마자 훌쩍거리는 게 나는 한없이 미웠다.

문 왼쪽으로는 병풍이 세워져 있고, 그 맞은편으로는 침대와 탁자, 약상자와 커다란 안락의자 하나가 놓여 있었다. 그 의자 위에서 의사가 코를 골며 자고 있었다.

침대 곁에는 눈이 부실 정도로 아름다운 금발의 젊은 처녀가 흰 블라우스의 소매를 걷어 붙인 채로 서 있었다. 그녀는 어머니의 이마 위에다 얼음찜질을 하고 있었다. 하지만 그녀에 가리워 어머니의 모습은 보이지 않았다. 이 처녀가 어머니의 편지에 쓰여진 '아름다운 플랑드르 여인'이었는데, 그녀는 후에 우리 가족의 생활 전반에 아주 중대한 역할을 했다. 우리가 들어서자 그녀는 매무새를 고치며 작은 목소리로 말했다.

"지금은 전혀 의식이 없으십니다."

그 순간 나는 커다란 슬픔의 포로가 되었다. 하지만 그 와중에도 본능적으로 여러 가지 자질구레한 모습들이 눈에 띄었다. 어두컴 컴하고 훈훈한 실내에서는 박하와 오드콜로뉴, 노란 달리아 꽃, 호프만 액 등의 향기가 풍겨 왔다. 하지만 냄새가 얼마나 코를 찔렀 든지 지금도 이 냄새가 나면 내 상상은 나를 그 음침하고 숨 막힌 방으로 이끌곤 한다. 그리고는 그 무서운 순간의 일들을 낱낱이 생 각나게 하는 것이다.

어머니는 눈을 뜨고 있었으나 아무것도 보지 못하는 것 같았다. 아, 나는 영원히 그때의 어머니의 무서운 눈을 잊을 수 없을 것이 다. 그 눈에는 수많은 고뇌가 담겨져 있었다.

볼로쟈와 나는 병실에서 나왔다.

그 후 내가 나탈리야 사비슈나에게 어머니의 임종시의 모습을 물었을 때, 그녀는 다음과 같은 이야기를 해 주었다.

"도련님들이 병실 밖으로 나가신 후에도 마님은 한참 동안이나 괴로워하셨어요. 가슴이 몹시도 답답하셨던 모양이에요. 그러시다 가 천사처럼 조용히 잠드셨지요. 마실 약이 오지 않기에 저는 잠깐 밖에 나갔다 왔었어요. 돌아와서 보니 마님은 손에 닿는 것은 무엇 이든지 내던지며 나리를 부르고 계셨지요. 나리가 오셨을 때는 그 나마도 기운이 없으셨는지 겨우 입술만을 움직이시며 '아, 하느님! 아이들을……. 제발 아이들을…….' 하고 말씀하실 뿐이었어요. 나 는 다시 도련님들을 부르러 가려 했으나, 의사 선생님이 공연히 환 자의 상태만 더 흥분시킬 뿐이라며 말리는 바람에 그렇게 하지 않 았어요. 그때 마님은 별안간 한쪽 손을 번쩍 치켜드시더니 이내 내리고는 그것이 마지막이었습니다. 어떤 이유에서 한쪽 손을 치켜 드셨는지는 하느님만이 아시겠지만, 제 생각에는 아무래도 도련님들에게 축복을 내리신 게 아닌가 합니다. 결국 마님은 임종시에 도련님들을 보시지 못했지만 그것 역시 하느님의 뜻이라면 어쩔 수 없는 일이죠. 어쨌든 마님은 반신을 일으키시어 이렇게 손짓을 하면서 '성모 마리아여, 부디 저 불쌍한 아이들을 버리지 마옵소서'라고 하셨습니다. 그때의 그 음성을 생각하면 지금도 괴로워서 견딜 수가 없어요. 정말 가엾게도 무서운 고통을 참으시던 모습이 눈에 선해요. 이윽고 마님은 침대로 머리를 떨어뜨리시더니 침대 시트를 이빨로 물어뜯으며 눈물을, 도련님, 눈물을 비오듯이 흘리시며……."

"흠……그 다음에는?"

이렇게 나는 물었다.

그러나 나탈리야 사비슈나의 입은 더 이상 열리지 않았다. 그녀는 얼굴을 돌리고 소리 내어 울기 시작했다.

어머니는 모진 고통과 애타게 싸우다가 이 세상을 떠난 것이다.

슬 픔

다음날 밤이었다. 한 번 더 어머니의 얼굴이 보고 싶었던 나는 본능적으로 치솟는 공포심을 억누르며 살며시 문을 열고 넓은 방으로 들어갔다. 가운데 놓인 탁자 위에 관이 놓여 있었고, 한쪽 구석에 정좌한 신부가 낮은 음조로 시편을 외고 있었다.

나는 문 가까이에 서서 꼼짝하지 않고 안쪽을 바라보았으나, 눈이 부어오른데다가 신경마저 예민해져서 어느 것 하나 제대로 분별할 수가 없었다. 촛불과 금실로 무늬를 놓은 화려한 비단, 벨벳, 큰 촛대, 레이스로 장식된 장밋빛 베개, 리본이 달린 실내 모자 그리고 양초 빛깔의 투명한 물체 ── 이 모든 것이 일종의 불가사의한 융합을 보이고 있었다. 어머니의 얼굴을 자세히 보기 위해 나는 의자 위로 올라갔다. 하지만 어머니의 얼굴이 있어야 할 곳에 언제나처럼 엷은 황색의 반투명체가 나타났다. 나는 그것이 어머니의 얼굴이라고는 도저히 믿기 어려웠지만 눈동자를 바로 하여 들여다보기 시작했다. 낯익은 어머니의 얼굴이 조금씩 드러났다. 그리고 점차 이것이 어머니의 얼굴이라는 확신에 이르자 나는 무서움으로 부들부들 떨었다. 꼭 감은 두 눈은 왜 저렇게 푹 패여 버렸을까? 입술은 왜 저렇게 창백할까? 투명한 살갗에는 왜 저렇게 거무스름한 반점이 있는 것일까? 얼굴 표정은 왜 저렇게 엄하고 차가워 보일까? 그것을 바라보는 동안 내 온몸에 섬뜩한 전율이 내 등과 머리카락을 타고 흐르는 것일까?

어떤 알 수 없고 거역할 수 없는 힘이 내 시선을 이 생명을 잃은 얼굴로 잡아끄는 것만 같았다. 나는 그 얼굴에서 눈을 떼지 않았으며, 그와 동시에 상상은 내 눈앞에, 생명과 행복이 가득했던 어머니의 생전 모습을 일일이 더듬게 했다. 내 눈앞에 놓여 있고, 그저 아무 생각 없이 바라보고 있는 이 시체가 내 추억과는 아무런 관계 없는 물체일 뿐, 그것이 어머니라는 사실을 잊었다. 나는 상냥하게 웃고 있는, 쾌활하게 살아 계신 어머니를 여러 모로 상상했다. 그러다 갑자기 검붉은 얼굴의 한 점에 시선이 멎자 나는 그만 깜짝 놀라고 말았다. 나는 무서운 현실을 떠올리며 몸서리쳤지만 여전히 어머니의 얼굴을 바라보았다. 그러자 다시 공상이 현실로 변하기도 하고, 그리고 다시 현실에 대한 인식이 공상을 깨기도 했다.

그러나 결국 상상력도 지쳤는지 내 자신을 속이는 것을 중지했다. 동시에 현실에 대한 인식도 사라져 나는 완전히 망각의 포로가 되고 말았다. 이러한 상태로 얼마만큼 시간이 흘렀는지, 또 그것이 어떠한 상태였는지 나는 도무지 기억이 없다. 다만 한 가지 알고 있는 것은, 한동안 자신의 존재 의식을 잃고 말로 다할 수 없는 황홀하면서도 슬픔에 가득 찬 희열을 경험했다는 사실뿐이었다.

어쩌면 어머니의 아름다운 영혼이 더 좋은 세상으로 떠나는 것을 잠시 멈추고 우리가 남아 있는 현실의 세계를 슬픈 마음으로 뒤돌아보았는지도 모른다. 그리고 나의 슬픔을 딱하게 여겨 말이 아닌 사랑의 미소로 나를 위로하고 축복하기 위해 사랑의 날개를 펴고 지상으로 내려왔는지도 모른다.

문이 삑 하고 열리더니 또 다른 신부가 교대를 하기 위해 들어왔다. 이 소리가 나를 현실로 다시 불러들였다. 그와 동시에,

'아, 울지도 않고 이렇게 의자 위에 태연히 서 있는 나를 보고 저 신부는 어떻게 생각할까? 그저 어머니에 대한 단순한 정이나 호기심으로 아무렇지도 않게 의자 위에 올라가 있는 비정한 아들로 여길지도 모른다.'

이런 생각이 제일 먼저 머리에 떠올랐다. 그래서 나는 성호를 긋고 허리를 굽혀 인사하면서 훌쩍훌쩍 울기 시작했다.

당시 내가 느낀 인상을 생각해 보건대, 자기 망각의 순간만이 진정한 슬픔의 발로였던 것 같다. 장례식 때도, 또 장례식이 끝난 후에도 나는 울음을 그치지 않았다. 나는 계속해서 비통한 얼굴을 하고 있었지만 지금 돌이켜 보면 양심의 가책을 느끼기도 한다. 이 슬픔 속에는 이기주의가 자리 잡고 있었기 때문이다. 나는 비탄에 빠진 내 모습을 남에게 보이려고 애썼다. 말하자면 남의 눈에 비칠 내 모습에 신경을 썼던 것이다. 게다가 호기심까지 발동해서 미미

가 쓰고 있던 모자와 다른 사람들의 표정을 관찰하기도 했다. 나는 슬픔이라는 하나의 감정에 충실하지 못했던 자신이 한없이 미웠다. 그러면서도 다른 모든 감정을 숨기려 했다. 이런 이유로 내 슬픔은 진실하거나 자연스러운 것이 아니었다. 또한 나는 내 자신이 불행한 인간이라는 것에 묘한 쾌감을 갖고 있었기 때문에, 더욱 더 불행한 감정에 빠지려고 노력했다. 이러한 이기주의가 내 안에 있는 참된 슬픔을 눌러 버린 것이다.

커다란 슬픔을 겪은 후에는 늘 그러하듯이, 그날 밤 나는 잠에 곯아떨어졌다. 다음날 눈을 뜨자 눈물은 온데간데없고 예민하던 신경도 훨씬 누그러졌다. 발인식은 오전 10시에 시작되었다. 하인들과 농부들로 넓은 방 안이 가득 찼다. 그들은 한결같이 눈물을 흘리면서 세상을 떠난 여주인에게 작별을 고했다. 발인식 내내 나는 품위를 유지하며 그럴듯하게 울었다. 성호를 긋기도 하고 공손하게 절을 올리기도 했다. 하지만 그것은 진심 어린 기도가 아니었으며 오히려 냉정했다.

나는 새로 맞춘 양복의 겨드랑이가 끼는 데 불평도 하고, 바지를 더럽히지 않기 위해 신경을 썼다. 또 조문객들의 표정을 살피기도 했다. 아버지는 백짓장처럼 창백한 얼굴에 쏟아질 것만 같은 눈물을 참으며 관머리에 서 있었다. 검은 연미복의 훤칠한 모습, 핼쑥해진 얼굴, 성호를 긋거나 허리를 굽히거나 신부에게서 촛불을 받아들거나, 관에 다가갈 때의 그 우아하고도 침착한 동작이 꽤나 잘 어울렸다. 하지만 이러한 능숙한 태도를 보이는 아버지의 모습이 나는 왠지 싫었다.

벽에 기댄 미미는 간신히 자신의 몸을 지탱하고 있는 것처럼 보였다. 옷은 여기저기 마구 구겨져 있었고, 모자가 비뚤어져 있어도 신경 쓰지 않았다. 빨갛게 충혈된 눈은 퉁퉁 부어 있었고 머리는 가늘게 떨렸다. 그녀는 애절한 목소리로 울고 있었으며 손수건을 얼굴에서 떼지 않았다.

미미의 그러한 행동은 마치 잠시만이라도 얼굴을 가리고 통곡을 쉬어 보자는 속셈인 것만 같았다. 엊저녁에 그녀는 아버지에게 이렇게 말했다.

"마님이 돌아가심으로 해서 저는 엄청난 충격을 입었어요. 마님께서는 돌아가시기 직전까지 저를 잊지 않으시고 저와 카텐카의 장래를 보장해 주고 싶다고 하셨지요……."

그녀는 이렇게 말하고는 서럽게 울었다. 그녀의 슬픔은 성실한 것이었는지는 몰라도 순수하지는 못했다. 상장喪章이 달린 검은 상복을 입은 류보치카는 눈물로 범벅이 된 얼굴을 푹 숙이고 있었다. 가끔 관을 바라보기도 했으나 순수한 공포 외에는 아무런 표정도 나타나 있지 않았다. 카텐카는 미미 옆에 서 있었다. 금세 눈물을 흘릴 것만 같은 얼굴은 여느 때와 마찬가지로 불그스름했다. 볼로쟈는 이런 불행에 맞닥뜨렸을 때조차 자신의 개방적인 성격을 드러냈다. 무엇인가를 뚫어지게 바라보며 생각에 잠긴 듯하다가 갑자기 입을 실룩거리더니 황급히 성호를 긋고 허리를 굽혀 절을 했다. 장례식에 모인 조문객들은 죄다 마음에 들지 않았다. 그들이 위로랍시고 하는 말들은, 이제 저 세상에서 행복하게 사실 거라느니, 그분은 세속적인 삶에는 어울리지 않는 분이었다느니 하는 것들이었다. 나는 일종의 분노를 느꼈다. 대체 그들이 무슨 권리로 내 어머니에게 이러쿵저러쿵 말하면서 눈물을 흘린단 말인가? 그들 중에는 우리를 가리켜 '고아'라고 말하는 이들도 있었다. 마치 그 말이 주는 의미를 우리가 알아듣지 못할까 봐 전전긍긍하는 말투이기도 했다. 아마도 그들은 누구보다도 먼저 우리에게 그러한 명칭을 붙여 준 것에 대해 자족했을지도 모른다. 이것은 이제 갓 결혼한 처녀에게 아줌마라고 부르고 싶어하는 마음과 통한다고 해야 할 것이다.

멀찌감치 떨어진 식당의 열어젖혀진 문 뒤로 몸을 숨긴 듯한 노파 하나가 보였다. 백발이 성성한 노파는 무릎을 꿇고 있었다. 노파는 남들처럼 우는 대신 두 손을 모으고 하늘을 향해 기도를 드렸다. 그녀의 모습은 마치 하느님 옆에 있는 것 같았다. 그녀는 그토록 사랑했던 고인과 저승에서 만나기를 간절히 바라는 것 같았다. 그리고 그 재회의 날이 머지않았음을 믿는 듯했다.

'저 노파야말로 진정으로 어머니를 사랑한 사람이야.'
하고 나는 생각했다. 그러자 나는 내 자신이 부끄러워 견딜 수가 없었다.

기도가 끝나자 어머니의 얼굴을 덮었던 흰 천이 걷혀졌다. 조문객들은 차례차례 그곳에 다가가 키스를 했다.

마지막으로 관에 다가간 사람은 다섯 살 정도의 귀여운 여자아이를 안은 어떤 농부였다. 무슨 이유로 이런 곳에 어린아이를 데려왔는지 알 수 없었지만, 나는 그때 바닥에 떨어뜨린 손수건을 주우려던 참이었다. 내가 허리를 구부린 순간 날카로운 비명 소리가 들려왔다. 앞으로 내가 백년을 더 산다 해도 잊을 수 없는 그런 비명 소리였다. 그만큼 온몸에 소름이 돋는 처절한 비명이었다. 발판 위에서 두 손을 허우적거리며 미친 듯이 발버둥치는 여자아이를 그 농부가 간신히 잡고 있었다. 겁에 질린 여자아이는 고개를 뒤로 젖힌 채 관 속의 얼굴을 놀란 눈으로 바라보며 숨넘어갈 듯 울어 댔다. 이어 나는 그 여자아이의 비명보다도 더 무섭고 날카로운 소리를 지르며 밖으로 뛰쳐나왔다. 그제야 비로소 나는 향냄새와 더불어 방 안을 가득 메웠던 냄새의 출처를 깨달았다. 2, 3일 전만 해도 아름다움과 사랑으로 가득 찼던 얼굴이, 이 세상의 그 무엇보다도 사랑했던 그 얼굴이 이제는 공포심을 불러일으키게 할 수 있다는 사실은 내게 난생 처음 괴로운 진실을 일깨워 주었고, 내 영혼을 고통으로 가득 차게 했다.

마지막 슬픈 기억들

　어머니는 이제 이 세상에 없었으나 우리의 생활은 예전과 다름 없었다. 우리는 같은 시각에 같은 방에서 자고 일어났다. 아침저녁 으로 마시는 차 시간도, 점심이나 저녁 식사도 언제나 같은 시각에 행해졌다. 의자도 탁자도 늘 있던 같은 장소에 놓여 있었다. 집안 사람들이나 우리의 생활 양식에도 변화란 전혀 없었다. 다만 어머 니가 안 계실 뿐이었다.

　그런 불행을 겪은 뒤로는 마땅히 모든 것이 변해야만 할 것 같았 다. 나는 그러한 생각을 떨쳐 버릴 수가 없었다 여느 때와 같은 생 활을 계속하는 것은 어머니의 기억에 대한 모독으로만 여겨졌다. 그러면 그럴수록 나는 어머니의 죽음을 더욱 실감해야 했다.

　장례식 전날, 점심 식사가 끝난 뒤 나는 졸음에 못 이겨 나탈리 야 사비슈나의 방으로 갔다. 그녀의 침대에 자리를 잡고 부드럽고 따뜻한 이불 속에 파묻혀 한숨 푹 자려는 속셈이었다. 내가 들어갔을 때 나탈리야 사비슈나는 자리에 누워 자고 있는 것 같았다. 그러나 내 발자국 소리를 듣자 자리에서 벌떡 일어나더니, 파리 때문에 얼굴에 뒤집어썼던 천을 벗어던지며 실내모를 바로 쓰고 침대 가장자리에 걸터앉았다.

전에도 종종 점심 식사 후 그녀의 방으로 낮잠을 자러 간 일이 있었기 때문에 그녀는 내가 그 방에 온 목적을 눈치 채고는 침대에서 일어서며 이렇게 말했다.

"도련님, 한숨 주무시려고 들어오신 거죠? 어서 여기 누우세요."

"아니야, 나탈리야 사비슈나."

나는 그녀의 손을 잡으며 말했다.

"나는 잠자려고 온 게 아니야. 잠시 들렀을 뿐이라고……. 나탈리야야말로 피곤할 텐데 누워 있어."

"괜찮아요. 저는 충분히 쉬었어요."

그렇게 그녀는 말했다. 하지만 나는 그녀가 꼬박 사흘 밤을 지샌 것을 알고 있었다.

"이젠 잠도 안 오네요."

그녀는 긴 한숨을 쉬며 이렇게 덧붙였다.

나는 나탈리야 사비슈나와 함께 지금의 불행에 대해 이야기를 나누고 싶었다. 나는 그녀의 성실성과 애정을 잘 알고 있었다. 때문에 그녀와 함께 울면 적어도 마음이 훨씬 가벼워질 것만 같았다.

"자, 나탈리야 사비슈나!"

잠시 동안 침묵이 흐른 뒤, 나는 침대에 누우면서 말했다.

"할멈은 이번의 불행을 예감하고 있었어?"

할멈은 의아한 듯, 동시에 호기심이 동하는 표정으로 눈을 깜박이며 내 얼굴을 자세히 쳐다보았다. 내가 왜 그런 것을 묻는지 전혀 납득이 가지 않는다는 표정이었다.

"이런 불행을 누가 예측이나 했겠어?"

내가 다시 말했다.

"아, 도련님!"

그녀는 참을 수 없다는 듯 동정의 눈초리를 내게 던지며 말했다.

"예측은커녕 나는 지금도 꿈을 꾸고 있는 것만 같아요. 정말 나 같은 늙은이가 저 세상으로 갔어야 하는 건데, 이건 거꾸로 되어 버렸으니 어처구니가 없어요. 도련님의 조부 되시는 니콜라이 미하일로비치 공작님과 두 분 형제분들도 모두 저보다 앞서 가셨지요. 다들 저보다도 젊은 분들이었습니다. 그런데 이번에는 마님까지 앞세우고 말았으니, 필경 제가 지은 죄가 많아서 그런가 봅니다. 하지만 어쩌겠어요. 모두 하느님이 정해 놓으신 뜻인걸요. 하느님께서 마님을 데려가신 것은 결국 마님이 훌륭한 분이었기 때문이에요. 하느님께서도 훌륭한 사람이 필요하셨겠지요."

이 단순한 사고방식이 내게 커다란 위안을 주었으므로, 나는 좀 더 가까이 나탈리야 사비슈나의 곁으로 다가갔다. 금방이라도 눈물을 떨굴 것만 같은 그녀의 눈에는 조용하고도 그지없는 비애가 어려 있었다 — 하지만 하느님께서는 일생 동안 사랑으로 섬겨 온 마님과 나를 오랫동안 떼어 놓지는 않으실 거예요 — 그녀는 이렇게 믿고 있는 듯했다.

"도련님, 제가 마님의 심복 노릇을 하면서 등에 업고, 기저귀도 갈아 채워 드리고…… 그리고 마님이 '나샤!', '나샤!' 하면서 나를 따르던 일이 바로 엊그제 일만 같아요. 곧잘 제게 달려와서는 그 예쁜 손으로 나를 끌어안고 키스를 하시며, '나의 나샤, 깨끗한 나샤, 익살스러운 나샤'라고 어리광을 부리기도 하셨죠. 그러면 나도 이따금 농담조로, '거짓말 마세요, 아가씨. 아가씨는 나를 진정으로 좋아하지 않아요. 이제 곧 자라서 시집이라도 가신다면 이 나샤 같은 건 까맣게 잊으실 거예요'라고 말했지요. 그랬더니 마님은 잠시 생각에 잠기시다가 '아니야, 나샤를 데리고 갈 수 없다면 차라리 시집 같은 건 가지 않는 게 나아. 무슨 일이 있어도 나샤를 두고 가지는 않을 거야'라고 언제나 말씀하셨어요. 하지만 결국 나를 버리고 먼저 이 세상을 떠나시고 말았지만 말예요. 아, 정말이지 마님은 살아생전에 저를 무척 사랑해 주셨어요! 사실 마님은 누구든 가리지 않고 사랑해 주셨지만요. 도련님, 도련님도 어머니를 잊어서는 안돼요. 돌아가신 어머님은 진정 천사셨어요. 사람이라고 하기에는 매우 어질고 선한 분이셨지요. 그분의 영혼은 하늘나라로 올라가신 후에도 여전히 도련님을 사랑해 주실 거예요. 그리고 도련님이 자라나는 모습을 보시며 기뻐하실 줄로 압니다."

"나탈리야, 무엇 때문에 '하늘나라로 올라가신 후에도'라는 말을 하는 거야? 그렇다면 어머니는 지금 하늘나라에 계시지 않은 거야?"

"그래요, 도련님."

그녀는 내 곁으로 바싹 다가앉으며 목소리를 낮춰 이렇게 말했다.

"아직 마님의 영혼은 이곳에 머물러 계세요."

그녀는 속삭이듯 말하면서 손가락으로 머리 위를 가리켰다. 그 어조에 어찌나 실감과 확신이 담겨 있었는지, 나는 나도 모르게 정신을 차리고 천장 귀퉁이를 살펴보았다.

"올바른 사람의 영혼은 하늘나라로 가기 전에 40일 동안 시험을 받는답니다. 그래서 그 40일간은 자기 집에 머물러 있게 돼요, 도련님."

그렇게 그녀는 설명했다.

그리고 또 그녀는 다음과 같은 말을 계속했다. 마치 자기 눈으로 직접 본 예삿일을 말하는 것처럼 솔직하고 확신에 찬 어조로 말하는 폼이, 이 진실은 손톱만큼도 의심할 여지가 없다는 태도였다.

나는 숨을 죽이며 그녀의 말을 듣고 있었다. 그리고 말뜻을 잘 새기지는 못했으나 무조건 완전히 믿어 버렸다.

"정말이에요, 도련님. 마님은 지금 이곳에서 우리들을 보고 계세요. 어쩌면 우리들의 이야기도 듣고 계실지 몰라요."

나탈리야 사비슈나는 말을 맺었다.

그녀는 고개를 떨어뜨리고 입을 다물었다. 흐르는 눈물을 닦기 위해 손수건이 필요했던 것이다. 그녀는 침대에서 일어나더니 내 얼굴을 빤히 바라보며 흥분으로 떨리는 목소리로 말했다.

"이번의 불행을 계기로 저는 하느님께 가까이 다가가게 되었어요. 이제 저는 더 이상 이곳에 있으면서 폐를 끼치고 싶지 않아요. 대체 앞으로 누굴 위해 살아가야 하나요? 또 누구를 사랑해야 하는 거죠?"

"그럼 나탈리야는 우리를 사랑하지 않는다는 거야?"

나는 간신히 눈물을 참으며 힐난하는 어조로 말했다.

"천만에요. 내가 귀여운 도련님들과 아가씨들을 얼마나 사랑하고 있는지는 하느님께서도 잘 알고 계실 거예요. 그렇지만 마님은 참 특별한 분이셨죠. 제가 마님만큼 믿으면서 좋아했던 사람은 이 세상 어디에도 없을 거예요. 그렇게 정성을 다해 섬기려 해도 이제는 안 된답니다."

그녀는 더 이상 말을 잇지 못하고 내게서 얼굴을 돌리더니 엉엉 울기 시작했다.

잠을 자야겠다는 내 생각은 이제 완전히 떠나갔다. 우리는 서로 마주앉아 한동안 울고 또 울었다.

포카가 들어왔다. 우리의 모습을 본 포카는 분위기를 깨뜨려서는 안 되겠다고 생각했는지 조심스럽게 눈치를 살피면서 조용히 문 앞에서 걸음을 멈추었다.

"무슨 일이에요, 포카?"

나탈리야 사비슈나가 손수건으로 얼굴을 닦으며 말했다.

"약식을 준비하려고 하는데 건포도 400그램과 설탕 1.6킬로그램 그리고 수수 1.2킬로그램이 필요해서요."

"네, 지금 드리지요."

나탈리야 사비슈나는 잠시 코담배를 쿵쿵거리며 들이마시더니 뒤주가 놓인 곳으로 갔다. 그녀는 자신이 맡은 바 일을 수행하기 위해 우리의 대화로 인해 생긴 슬픔을 깨끗이 털고 자리에서 일어났다.

"무엇 때문에 설탕이 1.6킬로그램씩이나 필요해요?"

그녀는 설탕을 저울에 달며 혼잣말을 했다.

"1.4킬로그램이면 충분할 텐데."

그녀는 저울에서 덩어리 설탕 몇 개를 집어냈다.

"수수는 어제도 3.2킬로그램이나 주었는데 또 달라하니 어떻게 된 일이에요? 포카 씨, 당신이 뭐라 하든 더 이상 수수를 내줄 수는 없어요. 그 반카란 놈이 집안이 어수선한 틈을 타서 슬쩍 하려는 모양인데, 어림없는 수작이지! 3.2킬로그램이나 해 먹는다면 눈감아 줄 수 없지! 세상에 그런 법이 어디 있는가!"

"그럼 어쩌란 말이요? 벌써 다 썼다고 하던데……."

"흥, 어디 마음대로 해 봐요. 어느 놈이 가로채든지 나는 모르는 바니까!"

불과 조금 전까지만 해도 감정에 넘치는 태도로 나와 이야기를 나누던 사람이 갑자기 잔소리를 해대며 이것저것 따지는 데 나는 놀라움을 금할 수가 없었다. 후에 이 점에 대해 생각해 본 결과는 다음과 같았다.

그녀는 크나큰 슬픔 속에서도 자신의 맡은 바 임무를 충실하게 해낼 만큼 침착했다. 게다가 습관의 힘이 습관적인 일들을 능숙하게 처리할 수 있음을 남에게 숨기려 하지 않는다는 건, 그만큼 그녀의 슬픔이 얼마나 순수한 것인지를 증명하는 것이었다. 아니 분명 그녀의 머릿속에서는 어떠한 가식도 떠오르지 않는 것이 틀림없었다.

원래 가식이나 허영은 진정한 슬픔과 전혀 어울릴 수 없다. 깊은 슬픔에 빠졌을 경우, 허영심은 남에게 자신을 불행한 인간으로 보이고 싶어 한다. 이런 치졸한 욕망은 우리가 그것을 의식하든 의식하지 않든 우리 마음에 들러붙어서 존엄성과 성실성에 해를 입힌다. 그러나 자신의 불행에 압도되어 버린 나탈리야 사비슈나의 마음속에는 가식이나 허영이 존재할 수가 없었다. 다만 그녀는 습관에 의해 살아갈 뿐이었다.

나탈리야 사비슈나는 요구한 식량들을 포카에게 내주고 나서는 신부님들을 위해 만두를 만들어야 한다며 일러주었다. 포카가 돌아가자 그녀는 뜨개질하던 양말을 손에 들고 다시 내 옆으로 왔다.

아까와 똑같은 얘기가 다시 시작되었다. 우리는 또 울고, 또 눈물을 닦았다.

나탈리야 사비슈나와의 대화는 매일 되풀이되었다. 그녀의 조용한 눈물과 온화한 말은 내게 기쁨과 위로를 안겨 주었다.

이윽고 우리는 헤어졌다. 장례식이 끝나고 사흘째 되는 날, 우리는 모스크바로 돌아왔다. 그리고 그 후로 나는 영원토록 그녀와 만날 수 없는 운명이 되고 말았다.

할머니는 우리가 도착하고 나서야 비로소 어머니의 죽음을 알게 되었다. 할머니의 비탄은 이만저만한 것이 아니었다. 우리는 할머니 방에 문안을 갈 수조차 없었다. 할머니는 거의 일주일 동안이나 실신 상태에 빠져 있었기 때문이다. 의사들도 할머니의 생명을 걱정할 정도였다. 더구나 할머니는 어떠한 약도 복용하지 않으려 했다. 뿐만 아니라 누구한테 말을 거는 법이 없었고, 식음을 전폐하다시피 했다. 그저 안락의자에 묵묵히 혼자 앉아 있다가 느닷없이 소리를 내어 웃는가 하면, 이번에는 눈물조차 나오지 않는 통곡으로 경련을 일으키기도 했다. 고래고래 고함을 지르며, 아무 의미도 없는 무서운 소리를 뇌까리는 것이었다. 어머니의 죽음은 할머니의 일생을 통해 가장 큰 슬픔이 아닐 수 없었다. 그리고 이 슬픔이 할머니를 절망 속으로 몰고 갔다.

한번은 할머니 방에 들어간 적이 있었다. 할머니는 평상시와 마찬가지로 안락의자에 걸터앉아 있었는데, 곁에서 보기에는 침착하게 보였다. 그러나 그 눈은 이내 나를 아찔하게 만들었다. 눈을 크게 부릅뜨고 있으면서도 시선은 어디지 모르게 불안하고 흐릿했다. 할머니는 나를 똑바로 쳐다보고 있으면서도 제대로 인식하지 못하는 것 같았다. 할머니의 입술이 서서히 벌어지면서 미소를 띠기 시작했다. 할머니는 정이 넘치는 음성으로 속삭였다.

"이리 오너라, 어서 내 곁으로 와. 우리 천사!"

나는 할머니가 나를 부르는 줄로만 알고 그 곁으로 다가갔다. 그러나 할머니가 보고 있는 것은 내가 아니었다.

"아, 내가 얼마나 괴로웠는지 조금이라도 생각해 다오. 그래도 네가 와 주어서 지금은 정말 기쁘구나!"

어머니의 환영을 보고 그러는 것이란 것을 알았을 때, 나는 그대로 발을 멈추었다.

"그런데 사람들은 네가 죽었다는 등 야단을 떨더구나, 글쎄."

할머니는 눈살을 찌푸리며 다시 계속했다.

"정말 그런 멍청한 말이 어디 있느냐 말이야. 네가 나보다 먼저 죽다니, 그런 일이 있을 법한 일이니?"

할머니는 무섭도록 히스테릭한 목소리로 커다랗게 웃었다.

격렬하게 사랑을 해 본 사람만이 격렬한 슬픔을 느끼게 된다. 그렇지만 이러한 사랑의 요구는 슬픔에 대한 저항력이 되고, 슬픔을 아물게 해 준다. 때문에 인간의 정신적 본성은 육체적 본성보다 더 강하다고 할 수 있다. 슬픔은 인간을 절대 죽음으로 몰아넣지는 않는다.

일주일이 지나자 할머니는 점차 조용히 울 수 있게 되었고 몸과 마음도 보다 가벼워졌다. 제정신으로 돌아온 할머니가 제일 먼저 머리에 떠올린 것은 바로 손자들이었다. 우리에 대한 애정은 전보다도 더욱 깊어졌다. 우리는 할머니의 안락의자를 좀처럼 떠나지 않았다. 할머니는 흑흑 흐느껴 울면서 조용히 어머니에 대해 이야기하며 우리를 부드럽게 어루만져 주었다.

슬퍼하는 할머니의 모습을 보고 그녀가 슬픔을 과장하고 있다고 생각하는 사람은 한 사람도 없었을 것이다. 사실 이 슬픔의 표현에는 보는 사람들의 가슴을 울리는 힘이 있었다. 하지만 나는 어쩐 일인지 할머니보다는 나탈리야 사비슈나에게 더욱 동정이 갔다. 그리고 지금도 역시 애정이 가득했던 이 순진한 노파처럼 성실하고 깨끗한 마음으로 어머니를 사랑하고 어머니의 죽음을 애도한 사람은 한 사람도 없다고 믿고 있다.

어머니의 죽음과 동시에 내 행복한 유년 시대는 마지막을 고하고, 새로운 시대인 소년 시대가 시작되었다. 그러나 나탈리야 사비슈나 — 그 후 한 번도 만난 적이 없었지만 내 기질과 감수성의 발달에 실로 좋은 영향을 미친 나탈리야 — 와의 추억은 잊혀지지 않는다.

우리가 모스크바로 떠나고 나서 페트로프스코예에 남아 있던 사람들로부터 들은 바에 의하면, 나탈리야 사비슈나는 특별히 하는 일 없이 무료한 생활을 했다고 한다. 그녀가 맡고 있던 뒤주나 장롱에서 물건들을 죄다 꺼내 늘어놓기도 하고, 그걸 다시 정리하면서 시간을 보내기도 했지만, 어렸을 때부터 습관화된 분주한 생활과 언제나 활기에 넘치고 떠들썩했던 주인집의 적막한 변화에 그녀는 공허해했다. 견딜 수 없는 슬픔과 생활의 급격한 변화 그리고 지루한 일상들은 그녀를 더욱 쇠잔하게 만들었다. 그녀는 결국 어머니가 세상을 떠난 지 1년 만에 수종水腫으로 자리에 누웠다.

내가 생각하기에도 나탈리야 사비슈나 같은 사람이 페트로프스코예의 텅 빈 대저택에서 외롭게 살아간다는 것은 꽤나 힘들었을 것 같다. 더군다나 그러한 상황에서 죽어 간다는 것은 그녀에게 더

한 고통을 안겨 주었을 것이다. 물론 집안의 하인들이야 언제나 나탈리야 사비슈나에게 사랑과 존경으로 대했지만, 그녀는 특별히 친하게 지내는 사람이 없었고 본인 스스로 그런 것에 자부심을 갖고 있었다. 주인의 신망을 받고 있는 한 집안의 가정부로서 다른 사람과 가깝게 지낸다는 것은 자신의 맡은 바 일을 수행함에 있어 공정성을 잃을 우려가 있을뿐더러, 부정한 일을 저지를 수도 있다는 것이 그녀의 신념이었다. 어쩌면 그녀 자신이 다른 하인들과의 공감대를 형성하지 못했기 때문인지도 모르나 어쨌든 그녀는 다른 하인들과 친하게 지내지 않았고, 그녀가 늘 말하듯 사이좋게 지내는 사람이 없었다. 그녀는 또한 주인의 물건에 손을 대는 사람은 누구든 가만두지 않겠다고 입버릇처럼 말했다.

그녀는 언제나 자신의 감정을 하느님에게 진정한 기도로 고백함으로써 삶의 위안을 얻고자 했고, 실제로 위안을 얻기도 했다. 눈물과 동정은 때로는 살아 있는 자에게 크나큰 위안을 줄 때가 있다. 그녀 역시 자신이 기르던 개를 이불 속에다 앉혀 놓고 이야기를 하기도 했으며, 개의 머리를 쓰다듬어 주면서 눈물을 흘리기도 했다. 그러면 개는 커다란 눈으로 주인을 바라보며 손을 핥았다. 이어 주인의 마음을 알아차렸다는 듯 킁킁거리며 짖어 대면, 그녀는 개를 달래며 이렇게 말했다.

"그만, 그만해. 나도 다 알고 있단다. 네가 그러지 않아도 나는 곧 죽을 거야……."

죽기 한 달 전, 그녀는 아랫사람의 도움을 얻어 자신의 나무상자에 보관하고 있던 하얀 명주와 장밋빛 리본으로 죽을 때 입을 흰옷과 실내모를 지었다. 그러면서 장례 절차에 대해 하나하나 세세하게 일러 주었다. 그리고는 상자와 장롱 등을 깨끗이 정리하고 아주 정확한 목록을 만들어 집사에게 넘겨주었다. 또 비단옷 두 벌과 할머니에게서 받은 낡은 숄 한 개, 역시 할머니에게서 물려받은 금실로 만든 할아버지의 군복을 꺼내 놓았다. 철철이 손질을 해 둔 탓에 군복의 금 자수는 새것이었고 다른 양복지들도 어디 하나 상한 데가 없었다.

임종 직전, 그녀는 장밋빛 비단옷을 실내복이나 속옷으로 고쳐 볼로쟈에게 주길 원했고, 또 밤색의 줄무늬 옷은 같은 용도로 고쳐 내게 주었으면 좋겠다고 했다. 그리고 숄은 류보치카에게 준다고 했다. 그리고 할아버지의 군복은 우리 형제 중에서 먼저 장교가 되는 사람에게 주었으면 한다고 했다. 그 외 자신의 유품들과 돈은 장례식과 제사 비용으로 쓸 40루블을 제외하고 모두 남동생에게 전해 달라고 했다. 하지만 그녀의 남동생은 이미 오래 전 농노 신분에서 해방되어 어딘가에서 유랑 생활을 하고 있었다. 그래서 그녀는 살아생전 남동생과 연락을 주고받지는 못했다.

후에 그 남동생이 누이의 유산을 받으러 왔다가 단돈 25루블밖에 없다는 말을 듣고는 믿으려 하질 않았다. 자그마치 60년 동안이나 부유한 집의 모든 살림을 쥐락펴락하며 구두쇠로 살아왔던 노파가 가진 것이라곤 그것밖에 없다는 게 말도 안 된다는 것이었다. 하지만 그녀가 남겨 놓은 것이라곤 그것밖에 없었다.

나탈리야 사비슈나는 두 달 동안 병석에 누워 있다가 죽었다. 진정한 그리스도교 신자로서 그 고통을 훌륭히 인내하다가 갔으며 아무런 불평도, 잔소리도 하지 않고 오로지 하느님만을 부르다 갔다. 임종 한 시간 전, 그녀는 고백 성사와 마지막 영성체를 한 후 조용히 병자 성사를 마쳤다.

그녀는 집안 사람들에게 살아생전 자신이 잘못한 일이 있으면 너그러운 용서를 바란다고 말한 후, 바실리 신부에게 다음과 같은 전갈을 우리에게 전해 달라고 부탁했다.

'도련님들에게서 받은 은혜에 대해 뭐라고 감사의 말씀을 드려야 할지 모르겠어요. 만약 제 어리석은 말과 행동으로 도련님들의 마음을 상하게 한 일이 있다면 용서해 주세요. 하지만 전 도둑질만은 하지 않았습니다. 단언하건대, 주인님의 물건에 실오라기 하나도 손댄 적이 없습니다……'

대강 이러한 내용이었다. 이것은 그녀만의 자랑이었다.

그녀는 자신이 미리 준비한 흰옷으로 갈아입고 실내모를 썼다. 그녀는 베개에 누워 숨을 거두기 전까지 신부와 계속해서 이야기를 했다. 그녀는 자신이 가난한 사람들을 위해 아무것도 남겨 주지 않았음을 깨닫고 10루블의 돈을 교구 내 빈민들에게 나눠 주기를 부탁했다. 그리고 마지막으로 성호를 그으며 자리에 반듯하게 누워서는 기쁨에 찬 표정으로 하느님을 부르며 마지막 숨을 거두었다.

그녀는 홀가분하게 이 세상을 떠났다. 그녀는 기꺼이 죽음을 맞이했다. 죽음에 대한 이러한 방식은 사람들이 추구하는 바이지만, 실제로 그렇게 행하기는 힘든 일이다. 하지만 나탈리야 사비슈나는 처음부터 끝까지 죽음을 두려워하지 않았다. 복음서의 계명과 반석 위에 세운 믿음으로 살아왔으며 그 마음 그대로 죽을 수 있었기 때문이다. 그녀는 순결하고 욕심 없는 사랑과 자기 희생으로 전 생애를 마쳤다.

혹시 그녀의 그러한 신앙이 보다 높고 원대하기를, 또 그 삶이 보다 고상한 목적을 향했더라면 좋았을 것이라고 말하는 사람이 있을지도 모르겠다. 하지만 고원하고 고상하지 않았다고 해서 그녀의 순결한 영혼이 사랑과 존경을 받을 만한 가치가 없다고 그 누가 말할 수 있을 것인가? 그녀는 이 세상에서 가장 존귀하고 위대한 일을 이루었다. 그렇기 때문에 아무런 미련과 죽음에 대한 공포 없이 저 세상으로 갈 수 있었던 것이다.

나탈리야 사비슈나는 본인의 희망에 따라 성당에서 그리 멀지 않은 어머니의 묘 근처에 묻혔다. 영원히 잠들어 있는 그녀의 무덤 가에는 잡초가 무성했다. 나는 성당에 갈 때마다 언제나 이 무덤 앞에 서서 기도하는 것을 잊지 않았다.

이따금 나는 성당과 그녀의 묘지 사이에 말없이 서 있을 때가 있다. 불현듯 내 마음속에서는 갖가지 슬픔이 떠오르곤 한다. 그러면 나는 이런 상념에 사로잡히고 마는 것이다. 하느님께서 나와 이 두 사람을 인연으로 맺어지게 한 것은 그들을 영원히 애도하도록 하기 위함이었을까?

소년 시대

긴 여행

페트로프스코예 집 현관 앞에 두 대의 마차가 준비되었다. 한 대는 사륜마차이고, 다른 한 대는 포장이 반만 덮인 반개半蓋 사륜마차이다. 사륜마차에는 미미, 카텐카, 류보치카와 하녀가 탔고, 마부 자리에는 집사인 야코프가 마부와 함께 앉았으며, 반개 사륜마차에는 볼로쟈와 나, 그리고 연공年貢을 받고 채용된 하인 바실리가 함께 탔다.

우리가 출발하고 며칠 지나서 모스크바로 오기로 한 아버지가 모자도 쓰지 않은 채 현관 앞에 서서 마차들의 창에 대고 성호를 그었다.

"하느님께서 너희들과 함께하기를! 자, 출발해라!"

야코프와 마부가 모자를 벗더니 성호를 그었다.

"이랴, 이랴! 신의 가호가 있기를!"

두 대의 마차가 울퉁불퉁한 길을 따라 덜컹거리며 움직이기 시작했고, 큰 오솔길의 자작나무들이 우리 옆을 스치듯 지나 뒤로 계속해서 달려갔다. 왠지 나는 전혀 슬프지 않았다. 이때까지 나의 머릿속을 가득 채우고 있던 힘든 기억과 관련된 것들로부터 점점 멀어지면서, 힘든 기억들은 현재의 삶을 인식하는 기쁜 감정과 충만한 힘, 신선하고 희망에 찬 기쁜 마음으로 빠르게 대체되었다.

나는 여행하는 동안 즐겁게 이야기를 나눌 수가 없었다. 즐거움을 겉으로 드러내는 것이 왠지 겸연쩍었지만, 우리가 여행했던 4일 동안은 아주 유쾌하고 즐거웠다. 그 옆을 지나칠 때마다 몸서리쳤던 잠겨 있는 어머니 방의 문도, 가까이 갈 때마다 공포를 느끼면서 바라보아야 했던 닫혀 있는 피아노도 없었으며, 상복喪服─우리 모두는 평범한 여행복 차림이었다 ─ 도 지금 내 눈앞에는 없었다. 나에게 돌이킬 수 없는 커다란 상실을 생생하게 상기시켜 주면서, 또한 어떻게 해서든 엄마에 대한 추억을 모독하고 있는 공포로부터 야기된, 삶의 모든 현상에 대해 주의해서 바라보도록 강요하는 그 어떤 물건도 더 이상 존재하지 않았다. 오히려 새로운 풍경의 아름다움과 대상들이 여행하는 내내 내 주의를 끌었다. 봄날의 자연은 내 마음에 기쁨의 감정 ─ 현재에 대한 만족과 미래에 대한 밝은 희망 ─ 들을 불어넣어 주었다.

지나치게 부지런한 바실리가 항상 꼭두새벽에 이제 떠날 시간이고 모든 준비가 되었다며 몰인정하게 이불을 걷어치우면서 우리를 깨우곤 했다. 어떻게 해서든 15분 정도라도 달콤한 새벽잠을 더 자기 위해 이불에 달라붙기도 하고, 꾀를 부리기도 하고 화를 내기도 했지만, 바실리의 완고頑固하면서도 결연한 얼굴 표정을 보면, 벌떡 일어나 마당으로 세수하러 가지 않을 수 없었다.

마당은 습하고 안개가 자욱했는데, 마치 거름에서 김이 올라오는 것처럼 보였다. 선명한 햇살이 기분 좋게 동쪽 하늘을 밝게 비추고 있었고, 마당을 둘러싼 넓은 처마의 이엉 위에는 이슬이 내려앉아 있었는데, 그 이슬들이 햇빛을 받아 반짝였다. 그 처마 지붕 아래에는 매어 놓은 말들이 보였고, 말들이 여물을 씹는 소리가 들려왔다. 아침 햇살이 드는 마른 거름 더미 위에서 웅크린 채 자고 있던 털북숭이 개 한 마리가 앞다리를 쭈욱 펴며 기지개를 켜더니 꼬리를 흔들면서 마당의 다른 쪽을 향해 달려갔다. 부지런한 여주인은 삐꺽거리는 대문을 활짝 열어젖히고서 생각에 잠겨 있는 듯한 소들을 거리로 내몰았다. 길을 따라 걷는 가축들의 발굽 소리와 울음소리는 계속 들려왔고, 여주인은 지나가는 이웃들에게 몇 마디 말을 건넸다. 셔츠의 소맷자락을 걷어올린 필리프가 도르래를 이용하여 맑은 물이 담긴 두레박을 깊은 우물에서 끌어올리더니 참나무통에 부었다. 참나무통 옆에 있는 웅덩이에서는 일찌감치 잠에서 깬 오리들이 물장구를 치며 놀고 있었다. 나는 은근히 기쁜 마음에 턱수염이 넓게 자란 필리프의 얼굴과, 그가 힘을 줄 때마다 굵은 팔뚝에 불끈불끈 솟아오르는 두꺼운 힘줄과 근육을 주의 깊게 바라보았다.

미미와 여자아이들이 잠을 잤던 칸막이 벽 뒤에서도 부스럭부스럭 움직이는 소리가 들려왔다. 마샤는 우리의 호기심을 자극하지 않으려고 애쓰는 것 같으면서도, 치마로 감싼 온갖 물건들을 가지고 여러 차례에 걸쳐 우리 곁을 종종걸음으로 지나더니, 마침내 문을 활짝 열고 차를 마시러 오라며 우리를 불렀다.

지나칠 정도로 열정적인 바실리가 끊임없이 방을 들락거리면서 여러 가지 물건들을 밖으로 나르다가, 우리에게 윙크를 하면서 마리야 이바노브나에게 좀 더 일찍 떠날 수 있는지를 물어보았다. 묶여 있는 말들도 이따금 작은 방울들을 짤랑짤랑 흔들면서 자신들의 참을성 없음을 나타냈다. 커다란 트렁크와 가방들, 휴대용 소지품 상자와 귀중품 함들을 정리해 넣은 다음 우리는 정해진 자리에 앉았다. 매번 출발할 때마다 우리는 좌석 대신 산처럼 쌓여 있는 짐을 보면서, 전날 밤에 이 모든 것을 어떻게 챙겼는지 이해되지 않았는데, 지금은 어떻게 앉아야 할지 난감했다. 우리가 타고 있는 반개 사륜마차에 호두나무로 만든 삼각형 모양의 뚜껑이 달린 차 상자 하나가 추가되어 내 좌석 밑에 넣었는데, 이 상자 때문에 나는 화가 났다. 하지만 바실리는 이것이 자리를 든든하게 고정시켜 준다면서 자기의 말을 믿어 보라고 말했다.

동쪽 하늘을 덮고 있던 흰 구름 사이로 태양이 떠올랐고, 상쾌한 햇살이 비치면서 주위의 사물들이 선명하게 본모습을 드러냈다. 주변의 모든 것이 한없이 아름다웠고, 내 마음도 한층 가볍고 평온해졌다. 도로는 추수를 끝낸 후의 마른 들판과 푸른 풀들 위에 이슬이 맺혀 빛나는 들길 사이로 넓게 펼쳐져 있었다.

우리가 묵었던 여인숙에서는 기도할 틈이 없었다. 하지만 어쩔 수 없는 상황때문에 기도를 하지 않은 날에는 불행한 일이 일어나는 경우를 여러 번 경험했기 때문에, 나는 기도를 하지 않은 것을 다른 것으로 만회하고 싶었다. 모자를 벗고 반개 사륜마차 구석으로 가서 기도문을 외운 뒤, 아무도 보지 못하도록 재킷 속에서 성호를 그었다. 하지만 수천 가지의 물건이 내 시선을 끄는 바람에, 몇 번이고 주의가 산만해져서 기도문의 같은 구절만을 반복해서 외웠다.

길 옆의 보행자들을 위한 오솔길에 누군가 천천히 움직이는 모습이 보였다. 순례자들이었다. 그들의 머리는 더러운 수건으로 감싸여 있었고, 허리에는 자작나무 껍질로 만든 여행용 가방이 매어져 있었으며, 다리는 더럽고 다 해진 행전行纏으로 감싼 상태에서 나무껍질로 만든 두꺼운 신을 신고 있었다. 그들은 우리를 슬쩍 쳐다보고는 규칙적으로 지팡이를 휘두르며 줄지어 가면서 무거운 발걸음을 천천히 내디뎠다. 나는 그들이 어디로, 그리고 왜 그렇게 가고 있을까 하는 의문이 들었다. 또 그들의 여행은 얼마나 오랫동안 계속되었는지, 그리고 그들이 가면서 길 위에 길게 늘어뜨리고 있는 긴 그림자들이 그들이 곧 지나가야 하는 버드나무 숲의 그림자들과도 합칠까 하는 그런 것들에 대해서다. 바로 그때 우편 수송용 마차가 빠른 속도로 마주 달려왔다. 2아르신(옛날 러시아의 척도 단위로, 1아르신은 약 71센티미터 : 역주) 거리 정도 떨어져 있는 사람들이 2초쯤 반가우면서도 호기심 어린 표정으로 우리를 바라보는가 싶더니, 어느새 멀리 사라져 버렸다. 그것을 보고 있자니 그들이 나와는 아무런 공통점이 없으며, 아마도 앞으로는 그들을 더 이상 볼 일도 없을 것이라는 생각과 함께 이상한 기분이 들었다.

그 순간 길 한쪽에서는 털이 덥수룩한 두 마리의 말들이 멍에와 수레를 끈으로 옭아맨 채 땀을 흘리며 달려가고 있었다. 그 뒤로는 멍에를 단 채 가끔씩 짤랑거리며 방울 소리를 내며 걷고 있는 갈기 털 말의 양 옆구리에 긴 다리를 늘어뜨린 자세로 마부인 청년이 앉아 있었다. 그는 양털 모자를 한쪽 귀가 덮히도록 비스듬히 눌러쓰고서 가락이 느린 노래를 길게 빼며 부르고 있었다. 그의 얼굴과 자세는 아주 게으르고 만사태평인 사람의 만족감을 보여 주고 있었는데, 내게는 가장 행복한 마부처럼 보였다. 그러나 다시 왔던 곳으로 돌아갈 때는 슬픈 노래를 불러야 할 것처럼 여겨졌다.

저 멀리 골짜기 너머로는 밝고 푸른 하늘을 배경으로 녹색 지붕의 시골 교회가 보였다. 그곳에는 마을이 있었고, 귀족 저택의 빨간 지붕과 녹색의 정원이 보였다. '이 집에는 누가 살고 있을까? 이 집에도 아이들과 아버지, 어머니와 선생님이 계실까? 왜 우리는 이 집을 방문하지 않았으며, 주인들과 친분을 나누지 않았을까?' 등의 생각을 하고 있을 때, 우리가 한쪽으로 길을 비켜 주어야 할 정도로 살이 통통하게 찐 세 마리의 말들이 끄는 삼두마차에 뒤이어 거대한 짐마차의 긴 행렬이 지나가고 있었다.

"무엇을 싣고 갑니까?"

첫 번째 마차의 마부에게 바실리가 물었는데, 그는 다리를 내린 채 채찍을 휘두르면서 한참 동안 의미 없는 시선으로 우리를 찬찬히 쳐다보았다. 그는 우리가 이미 지나쳐 가서 그의 목소리를 거의 알아들을 수 없을 때에야 비로소 대답을 하는 것 같았다.

"무슨 상품을 싣고 갑니까?"

바실리가 짐마차 앞부분을 가리개로 가린 채, 새것처럼 보이는 멍석을 깔고 앉아 있는 다른 마차의 마부에게 물었다. 불그스름한 얼굴에 붉은 수염과 아마 빛의 머릿결을 가진 마부가 한순간 멍석 뒤에서 몸을 쑥 내밀더니 무시하는 듯한 시선으로 우리의 반개 사륜마차를 쳐다보고는 다시 몸을 숨겼다. 아마도 이 마부들은 우리가 어떤 사람들이고, 어디에서 오고 있으며, 어디로 가고 있는지를 모를 거라는 생각이 머릿속에 스쳤다.

한 시간 반 동안 다양한 관찰에 빠져 있던 나는 이정표의 기울어진 숫자에는 별로 신경 쓰지 않았다. 태양이 내 머리와 등을 점점 뜨겁게 달구기 시작하면서, 길은 더 많은 먼지를 일으켰고, 차 상자의 삼각형 모양의 뚜껑은 점점 더 나를 불편하게 만들었다. 나는 여러 번에 걸쳐 자세를 바꾸었다. 하지만 아주 무겁고 불편하고 지루했기 때문에 나의 모든 관심은 이정표와 거기에 표시된 숫자에 집중되었다. 나는 우리가 역에 도착할 수 있는 시간을 다양한 수학적 방식으로 계산했다. '12베르스타는 36베르스타의 3분의 1이고, 리페츠까지는 41베르스타이니깐, 우리가 3분의 1정도는 온 것인가?' 등등의 생각들을 했다.

"바실리, 나를 마부석에 앉게 해줘."

나는 그가 마부석에 앉아 졸고 있는 모습을 보고 말했다. 바실리가 동의하여 우리는 자리를 바꾸었다. 그러자 그는 곧바로 코를 골기 시작했고, 반개 사륜마차에는 더 이상 자리가 남아 있지 않다는 듯 몸을 쭉 펴고 누웠다. 하지만 높은 좌석에 앉은 내 앞에는 내가 가장 좋아하는 멋진 풍경이 펼쳐지기 시작했다. 나는 우리 마차를 끌고 있는 네 마리의 말— 네루친스카야, 디야촉, 붙박이 중심 말인 레바야, 아프테카리 — 의 아주 사소한 부분들은 물론, 독특한 습성까지도 잘 알고 있었다.

"필리프, 왜 지금 디야촉이 왼쪽 곁말이 아니라 오른쪽 곁말로 가고 있는 거지?"

조심스럽게 내가 물었다.

"디야촉이오?"

"그렇게 되면 네루친스카야는 아무것도 끌지를 않는 거잖아."

내가 말했다.

"디야촉은 절대로 왼쪽에서 달리게 해선 안 되지요."

내가 마지막으로 지적한 말에 신경도 쓰지 않고 필리프가 대답했다.

"그놈은 왼쪽 곁말로 매어 달리게 할 그런 말이 아니에요. 왼쪽에서는 진짜 말다운 말이 달려야 하지요. 한마디로 말해서 디야촉은 그런 말이 아니지요."

필리프는 이렇게 말하고서 오른쪽으로 몸을 숙이더니, 온 힘을 다해 고삐를 당기고 가엾은 디야촉의 꼬리와 다리에 대고 자신만의 특이한 방법으로 아래에서부터 채찍질을 해댔다. 디야촉이 온 힘을 다해 마차 방향을 바꾸기 위해 애쓰고 있음에도 불구하고, 필리프는 자신이 쉬어야 할 필요를 느끼자 비로소 채찍질하는 것을 멈추었다. 나는 이 순간을 이용해, 내가 말을 몰 수 있게 해 달라고 요청했다. 그러자 필리프는 먼저 나에게 한쪽 고삐를 건네주었고, 그다음 다른 쪽 고삐도 주었다. 마침내 채찍과 여섯 개의 고삐가 모두 내 손에 건네졌을 때, 나는 이루 말할 수 없는 충만한 행복을 느꼈다. 나는 모든 것에서 필리프를 따라 하려고 노력하며, 그에게 "내가 잘하고 있느냐?"고 물었다. 그러나 여느 때처럼 그는 나에 대해 탐탁스러워하지 않은 것으로 끝이 났다. 얼마나 달렸는지 알 수 없지만, 그는 뒤에서 팔꿈치를 내밀더니 나에게서 고삐를 빼앗아 갔다.

한낮의 더위가 점점 더 밀려오더니, 솜구름들이 비누거품처럼 부풀어 오르기 시작했다. 그것들이 점점 더 높이 올라가서 어두운 잿빛 구름을 만나 합류했다. 앞서 가고 있던 사륜마차의 창에서 병과 작은 보따리를 든 손이 불쑥 나타났다. 바실리는 놀라울 정도의 능숙한 솜씨로 마부석에서 훌쩍 뛰어내리더니, 우리에게 잼을 바른 과자와 맥주를 가져다 주었다.

험한 비탈을 만났을 때 우리는 모두 마차에서 내렸고, 다리까지 앞다퉈 경쟁하듯 달려갔다. 그 사이 바실리와 야코프는 바퀴에 브레이크를 걸고, 마차가 쓰러질 것을 대비해 두 손으로 그것을 지지할 수 있는 자세를 취하면서 마차 양쪽을 꼭 부여잡은 채 언덕을 올랐다. 그 다음에 미미의 허락을 받은 나와 볼로쟈는 사륜마차로 향했고, 류보치카와 카텐카는 반개 사륜마차에 가서 앉았다. 이렇게 자리를 바꾸는 것을 여자아이들은 무척 좋아했는데, 반개 사륜마차를 타는 것이 훨씬 더 재미있기 때문이다.

무더운 날 숲을 통과할 때 우리는 사륜마차보다 뒤처진 채 멈추어 잎이 푸르른 나뭇가지를 꺾어다가 반개 사륜마차를 정자로 꾸며 놓았다. 이동하는 정자가 돼서 전력을 다해 사륜마차를 따라잡으면, 류보치카는 아주 날카로운 목소리로 빽빽거리며 창밖으로 소리쳤다.

우리가 점심 식사를 하고 휴식을 취하게 될 마을에 도착했다. 시골 냄새하면 떠올릴만한 연기, 타르, 둥근 빵 굽는 냄새가 났고, 사람들의 이야기 소리와 발소리, 그리고 바퀴 소리가 들려왔다. 양옆으로는 농가들이 희미하게 모습을 드러내기 시작했다. 농가들마다 볏짚을 이어 올린 지붕이나 얇은 판자로 만든 현관이나 빨갛거나 초록의 덧문이 달린 작은 창문들이 있었는데, 그 창문을 통해 호기심 많은 여인들의 얼굴이 드문드문 보였다. 길거리에는 똑같은 셔츠를 입은 농민의 아이들이 눈을 크게 뜨고 두 팔을 벌린 채 움직이지 않고 같은 자리에 서 있기나, 맨빌로 빠르게 종종걸음을 치면서 먼지를 일으키며 놀고 있었다. 필리프가 위협적인 제스처를 보였지만 그들은 마차를 따라 뛰어오며 마차 뒤에 매달린 여행용 가방 위로 기어오르려고 애썼다. 길 양쪽으로는 얼굴이 불그스레한 문지기들이 마차 쪽으로 다가와 감언이설로 호객 행위를 하고 있었다.

워워! 대문이 삐걱거렸다. 우리는 마차의 바퀴 축들을 대문 뒤에 매달아 놓은 뒤 마당으로 들어갔다. 네 시간의 휴식과 자유가 생긴 것이다!

뇌 우

　해가 서쪽으로 기울면서 햇살이 비스듬히 내 목과 뺨에 따갑게 내리쬐어 참을 수 없을 정도였지만, 반개 사륜마차의 가장자리까지는 미치지 않았다. 길을 따라 마차가 달리면 먼지가 뿌옇게 일면서 대기를 가득 채웠다. 그 먼지들을 멀리 날려 보낼 바람 한 점 불지 않았다. 우리 앞에는 지붕 위에 여행용 상자를 높게 매단 사륜마차가 먼지를 가득 뒤집어쓴 채 일정한 리듬으로 흔들리면서 달리고 있었고, 그 사륜마차 너머로는 간간이 마부가 흔드는 채찍과 그의 모자 그리고 야코프의 챙 달린 모자가 보였다. 나는 무엇을 해야 할지 몰랐다. 내 곁에서 창밖의 뽀얀 먼지를 뒤집어쓴 채 졸고 있는 까만 얼굴의 볼로쟈도, 필리프의 움직임도, 기울어진 구석 아래쪽으로 보이는 반개 사륜마차의 기다란 그림자도 나에게는 아무런 흥미를 주지 못했다. 나의 관심은 멀리 보이는 이정표와 여전히 지평선을 따라 넓게 펼쳐져 있는 구름에 집중되었는데, 이 구름들이 점점 불길한 검은 그림자의 형태로 변하더니, 이제는 커다란 먹구름을 만들었다. 멀리서는 이따금씩 천둥소리가 울려 퍼졌다. 이런 상황 때문에 나는 빨리 여인숙에 도착해야 한다는 조바심이 강하게 일었다. 게다가 뇌우雷雨는 나에게 그리움과 공포라는 견디기 힘든 감정을 불러일으켰다.

가장 가까운 마을까지 간다고 해도 아직 10베르스타(미터법 시행 전의 러시아 거리 단위로 1베르스타는 약 1.067킬로미터이다 : 역주) 정도나 남았는데, 바람 한 점 불지 않는데도 어디에서 만들어졌는지조차 알 수 없는 거대한 먹구름이 우리 쪽을 향해 빠르게 이동하고 있었다. 아직 구름에 가리지 않은 태양이 먹구름의 음울한 여러 가지 모양과 지평선 끝까지 펼쳐진 잿빛의 줄무늬들을 선명하게 비춰 주고 있었다. 간간이 멀리서 번개가 치고 희미한 울림 소리가 들리더니 점점 강해졌는데, 가까이 다가와서는 모든 지평선을 아우르면서 중간에 자꾸 끊어지는 으르렁거림으로 변해 갔다.

마부석에 있던 바실리가 일어나 반개 사륜마차의 지붕 위로 올라갔다. 마부들은 두꺼운 천으로 만든 농부용 외투를 입고, 뇌우가 칠 때마다 매번 모자를 벗어 들고 성호를 그었다. 말들은 연신 귀를 쫑긋 세우면서 마치 먹구름이 다가오며 풍기는 신선한 공기를 맡으려는 듯 연신 콧구멍을 크게 부풀려 킁킁거렸다. 그리고 반개 사륜마차는 먼지 가득한 길을 전속력으로 달렸다. 나는 왠지 기분이 나빠졌고, 피가 혈관을 따라 빠르게 순환하는 것을 느꼈다. 그렇지만 바로 우리 앞에 있던 구름들이 벌써 해를 가리기 시작했다.

태양은 순식간에 아주 무섭고도 음울한 수평선 쪽을 비추더니 이내 사라져 버렸다. 그러자 주변의 모든 것이 갑자기 변하면서, 암울한 특징을 드러내기 시작했다. 사시나무 숲이 바들바들 떨기 시작했다. 나뭇잎들은 보랏빛 먹구름을 배경으로 희고 흐릿한 빛을 선명하게 발산하면서 요란스레 바람에 날렸다. 큰 자작나무 꼭대기는 거친 바람에 이리저리 흔들리기 시작했고, 마른풀 다발들은 길을 가로지르듯 날리기 시작했다. 흰가슴숲제비 같은 제비과 새들이 우리를 멈추게 하려는 것처럼 반개 사륜마차 주위를 여유 있게 날거나, 말의 가슴 바로 밑으로 재빠르게 날아서 지나갔다. 바람에 날개가 구겨진 갈까마귀들이 마차 옆으로 날아왔다. 버클로 고정한 마차의 비 가림용 가죽 덮개가 위로 들리기 시작하면서, 습한 바람이 우리의 머리 위로 들이닥쳤고, 반개 사륜마차의 몸체를 때리듯 부는 바람은 마차를 흔들었다. 번개가 마차에 직접 내리치는 것처럼 올리더니 눈앞이 깜깜하게 흐려졌는데, 아주 잠깐 동안 구석에 웅크리고 있는 볼로쟈의 모습과 잿빛의 천과 천에 새겨진 무늬들을 비추었다. 그리고 바로 그 순간 머리 위에서 거대한 천둥이 쳤는데, 그 소리는 거대한 나선형 띠를 따라 더 넓게 퍼지고 점차 소리가 더 강해지면서 귀를 멀게 할 것만 같은 굉음으로 변해 갔다. 이 굉음은 우리를 무의식적으로 벌벌 떨게 하고, 숨을 멈추게 했다. 그것은 신의 분노였다! 얼마나 많은 시에서 이런 민중의 생각들을 노래했던가!

마차는 더욱 빠르게 달렸다. 나는 초조하게 고삐들을 흔들고 있는 바실리와 필리프의 모습을 살펴보면서, 그들도 두려워하고 있음을 느꼈다. 마차는 산 아래로 빠르게 굴러갔고, 널빤지로 짜맞춘 다리를 따라 지나갈 때는 심하게 덜컹거렸다. 나는 그럴 때마다 두려움을 느꼈고, 우리 모두가 죽을 수도 있다고 생각했다.

워워! 말의 배에 대고 있던 가름대가 부러져 버렸다. 어쩔 수 없이 우리는 귀를 찢을 듯한 천둥 번개 소리가 끊임없이 들리는데도 불구하고 다리 중간에서 멈췄다.

나는 반개 사륜마차 가장자리 쪽에 머리를 기댄 채 숨을 죽이며 필리프의 두껍고 검은 손가락의 움직임을 흥미진진하게 주시하고 있었다. 그는 천천히 올가미를 얽어매더니, 손바닥으로 곁말의 채찍 손잡이를 밀어젖히면서 말의 멍에와 수레를 연결하는 끈을 평평하게 골랐다.

뇌우가 심해짐에 따라 근심과 두려움, 그리고 떨리는 감정이 점점 더 커졌는데, 번개가 치기 전에 침묵의 고요한 순간이 15분 정도 계속되었다. 나는 이런 때 마음속에서 일어나는 흥분의 감정들로 죽을 수도 있다고 확신했다. 바로 그때 갑자기 다리 밑에서 더럽고 헤진 셔츠를 입고 푸석푸석하고 부은 얼굴을 한 사람이 무표정하게 나타났다. 그는 삭발한 머리에 아무것도 쓰지 않았고 붉은색 광채가 나는 의수義手를 하고 있었는데, 굽은 다리는 근육이 거의 없어 보였다. 그는 비틀거리며 우리에게 다가와 곧바로 반개 사륜마차에 자신의 의수를 찔러 넣었다.

"어ㅡ, 어ㅡ, 르신! 부ㅡ, 불ㅡ, 구ㅡ, 자에게 예ㅡ, 수ㅡ,

님의 이름으로 부디……."

하는 목소리가 들려왔다. 거지는 말을 하면서 계속 성호를 그었고, 허리를 깊이 숙이면서 인사를 했다.

그 순간 마음속에 스멀거리며 올라오는 두려움의 싸늘한 감정을 말로 표현할 수가 없다. 두려움의 전율에 모골이 송연해지고, 알 수 없는 두려움에 사로잡힌 두 눈은 그 거지를 뚫어져라 쳐다보았다.

이런 것들은 바실리가 처리했다. 그는 마차의 회전축을 대신 손봐 달라고 말하고 나서, 필리프가 모든 준비를 마쳤다고 말하자 고삐들을 모으더니 마부석으로 올라앉아, 주머니에서 무엇인가를 꺼냈다. 하지만 우리가 막 움직이려고 하는 순간, 협곡을 순간적인 불빛으로 뒤덮는 번개가 눈을 부시게 하여 말들이 멈추어 섰다. 그리고 잠시 후 귀가 먹먹해질 정도로 엄청나게 큰 뇌우의 굉음이 들려왔다. 하늘 전체가 우리 머리 위로 곧장 쏟아져 내리는 것 같았다. 바람은 더욱 세차게 불기 시작해서 말들의 갈기와 꼬리, 바실리의 외투와 마차의 비 가림용 가죽 덮개가 미친 듯이 불어오는 바람에 맹렬하게 펄럭거렸다. 반개 사륜마차의 가죽 덮개 위로 굵은 빗방울이 세차게 내려치기 시작했다. 마치 누군가가 우리 머리 위에서 북을 두드리는 것처럼 빗방울이 쏟아져 내렸다. 바실리의 동작으로 보니 그가 지갑을 열고 있음을 알게 되었다. 거지는 계속해서 성호를 그으며 고개를 숙였고, 바퀴 옆에 바짝 붙어서 달리는 것이 금방이라도 그를 치어 죽일 것처럼 느껴졌다.

"그리스도의 이름으로 적선해 주십시오."

마침내 2코페이카 동전이 우리 옆으로 내던져졌다. 비쩍 마른 몸을 감싸고 있는 셔츠가 흠뻑 젖은 불쌍한 영혼은 바람에 비틀거렸고, 망설임 속에서 길 한복판에 멈추어 서더니 이내 우리의 시야에서 사라졌다.

강한 바람으로 인해 비스듬히 쏟아지는 비는 양동이로 퍼붓는 것 같았다. 바실리의 모직 천에서는 더러운 물이 계속 흘렀고, 물은 마차의 비 가림용 가죽 덮개가 만들어 놓은 웅덩이 쪽으로 쏟아졌다. 그 웅덩이는 처음에는 먼지들이 모인 것에 불과했지만 어느덧 바퀴를 더럽히는 진흙덩이로 변했다. 마차의 흔들림이 덜해졌고 진흙의 바퀴 자국을 따라 흙탕물이 고였다. 번개는 더 넓게 광채를 내뿜었고, 천둥의 으르렁거리는 듯한 소음도 비가 내리는 소리에 휩싸여 더 이상 깜짝 놀랄 정도는 아니었다.

점점 빗줄기가 가늘어졌다. 먹구름이 파도처럼 흩어지기 시작하더니, 그 사이로 태양이 머물러 있는 자리에서부터 밝아지기 시작했다. 먹구름이 만들어 놓은 잿빛 구름 가장자리 사이로 비록 좁은 공간이지만 선명하고 푸른 하늘이 보였다. 잠시 후에는 소심한 햇살이 길의 웅덩이에서 반짝거렸고, 실처럼 가느다란 빗줄기와 길가에 돋아난 풀의 반짝이는 초록색 잎에서도 빛났다. 더 이상 먹구름은 두렵지 않았다. 나는 두려웠던 공포의 감정에서 벗어났다. 그리고 빠르게 바뀐 삶의 희망에 대한 표현하기 힘들 정도의 기쁨을 체험했다. 그래서인지 상쾌하고 즐거운 자연처럼 내 마음도 자연스럽게 미소 짓고 있었다. 바실리는 세웠던 외투 깃을 젖히고, 모자를 벗어 빗물을 털었다. 볼로쟈가 마차의 비 가림용 가죽 덮개를 젖혔다. 나는 반개 사륜마차에서 몸을 밖으로 내밀고 신선하고 향기로운 공기를 마음껏 마셨다. 우리 앞에는 지붕 위에 여행용 상자와 가방을 실은 사륜마차의 몸체가 흔들리며 가고 있었는데, 마차는 비에 깨끗이 씻겨 빛이 났으며, 말들의 등이나 엉덩이 띠, 고삐, 마차의 쇠바퀴가 모두 비에 젖어 마치 기름을 바른 것처럼 윤기가 났다.

길 한편에는 끝이 없을 것 같은 들판이 펼쳐져 있었고, 들판 한 지점에서부터 깊지 않은 협곡으로 구분되어 있었는데, 젖어서 축축한 땅과 초록의 풀들이 싱그러운 빛을 내면서 지평선 끝까지 그늘진 양탄자를 펼쳐 놓은 것 같았다. 길의 다른 한쪽은 호두나무와 어린 벚나무들이 자라고 있는 사시나무 숲이 있었는데, 지난해에 떨어진 마른 낙엽 위로 나뭇가지에서 신선한 빗방울들을 조금씩 떨어뜨렸다. 즐거운 노랫소리가 사방에서 울려 퍼졌고, 종달새들이 빠르게 내려앉았다. 젖은 관목 숲에서는 작은 새들의 분주한 움직임 소리가, 숲 한가운데에서는 뻐꾸기의 노랫소리기 들려왔다. 봄날의 소나기가 지나간 숲의 향기는 정말 매혹적이었으며, 자작나무, 제비꽃, 습기에 썩은 나뭇잎, 삿갓버섯, 벚꽃이 내뿜는 향기는 황홀경이었다. 나는 마차에 앉아 있을 수만은 없어 밖으로 뛰어내려 빗방울에 젖는 것도 아랑곳하지 않고 관목 숲 속으로 달려갔다. 꽃봉오리를 내밀고 있는 벚꽃의 젖은 가지를 꺾어, 얼굴을 가지로 두들겨 보기도 하고, 그것의 아름다운 향기를 맡았다. 나는 장화에 진흙덩이가 들어붙는 것이나 양말이 젖은 것에도 신경 쓰지 않고, 진흙탕 속을 지나서 사륜마차의 창 쪽으로 달려갔다.

"류보치카! 카텐카! 이것 봐, 얼마나 아름다워!"

벚꽃나무의 가지 몇 개를 건네주면서 소리쳤다.

여자아이들이 호들갑을 떨며 좋아했다. 미미는 나를 쫓아 보내려는 듯, 내가 떠나지 않으면 반드시 바퀴에 치일 것이라고 소리쳤다.

"그래도 냄새를 맡아 보라니까, 얼마나 향기로운지!"

내가 소리쳤다.

새로운 시각視覺

카텐카는 반개 사륜마차에서 내 옆에 앉아 머리를 숙인 채 생각에 잠겨 바퀴가 지나가고 있는 먼지 덮인 길을 바라보았다. 나는 말없이 그 애를 바라보다가, 처음으로 보는 아이답지 않은 우울한 표정에 깜짝 놀랐다.

"이제 곧 모스크바에 도착할 거야. 모스크바가 어떨 거라고 생각하니?"

내가 물었다.

"모르겠어."

카텐카는 마지못해 대답했다.

"그곳이 세르푸호프보다는 더 클 거라고 생각해, 그렇지 않다고 생각해?"

"뭐라고?"

"아무것도 아니야."

하지만 대화를 나누면서 자연스레 카텐카는 자신의 무관심이 내 마음을 아프게 할 것이라는 사실을 알고 있었다. 그녀가 고개를 들고 나를 바라보았다.

"우리가 할머니 집에서 살 거라고 너희 아빠가 말했니?"

"할머니가 함께 살기를 원한다고 하셨어."

"다 함께 사는 거니?"

"물론이지. 우리가 2층의 반을 쓸 거고, 나머지 반은 너희가 생활할 거야. 아빠는 별채에서 지내실 거야. 그리고 식사는 할머니와 함께 모두 아래층에서 할 거야."

"우리 엄마가 그러는데 너희 할머니는 엄하시고, 화를 잘 내신다던데 맞니?"

"아니야! 처음에만 그렇게 보이실 뿐이야. 할머니가 엄하시기는 하지만 화를 잘 내시지는 않아. 아니, 그와는 반대로 매우 온화하고 마음이 넓으신 분이야. 할머니의 명명일에 어떤 무도회가 열렸는지를 네가 보았어야 했는데!"

"아무튼 나는 그분이 무서워. 게다가 우리가 어떻게 될지는 신만이 아시겠지."

카텐카는 갑자기 말을 멈추고 다시 생각에 잠겼다.

"뭐라구?"

불안해하며 내가 물었다.

"아무것도 아니야. 그냥 한 말이야."

"아니, 네가 이렇게 말했잖아. '신만이 아시겠지.'"

"네가 할머니 집에서의 무도회에 대해 말했잖아."

"그래. 거기에 너희가 없었다는 게 아쉬워. 아마 손님이 천 명 정도 왔을 거야. 음악이 흘렀고, 장군들도 참석했어. 그리고 나는 춤을 추었고……. 카텐카! 너 내 말을 듣고 있지 않구나."

설명하다말고 갑자기 말을 멈추고 내가 말했다.

"아니야, 듣고 있어. 네가 춤을 추었다고 말했잖아."

"그런데 너는 왜 그렇게 시무룩하니?"

"항상 즐거울 수는 없잖아."

"아냐, 우리가 모스크바에서 온 이후로 넌 많이 변했어. 사실대로 이야기해 봐. 왜 그렇게 이상해진 거야?"

카텐카 쪽으로 몸을 돌리고 단호한 표정으로 덧붙여 말했다.

"내가 이상해진 거 같다고? 아니야, 나는 전혀 이상하지 않아."

카텐카는 나의 지적이 그녀에게 관심이 있다는 것을 증명하려는 듯 열의를 가지고 대답했다.

"아냐, 예전의 네가 아니야. 예전에 너는 모든 것을 우리와 함께 했어. 너는 우리를 친가족처럼 생각했고, 우리가 너를 좋아하는 것처럼 너도 우리를 좋아했어. 그런데 지금 너는 무척 신각해져서 우리를 멀리하고 있잖아."

"전혀 그렇지 않아."

"아냐, 내가 끝까지 말하게 해줘."

나는 예전부터 마음속에 담아 두었던 진실을 털어놓을 때면 항상 눈물이 났는데, 그에 앞서 코의 간지러움을 통해 그 징후를 보였다. 그리고 그 간지러움을 느끼면서 카텐카의 말을 가로막았다.

"너는 우리를 멀리하면서, 마치 우리와 모르는 사이처럼 네 엄마 미미하고만 이야기하고 있어."

"그래. 너도 알다시피 항상 똑같은 상태에 머물러 있어서는 안 돼. 언젠가는 변해야 하는 거야."

카텐카는 무슨 말을 해야 할지 모를 때면, 모든 것을 그 어떤 운명적인 필연성으로 설명하는 버릇이 있었다.

한번은 류보치카가 '멍청한 계집애'라고 불러서 그녀와 싸울 때, 카텐카가 대답했던 것을 기억하고 있다. "모두가 영리할 수는 없잖아. 멍청한 아이도 있어야지." 하지만 나는 언젠가는 변해야 한다는 대답에 만족할 수 없어서 계속 질문을 했다.

"왜 그럴 필요가 있는 거지?"

"너도 알다시피 우리가 평생 함께 살 수는 없잖아. 우리 엄마는 돌아가신 너희 엄마 집에서 친구로 잘 지낼 수 있었지. 그런데 하느님만이 아시겠지만, 화를 잘 내신다는 너희 할머니와도 과연 잘 지내실 수 있을까? 그거 말고도, 어쨌든 우리도 언젠가는 헤어져야 되잖니. 너희들은 부자여서 페트로프스코예 영지도 있지만, 우리는 가난해. 우리 엄마에게는 아무것도 없잖아."

필리프의 등에 시선을 고정시키고 얼굴이 약간 붉어진 카텐카가 대답했다.

'너희는 부자이고, 우리는 가난해.'라는 말과, 그들과 관련된 이런 개념이 내게는 아주 이상하게 들렸다. 그 당시 내가 생각하는 개념으로 가난하다는 것은 거지나 농부들에게만 해당되는 말이었다. 그렇기 때문에 내 생각으로는 가난의 개념을 예쁘고 우아한 카텐카와는 어떤 이유로도 연결할 수 없었다. 나는 미미와 카텐카가 항상 우리와 함께 살아왔고, 앞으로도 함께 살 것이며, 모든 것을 같이 공유할 것이라고 생각해 왔던 것이다. 그 밖의 다른 일은 있을 수 없었다. 그런데 지금은 그들의 고독한 상황에 대한 수천 가지의 불분명한 생각들이 내 머릿속을 스쳐 갔고, 우리가 부자이고 그들이 가난하다는 사실이 나를 부끄럽게 만들었다. 나는 얼굴을 붉힌 채 카텐카를 똑바로 쳐다보지 못했다.

나는 이렇게 생각을 해봤다.

'우리가 부자이고, 그들이 가난하다는 게 무슨 의미가 있으며, 이러한 사실이 어떻게 해서 이별의 필연성이라는 결론을 이끌어 낸다는 것인가? 왜 우리가 가진 것을 똑같이 공유하면 안 되는 것일까?'

하지만 나는 이런 주제로 카텐카와 이야기하는 게 적절하지 않다는 것을 이해했고, 이런 논리적인 생각에 반하는 어떤 사실적인 본능이 이미 그녀가 옳다는 점과 내 생각을 그녀에게 설명하는 것이 적당하지 않다는 점을 나에게 말해 주고 있었다.

"네가 우리를 떠날 거라는 게 정말이니? 어떻게 우리가 헤어져서 살 수 있겠니?"

내가 말했다.

"나도 마음이 아파. 정말 그런 일이 일어나게 된다면, 내가 무엇을 해야 할지는 알고 있어."

"정말 배우가 될 거니? 그건 정말 바보같은 짓이야!"

나는 카텐카가 배우가 되고 싶어 한다는 걸 알고 있기에 이렇게 그녀의 말을 받아쳤다.

"아니야, 그건 내가 어렸을 때 했던 말이잖아."

"그렇다면 뭘 할 건데?"

"수도원에서 지낼 거야. 검은 옷에 벨벳 모자를 쓰고 다닐 거야."

카텐카는 갑자기 울기 시작했다.

독자 여러분도 인생의 어떤 시기에 사물에 대한 시각視覺이 갑작스럽게 완전히 바뀌는 경우, 지금까지 여러분이 보았던 모든 대상이 갑자기 다른 면 혹은 전혀 알 수 없는 쪽으로 방향이 전환되는 경우를 경험해 보지 않았는가? 우리가 여행을 하는 동안 처음으로 그 같은 정신적인 변화가 내게도 일어났는데, 이때부터가 나의 소년 시절의 시작이라고 간주하고 있다.

나는 처음으로 우리 가족만이 이 세상에서 살고 있는 것이 아닐뿐더러, 모든 사람들이 우리의 비위를 맞추어 주는 것도 아니고, 어쩌면 우리와 아무런 공통점도 없으며, 우리에 대해 걱정은 물론 심지어 우리의 존재에 대해 생각조차 하지 않는 다른 사람들의 인생 또한 존재하고 있음을 깨달았다. 나는 이전에도 이 모든 것을 알고는 있었지만 내가 지금 알게 된 것처럼 그렇게 정확하게 인지하고 느끼지 못했다.

생각은 단 하나의 잘 알려진 방법을 통해 확신으로 바뀌는데, 확신을 얻고자 시도했던 방법이 아닌 전혀 예상치 못한 방법을 통해 종종 도달하게 되며, 또한 전혀 다른 생각들을 알게 되는 것이다. 카텐카와의 대화는 나를 강하게 자극했을 뿐만 아니라 그녀의 미래 상황에 대해 진지하게 생각하도록 만들었는데, 이 대화가 내게는 바로 그런 방법의 하나의 예였다. 우리가 여행중에 보았던 마을과 도시의 모든 집에는 우리와 같은 가족들이 생활하고 있었다. 나는 페트로프스코예에서도 이미 이런 모습에 익숙해 있었지만, 순간적인 호기심에 우리 마차를 바라보던 여성들이나 아이들이 내 눈앞에서 사라질 때쯤에, 우리에게 인사를 건네지도 않을 뿐만 아니라 눈인사조차 하지 않는 농부들과 구멍가게 주인들을 보며, 내 머릿속에서는 처음으로 이런 의문이 떠올랐다. '만일 그들이 우리에 대해 전혀 걱정하지 않는다면, 그들은 무슨 일에 전념하고 있는 것일까?' 이런 질문에서 시작된 생각은 다른 질문들로 꼬리를 이어갔다. '그들은 어떻게 살며, 무얼 하며 사는 것일까? 어떻게 자신의 아이들을 교육시키고 있으며, 놀게 허락하는 것일까? 또한 벌은 어떻게 줄까?' 등등의 생각들이 꼬리를 이었다.

모스크바

모스크바에 도착한 이후부터 여러 가지 일과 사람들, 그들과 나 자신과의 관계 등에 대한 시각의 변화가 한층 현저해졌다.

처음 할머니를 만나 그 야위고 주름 잡힌 얼굴과 빛을 잃은 눈을 보았을 때, 내가 느껴 온 할머니에 대한 절대적 존경심과 두려움은 동정과 연민으로 변했다. 그리고 마치 눈앞에 사랑하는 딸의 시체라도 본 것처럼 류보치카의 머리에 얼굴을 맞대고 소리 내어 울고 있는 것을 보고 할머니에 대한 동정과 연민은 다시 애정으로 변했다. 우리를 만날 때마다 슬픔에 잠기는 할머니를 보는 것은 더할 수 없는 울적한 일이었다.

할머니의 눈에 우리는 대수롭지 않은, 다만 과거의 추억을 회상하는 데 필요한 존재에 불과하다는 사실을 차츰 인식하게 되었다. 할머니가 내 뺨에 입을 맞출 때마다 '내 딸은 지금 이 세상에 없다. 그 애는 죽었다. 이제 나는 그 애를 다시 만날 수가 없다!' 라는 엄마에 대한 애석한 마음밖에는 나타나 있지 않다는 것을 느낄 수가 있었다.

모스크바로 온 후, 아버지는 거의 우리를 보살펴 주지 않았다. 저녁 식사 때에나 겨우 안절부절못하는 모습으로 검정색 프록코트나 연미복을 입고 우리한테 잠깐 들를 뿐이었다. 옷깃을 크게 하여 멋을 낸 셔츠를 입거나, 마을 소작인들 또는 집사들과의 대화나, 탈곡장을 산책하거나 사냥을 가는 것 등 아버지는 이런 많은 것을 잊어버리신 듯하다. 할머니가 '영감'이라고 부르는 카를 이바느이치는 어찌된 영문인지 오랫동안 낮이 익은 보기 좋은 대머리를 가느다랗게 가르마를 탄 붉은색 가발로 덮어 버렸다. 그 모습이 어찌나 우스꽝스럽던지 내가 지금까지 그것을 깨닫지 못한 것이 오히려 이상할 정도였다.

류보치카, 카텐카와 우리 사이에도 눈에 보이지 않는 일종의 간격이 생겼다. 이제 그녀들은 그녀들대로, 우리는 우리대로 제각기 비밀을 갖게 되었다. 그녀들은 지금보다 더 길어진 치마를 우리에게 과시하는 것 같았고, 또 우리는 가죽 끈이 달린 긴 바지를 자랑했다.

모스크바로 온 후 처음 맞는 일요일에 미미가 아주 화려한 옷을 입고 또 화려한 리본을 머리에 단 채 식당에 모습을 나타냈다. 우리는 이제 시골에 살고 있는 것이 아니며, 이제부터는 모든 것이 변한다는 것을 절실히 느끼게 되었다.

형

나는 형 볼로쟈보다 1년 몇 개월 늦게 태어났다. 그래서 우리는 언제나 함께 놀았고 또 함께 공부하면서 자랐다. 그래서 둘 사이에는 형과 동생이라는 구별이 지어지지 않았지만, 이때를 전후로 해서 나는 볼로쟈가 연령이나 성향뿐 아니라 재능 면에서 볼 때 나와 대등한 벗이 아님을 실감하게 되었다. 게다가 볼로쟈 쪽에서 자신의 우월성을 의식하고는 그것을 뽐내는 것처럼 보였다. 어쩌면 내 잘못된 생각이었는지도 모르지만 하여튼 이러한 믿음은 내 자존심을 자극했다. 그리하여 내 자존심은 볼로쟈와 충돌할 때마다 언제나 괴로웠다. 볼로쟈는 놀이나 학문, 논쟁, 예의 범절 등 모든 것에 있어서 항상 동생인 나보다 훨씬 훌륭했다. 이러한 사정으로 해서 나는 볼로쟈를 멀리했고, 때때로 내 자신도 알 수 없는 정신적 고통을 경험하기도 했다. 좋은 예가 있는데, 한번은 볼로쟈가 처음으로 잔주름이 잡힌 네덜란드 풍의 셔츠를 새로 맞추어 입었을 때였다. 그때 나 역시 그런 옷을 맞추어 달라고 솔직히 말했더라면 훨씬 마음이 편했을 것을, 나는 볼로쟈가 셔츠 깃을 만질 때마다 나를 약올리기 위해 일부러 저러는 거라고 제멋대로 짐작하곤 했다.

무엇보다도 내가 괴로웠던 것은, 볼로쟈가 그런 내 마음을 알고 있으면서도 그것을 감추고 있는 것만 같아 몹시 비위가 거슬렸다.

항상 같이 생활하고 있는 사람들이라면 예를 들어 형제, 친구, 부부, 주종 관계 등의 사이에서 있을까 말까 한 미소나 동작 내지 시선에 나타나는 그 신비로운 무언의 교섭을 느끼지 못하는 사람은 아마도 없을 것이다. 특히 이들이 서로의 마음을 솔직히 털어놓지 않을 때는 더욱더 그러하다. 머뭇머뭇 망설이게 되는 눈과 눈이 우연히 마주치는 가운데 입 밖에 내지 않고 있는 여러 가지 희망이나 생각, 상대에게 들킬 것만 같은 속마음에 대한 불안 등이 그 시선 속에 여실히 드러나게 된다!

하지만 지나친 내 감수성과 분석적인 성향이 어쩌면 나를 속이고 있었는지도 모른다. 경우에 따라서 볼로쟈는 내가 느끼고 있는 이러한 것들을 전혀 느끼지 못했을 수도 있다. 볼로쟈는 관심 있는 거라면 무엇이든 열중하는 솔직한 인간이어서, 한 가지에만 정열을 쏟지는 않았다. 볼로쟈는 실로 여러 가지 잡다한 것에 열중했다. 하지만 적어도 열중하는 동안은 그 대상에 몰입했다.

예를 들어 갑자기 그림 그리고 싶은 열의에 사로잡혀 있다면 그는 아주 열심히 그림을 그렸다. 또 자신이 갖고 있는 돈만으로 그림을 사 모으는 것에 만족하지 않고 미술 선생님이나 아버지, 할머니한테 부탁해서 얻거나 사 달라고도 했다. 그런가 하면 책상을 장식하는 장식품 따위에 매료된 나머지 온 집 안을 샅샅이 뒤져 그것들을 거두어들였다. 그리고 다시 소설류에 도취되어서는 남모르게 여러 가지 책들을 사들이며, 밤낮 그것만을 읽었다.

나도 어느새 볼로쟈의 이러한 열의에 감화되었다. 하지만 볼로쟈를 따라하기에는 나 역시 지나치게 자부심이 강했다. 그렇다고 해서 자기 자신의 길을 선택하기에는 너무 어렸기 때문에 나는 혼자서 자립할 수 없었다.

그러나 내가 볼로쟈에 대해 무엇보다도 부러웠던 것은 천부적으로 고상한 그리고 솔직 담백한 성격이었다. 이 성격은 우리 사이에 종종 있었던 논쟁에서 특히 명확히 나타났다. 나는 언제나 볼로쟈의 태도가 훌륭하다고 느꼈지만, 그러나 볼로쟈를 모방할 수는 없었다.

어느 날, 장식품에 대한 볼로쟈의 열의가 절정에 달했을 무렵의 일이었다. 볼로쟈의 책상으로 다가간 나는 고운 꽃무늬가 있는 빈 병을 깨뜨리고 말았다.

"누가 너더러 내 물건을 만져봐 달라고 했어?"

방으로 들어온 볼로쟈는 잘 정돈된 책상 위의 여러 장식품들이 나로 인해 흐트러져 있음을 발견하고는 이렇게 말했다.

"그런데 병은 어디로 갔지? 틀림없이 네가 그랬지?"

"응, 내가 잘못해서 병을 떨어뜨렸는데 그만 깨져 버렸어.

형……, 미안해. 괜찮지?"

"제발 부탁이니까 다시는 내 물건에 손대지 마!"

볼로쟈는 깨진 조각들을 맞추면서 비통한 표정으로 말했다. 나는 이 말을 듣고 그냥 있을 수가 없었다.

"제발 그런 고압적인 말투는 삼가 줘! 물론 내가 깨뜨린 것은 사실이지만 이제 와서 어쩔 수 없는 일이잖아!"

웃고 싶은 생각은 전혀 없었지만 여기서 나는 히죽 웃고 말았다. 그러자 볼로쟈가 말했다.

"물론 네게는 대수롭지 않은 물건이겠지만 내게는 아주 소중한 거야."

볼로쟈는 아버지에게서 물려받은 버릇대로 한쪽 어깨를 으쓱해 보이면서 계속 말했다.

"남의 물건을 깨뜨리고도 히죽히죽 웃다니! 너는 어쩔 수 없는 코흘리개 꼬마야!"

"그래, 나는 코흘리개 꼬마고 형은 어른이야. 대신 형은 바보 멍텅구리야."

"너 같은 것을 상대로 아웅다웅하고 싶지도 않아. 나가!"

볼로쟈는 내 옆구리를 쿡쿡 찌르면서 말했다.

"왜 찌르는 거야!"

"저리 가! 저리 가라고!"

"찌르지 말라니까!"

볼로쟈는 내 팔을 잡아 책상 곁에서 나를 끌어내려 했다. 그러자 내 분노는 극에 달해 잽싸게 책상다리를 들어 뒤집어엎었다.

"이건 어때!"

나는 소리쳤다. 그 바람에 도자기와 크리스틸 장식품들이 바닥으로 와르르 쏟아져 내렸다.

"이 못된 자식 같으니라고!"

볼로쟈는 쏟아지는 물건들을 막기 위해 안간힘을 쓰면서 소리쳤다.

'자, 이것으로 우리 둘 사이는 끝난 거야. 우리 둘 사이에는 영원한 싸움만이 있을 뿐이야.'

나는 방을 나오면서 그렇게 생각했다.

밤이 되어서도 우리는 서로 말을 하지 않았다. 나는 내가 잘못했다고 생각했기 때문에 볼로쟈의 얼굴을 보기가 두려웠고, 온종일 일이 손에 잡히질 않았다. 반대로 볼로쟈는 공부도 열심히 했고, 저녁 식사 후에는 평소와 마찬가지로 누나들과 담소를 나누었다.

가정교사가 수업을 끝내자마자 나는 방을 나왔다. 볼로쟈와 단둘이 남아 있는 것이 두렵고 쑥스러웠으며, 양심에 가책을 받았기 때문이다. 그날 밤 역사 수업이 끝난 후 나는 공책을 겨드랑이에 끼고 문으로 향했다. 볼로쟈의 옆을 지나칠 때는 사과하고 싶은 마음이 들었지만, 나는 일부러 입을 삐죽이 내밀고 성난 얼굴을 하려고 노력했다. 바로 그때 볼로쟈가 고개를 들고 미소를 띠며 나를 똑바로 바라보았다. 두 사람의 눈이 마주쳤다. 그 순간, 볼로쟈가 내 기분을 알아차리고 있음을 깨달았다. 동시에 내가 그렇게 깨달고 있음을 볼로쟈도 알아차린 것 같았다. 하지만 저항할 수 없는 불가사의한 감정에 끌려 나는 얼굴을 옆으로 돌렸다.

"니콜렌카! 야, 니콜렌카!"

볼로쟈는 조금도 과장 없는 솔직한 목소리로 말했다.

"자, 이제 화는 그만 내! 아까 내가 한 말이 거슬렸다면 용서해라."

이렇게 말하면서 볼로쟈는 내게 손을 내밀었다. 순간 무언가 갑자기 위쪽으로 북받쳐 올라와 내 가슴을 무겁게 조이는 것 같았다. 숨이 막히는 듯한 기분이었다. 하지만 이것은 극히 순간이었을 뿐, 곧 눈물이 괴면서 마음이 아주 가벼워졌다.

"나…… 나를…… 용서해 줘, 형……."

나는 볼로쟈의 손을 꽉 쥐면서 말했다.

볼로쟈는 내 얼굴을 바라보았다. 그렇지만 내가 왜 눈물을 흘리는지 그 까닭을 알 수 없다는 표정이었다.

마 샤

    사물을 바라보는 내 관점에 변화가 생겼고, 그중에서도 내 자신에게 있어서 가장 놀라운 것은 집안 하녀에 대한 것이었다. 나는 그녀들 중 한 사람을 단순히 하녀라고만 생각할 수 없게 되었고, 내 평안과 행복을 좌우할 '여성' 으로까지 보게 되었다.

    철이 들면서부터 나는 우리 집에 마샤라는 하녀가 있었음을 기억하고 있다. 그렇지만 지금부터 이야기하려는 사건이 일어나서 그녀를 바라보는 내 시선이 완전히 달라질 때까지, 나는 그녀에게 사소한 관심조차 갖지 않았다. 마샤는 내가 열네 살 때 스물다섯 살이었으며, 대단한 미인이었다. 그런데 여기서 나는 그녀의 자태에 대한 묘사를 하기가 머뭇거려진다. 왜냐하면 내 상상이 내가 그녀에게 반해 있던 시절에 형성된 실물보다도 훨씬 더 매혹적으로 그려지지 않을까 걱정되기 때문이다. 과오를 범하지 않기 위해 나는 그저 이렇게 설명하는 것으로 그치려 한다.

그녀는 백옥 같은 피부에 탐스러운 몸매를 가진 여자였다. 하지만 내가 무엇을 말하든지 간에 나는 당시 불과 열네 살밖에 되지 않은 소년이었다.

한 손에 과제물을 들고 직선으로 깔린 마룻바닥을 왔다 갔다 하거나, 박자에도 맞지 않는 노래를 흥얼거리거나, 혹은 책상 모서리에 잉크를 칠한다거나, 그렇지 않으면 무심코 격언 같은 말을 되뇌고 있을 때, 요컨대 지성의 활동을 마치고 한가하게 상상에 잠겨 새로운 인상印象을 희구하고 있을 때의 일이었다. 나는 교실을 나와 아무런 목적도 없이 층계참으로 내려갔다.

그런데 누군가 신발 소리를 내면서 계단을 올라오는 사람이 있었다. 계단은 내가 서 있는 층계참에서 반대 방향으로 휘어져 있었으므로 상대는 보이지 않았다. 나는 발자국 소리의 주인이 누군지 궁금해졌다. 그런데 갑자기 발소리가 멎으면서 목소리가 들렸다.

"아니, 여기서 뭐하고 계세요? 마리야 이바노브나가 보시면 야단나요!"

마샤의 목소리였다.

그리고 나서 속삭이는 목소리가 들려왔다. 볼로쟈였다.

"아무도 오지 않아."

이어 부스럭거리는 소리가 나는 것으로 보아 볼로쟈가 그녀를 가로막는 모양이었다.

"아니, 어디다 손을 넣으시는 거예요? 망측한 분이시네!"

그런 목소리와 함께 어깨끈이 밑으로 흘러내린 목 밑으로 마샤의 희고 뽀얀 목덜미가 드러났다. 마샤는 내 옆을 스쳐 달려갔다.

이 발견이 나를 얼마나 놀라게 했는지는 이루 다 말로 표현할 수가 없다. 그렇지만 이 놀란 감정은 곧 볼로쟈의 행위에 대한 동감으로 변했다. 나는 이미 형의 그런 행위 따위에는 놀라지 않았다. 하지만 그런 행위가 즐겁다는 것을 형은 어떻게 알게 되었을까? 나는 그것이 궁금했다. 그래서 나도 모르는 사이에 형의 나쁜 짓을 흉내 내봐야겠다는 생각이 들었다.

나는 때때로 몇 시간씩 무념무상의 상태로 층계참에 서서는 층계 위에서 일어나는 소리에 귀를 기울였다. 하지만 격렬한 욕구였음에도 불구하고 내 스스로 대담하게 볼로쟈의 흉내를 내기는 아무래도 어려웠다.

어떤 때는 하녀들의 방문 앞에 몸을 움츠리고 서서는 못 견디게 괴로운 심정으로 내부에서 일어나는 소리를 엿듣기도 했다. 그럴 때면 언제나 내 머릿속에는 이러한 생각이 떠올랐다.

'내가 지금 2층으로 올라가서 볼로쟈처럼 마샤에게 키스를 하려 한다면 내 입장은 어떻게 될까? 마샤가 내게 무슨 일이냐고 묻는다면, 이렇게 옆으로 퍼진 커다란 코를 해 가지고, 머리 꼭대기에 닭의 볏 같은 머리털이 솟구친 나는 대체 뭐라고 대답한단 말인가?'

나는 마샤가 볼로쟈에게 종종 이렇게 말하는 것을 들었다.

"아이, 싫어! 정말 왜 그렇게 귀찮게 구세요? 저리 비키세요. 장난이 너무 지나치시군요. 니콜렌카 도련님은 여기 와서 이런 장난을 치신 적이 한 번도 없어요."

바로 그 니콜렌카인 내가 지금 이렇게 계단 밑에 숨어 앉아서 볼로쟈를 대신하고 싶어 한다는 것, 또 이 세상 모든 것을 내던져도 상관없다는 그런 심정으로 있다는 것을 그녀는 알지 못했던 것이다.

나는 어려서부터 수줍음을 많이 타는 성격이었는데, 얼굴이 못생겼다는 확신이 나로 하여금 한층 더 내성적인 성향을 두드러지게 한 것도 사실이다. 용모만큼 그 사람의 성질과 행동에 영향을 주는 것은 없다. 특히 용모 그 자체보다도 오히려 용모의 아름다움과 추함에 대한 확신이 커다란 영향을 미치게 된다. 나는 이렇게 믿어 의심하지 않았다.

나는 나 자신의 이러한 위치에 익숙해지기에는 자존심이 너무 강했으므로, 《이솝 우화》의 여우처럼 포도알이 신 것은 아직 설기 때문이라며 남몰래 자위하고 있었다. 실제로 볼로쟈는 내 앞에서 이러한 만족과 즐거움을 누리고 있었으며, 나 역시도 마음속으로 은근히 그것을 부러워했던 것이 사실이다. 하지만 나는 이지理智와 상상력을 최대한 기울여 거만한 고독 속에서 쾌락을 발견하려 했다.

위험한 장난

미미가 흥분을 참지 못한 듯 매우 숨가쁜 어조로 소리쳤다.

"어머나, 화약 같은 건 왜 갖고 놀아요? 도련님들은 대체 거기서 뭣들 하시는 거예요? 집에 불을 내서 우리를 다 죽일 작정이에요?"

미미는 무어라 형용할 수 없는 단호한 표정으로 모두에게 옆으로 비키라고 말하고는, 힘찬 발걸음으로 산탄散彈이 흩어진 곳으로 다가갔다. 미미는 위험을 무릅쓰고 언제 폭발할지 모르는 산탄을 발로 짓밟기 시작했다. 간신히 위험이 가시자 미미는 미헤이를 불러 화약을 전부 먼 데다 갖다 버리든가, 아니면 안전하게 아예 물 속에다 버리라고 명령했다. 그러고 나서야 미미는 흡족한 듯이 실내모를 흔들면서 응접실 쪽으로 발길을 옮겼다.

"사내아이들을 저런 식으로 나둬서야, 원……."

그녀가 투덜거리는 소리가 들렸다.

별채에서 건너온 아버지가 우리와 함께 할머니 방으로 갔을 때는 이미 그곳 창가에 미미가 앉아 이상하리만치 엄숙한 표정으로 문 쪽을 노려보았다. 그녀의 손에는 작은 종이 꾸러미 몇 개가 쥐어져 있었다.

'아하, 그 산탄이다! 그러고 보니 할머니께서는 이미 무언가 알고 계시는구나.'

나는 이렇게 추측했다.

할머니 방에는 미미 외에도 몹시 화가 나서 얼굴이 벌게진 하녀 가샤와 의사 블류멘탈이 와 있었다. 얼굴이 살짝 얽은 작달막한 의사는 눈과 머리를 과장되게 움직이며 가샤를 위로하고 있었으나 왠지 헛수고로 보였다.

할머니는 조금 비스듬히 앉아서 '여행자'라고 하는 트럼프 놀이를 혼자 하고 있었다. 이것은 할머니가 기분이 매우 언짢다는 걸 말해 주는 징조였다.

"어머님, 오늘은 기분이 좀 어떠십니까? 간밤에는 편히 쉬셨는지요?"

아버지는 공손하게 할머니 손에 키스하면서 문안 인사를 드렸다.

"으응, 잘 쉬었네. 그렇지만 내가 건강하다는 건 자네도 알고 있는 바 아닌가?"

할머니가 대답했다. 마치 아버지의 문안 인사가 시기적으로 적절치 못하다는 듯한 어조였다.

"그건 그렇고, 내게 깨끗한 손수건을 꺼내 주는 거냐 안 꺼내 주는 거냐?"

할머니는 가샤 쪽으로 획 돌아앉으며 물었다.

"벌써 내놓았습니다."

안락의자 팔걸이에 올려놓은 손수건을 가리키며 가샤가 말했다.

"이런 더러운 누더기는 집어치우고, 좀 더 깨끗한 것을 가져와."

가샤는 다시 작은 장롱으로 가더니 서랍을 열어 손수건을 꺼내고는, 방 안 창문이 덜컹거릴 정도로 세게 닫았다. 할머니는 무서운 표정으로 우리를 힐끗 둘러보고는 다시 하녀의 일거수일투족을 뚫어지게 쏘아보았다. 가샤가 좀 전과 별로 다를 것이 없는 손수건을 내보이자 할머니는 다시 말했다.

"대체 담배는 언제 썰어 줄 테냐?"

"틈이 나는 대로 썰어 드릴게요."

"뭐라고?"

"오늘 썰어 드리겠어요."

"가샤야, 나를 섬기기 싫거들랑 분명하게 그렇다고 말하는 편이 좋겠다. 나는 이미 오래 전부터 너와 인연을 끊어야겠다고 마음먹었거든!"

"그렇다면 내보내 주세요. 더 있고 싶지도 않으니까요!"

그녀는 낮은 소리로 중얼거렸다.

이때 의사가 그녀에게 눈짓을 해 보였다. 그러나 그녀가 무서운 눈초리로 노려보는 바람에 그는 그만 눈을 내리깔고 시계를 만지작거렸다.

"자네도 지금 저 꼴을 보았겠지?"

가샤가 투덜거리며 방을 나가자 할머니는 아버지를 보며 말했다.

"내 집에서 모두들 나한테 저런 식으로 버릇 없게 말하다니! 어디 견딜 수가 있나!"

"어머님, 담배는 제가 썰어 드리겠습니다."

할머니의 갑작스런 노기에 당황한 아버지가 이렇게 말했다.

"아, 아니, 그럴 필요는 없네. 저 애는 자기 외에 그 누구도 담배를 내 마음에 들게끔 썰 수 없다는 걸 알고 저렇게 버릇없이 구는 거야. 그런데 참, 자네 이거 알고 있었나?"

잠깐 말을 멈춘 할머니는 또다시 말을 이었다.

"오늘 자네 아이들이 하마터면 집을 태워 버릴 뻔했다지?"

아버지는 공손하면서도 호기심에 찬 눈으로 할머니를 바라보았다.

"글쎄, 쟤들이 이런 걸 가지고 장난을 했다는군. 그것 좀 보여 주지."

할머니는 미미를 보며 말했다.

산탄을 받아든 아버지는 웃음을 금치 못했다.

"어머님, 이것은 장난감 산탄이에요. 전혀 위험하지 않아요."

"그런가? 그렇다면 다행이군. 좋은 걸 가르쳐 주었네. 하지만 나도 이제는 얼마 남지 않은 모양이야."

"신경성입니다, 신경성!"

의사가 속삭였다.

아버지는 우리 쪽을 돌아보며 물었다.

"어디서 이런 걸 구했니? 누가 이런 걸 갖고 놀라고 했어, 응?"

"아이들에게 물어봤자 소용없어. 영감에게 물어보는 것이 낫지."

영감이란 말에 특히 경멸의 뜻을 나타내며 할머니가 말했다.

"그 사람은 대체 무얼 기대한 걸까?"

"볼로쟈 도련님의 말에 의하면, 카를 이바느이치 씨가 이 화약을 주었다는군요."

미미가 할머니의 말을 가로채며 말했다.

"그것 봐, 아주 훌륭한 사나이라니까!"

할머니는 다시 계속했다.

"그 사람은 어디 있지? 영감…… 저, 그 사람 이름이 뭐라고 했지? 그 사람을 이리로 불러오너라!"

"친지를 방문하겠다고 하기에 외출을 허락했습니다."

아버지가 말했다.

"그래도 되는 건가? 그 사람은 언제나 집에 있어야만 하는 사람 아냐? 하기는, 저 아이들이 자네 아이지 내 아인가! 그리고 자넨 나보다 현명하니까 나 같은 건 자네에게 충고할 자격도 없겠지만, 이제는 아이들을 생각해서라도 독일 농부 출신의 영감이 아닌 어엿한 가정교사를 고용할 때라고 생각하네. 버릇없는 태도와 티롤(오스트리아 서부와 이탈리아 북부의 알프스 산맥 지방 : 역주)의 노래밖에는 무엇 하나 아이들에게 가르쳐 줄 수 없는 위인이야. 대체 아이들에게 티롤 노래 따위를 가르쳐서 뭘 하겠다는 거지? 게다가 이제는 아무도 그런 것을 걱정해 줄 사람도 없으니, 자네 좋을 대로 해도 될는지 모르지만!"

'이제'란 말은 어머니가 죽은 지금이란 뜻이 들어 있어 할머니의 마음에 서러운 추억을 불러일으켰다. 할머니는 엄마의 초상화가 들어 있는 담배 쌈지에 눈을 떨구고는 깊은 상념에 잠겼다.

"사실 저도 이미 오래 전부터 그 문제에 대해 생각하고 있었습니다."

아버지는 서둘러 해명했다.

"진작 어머님께 의논드리려고 했어요. 지금 시간제로 아이들의 수업을 맡고 있는 생 제롬이란 사람을 새로 고용할까 하는데 어떠시겠어요?"

"그렇게만 한다면야 무얼 더 바라겠나."

할머니가 대답했다. 그 말투는 지금까지의 불만스러운 어조는 아니었다.

"생 제롬이라면 적어도 보통의 가정교사로서, 양가의 자녀들을 교육할 마음가짐 정도는 되어 있을 테니 말이야! 아이들을 산책에 데리고 다니는 것 외에 특별한 재주가 없는 영감 따위와는 근본적으로 다를 테지."

"그럼 내일이라도 당장 그쪽에다 말을 건네 보겠습니다."

이러한 대화가 있은 지 이틀 뒤에, 카를 이바느이치는 젊고 멋진 프랑스 인에게 자리를 내주고 말았다.

카를 이바느이치 이야기

카를 이바느이치가 우리를 영원히 떠나야 했던 전날 밤, 그는 솜을 누빈 실내복 차림에 잘 때 쓰는 빨간 모자를 쓰고 침대 옆에 서서 여행용 가방에 차곡차곡 자기 물건들을 넣고 있었다.

떠나기 전 우리를 대하는 카를 이바느이치의 태도는 무슨 이유 때문인지 매우 심드렁했다. 그는 마치 우리와의 교제를 피하고 싶어 하는 듯했다. 내가 방에 들어갔을 때도, 그는 눈을 치뜨고서 나를 한 번 흘끗 쳐다보더니 다시 하던 일을 계속했다. 내가 자신의 침대에 드러누워도 아무 말도 하지 않았다. 예전 같으면 절대 용납되지 않을 행동이었다. 그는 더 이상 우리를 야단치지 않을 것이며, 이제는 우리에게 더 이상 어떤 볼일도 없을 거라고 생각하는 것 같았다. 앞으로 있을 예고된 이별을 나에게 아주 생생하게 상기시켰다. 나는 그가 더 이상 우리를 사랑하지 않는 것이 슬퍼졌다. 난 그런 내 마음을 그에게 표현하고 싶었다.

"카를 이바느이치, 제가 도와 드릴게요."

내가 그에게 다가가며 말했다.

그는 나를 물끄러미 바라보다가 다시 고개를 돌렸지만, 나는 그의 눈빛에서, 그의 냉정한 태도에서 풍기는 진실한 동정의 슬픔을 보았다.

"하느님은 모든 것을 보고 있고, 모든 것을 알고 계시며, 모든 것이 그분의 신성한 뜻이다."

그가 몸을 쭉 펴면서 자세를 바로잡더니 힘들게 숨을 내쉬며 말했다.

"그래, 니콜렌카."

내가 진심으로 안타까워하는 표정으로 자기를 바라보고 있는 것을 알아차린 그가 계속해서 말을 이었다.

"내 운명은 아주 어린 유년 시절부터 죽을 때까지 불행 그 자체였지. 내가 사람들에게 베푼 착한 일에 대한 보답은 항상 나쁜 일로 되돌아왔어. 내가 받을 보상은 이 세상의 것이 아니라, 저 세상의 것인가 보다."

그가 하늘을 가리키며 말했다.

"언젠가 너희들이 이 세상에서 내가 살아왔던 모든 삶의 여정인, 나의 이야기를 알게 된다면……. 나는 제화 공장에서도 일했었고, 군인 생활도 했으며, 탈영병이기도 했지. 또 공장 노동자도 했고, 선생도 했지. 그런데 이제는 아무것도 아니야! 신의 아들인 내가 머리 숙여 경배드릴 곳이 아무 데도 없구나."

그가 눈을 감은 채 안락의자에 주저앉으면서 말했다.

그가 듣는 사람은 아랑곳하지 않고, 자기 자신에게 마음속에 담고 있던 생각들을 푸념하고 있는 것을 알고 있던 나는 아무 말 없이 그의 선량한 얼굴에서 눈을 떼지 않고 침대에 걸터앉았다.

"너희들도 더 이상 어린애가 아니니 이해할 수 있을 거야. 내가 이 세상에 살면서 겪었던 모든 것을 전부 이야기해 주마. 애야, 언제나 너희들을 매우 사랑했던 한 늙은 친구를 기억해 다오!"

그는 옆에 놓여져 있는 작은 의자에 턱을 괸 채, 담배 냄새를 맡더니 하늘을 향해 눈을 한 번 치켜뜨고, 평소에 우리에게 받아쓰기를 불러주던 특유의 리듬감 있는 목소리로 말했다. 먼저 서툰 러시아 어로, 이어 똑같은 내용을 독일어로 반복하면서 자신의 이야기를 시작했다.

"나는 이 세상에 태어나기 전 내 어머니 뱃속에 있을 때부터 불행했지."

그가 다시 한껏 감정을 실어 반복해 말했다.

그가 항상 동일한 표현과 어순, 그리고 언제나 일정한 억양으로 자신의 이야기를 여러 번 해주었기 때문에, 나는 그 내용을 글자 그대로 전달하기를 기대한다. 물론 독자들이 첫 번째 문장을 보고 판단할 수 있는 언어의 부정확성에 대해서는 예외로 할 것이다. 이 것이 그의 실제 이야기일 수도 있지만, 외로운 그가 우리 집에서 사는 내내 자주 반복해 이야기해서 사실이라고 믿기 시작한 환상일 수도 있다. 또는 자신이 경험한 실제 사건들을 환상으로 꾸며

냈을 수도 있지만, 나는 아직까지도 그중 어느 쪽인지 확신이 가지 않는다. 한편으로는 믿을 수밖에 없었다. 왜냐하면 그가 매우 사실적인 사건들과 지나칠 정도로 생생한 감정으로 자신의 인생에 대해 이야기했기 때문이다. 또 한편으로는 그의 이야기에 의구심을 가지게 되었다. 왜냐하면 그의 이야기에는 시적인 아름다운 표현이 무수했기 때문이다.

"내 피에는 귀족 폰 조머블라트 백작의 피가 흐르고 있다! 나는 결혼식을 치른 후 6주 만에 태어났지. 내 어머니의 남편, 내가 아버지라고 부른 사람은 조머블라트 백작의 소작인이었단다. 그는 어머니가 저지른 일을 잊지 못했고, 나를 사랑하지도 않았어. 내게는 남동생 요한과 두 명의 누이가 있었어. 하지만 나는 그들에게서 이방인이었지! 요한이 잘못을 저지르면 아버지는 이렇게 말하셨어. '이 카를이란 놈은 나를 한시도 편안하게 내버려 두질 않는군!' 아버지는 나를 욕하고 꾸짖고, 벌을 주었지. 누이들이 자기들끼리 싸우면 아버지는 이렇게 말하셨어. '카를은 절대 온순한 아이가 아니지!' 라고 하면서 나를 욕하고 벌주었지. 우리 어머니만 나를 사랑하고 보듬어 주셨지. 어머니는 종종 이런 말을 했지. '카를! 엄마 방으로 오너라.' 그리고 내게 조용히 입맞춤을 해주셨지. '불쌍한 내 아들! 가여운 카를!' 어머니가 내게 말하셨지. '아무도 너를 사랑하지 않지만, 나는 너를 그 누구와도 바꾸지 못한단다. 엄마가 너에게 한 가지만 부탁할게.' 어머니가 내게 말하셨어. '열심히 공부하고 정직한 사람이 되려고 항상 노력해야 해. 그러면 신이 너를 그냥 모른 척 내버려 두지는 않을 거야!' 그래서 나는 열심히 노력했어. 내가 열네 살이 되어 성찬식에 가게 되었을 때, 어머니가 아버지에게 말하셨어. '구스타프, 카를이 이제 다 컸는데, 우리가 그를 위해 무엇을 해줄까요?' 그러자 아버지는 이렇게 대답하시더군. '나는 모르겠소.' 그러자 어머니가 말했어. '카를을 시내에 있는 슐츠 씨 댁으로 보내요. 그는 제화공이 될 거예요!' 그 말에 아버지가 이렇게 대답했어. '좋아.' 나는 6년 7개월 동안 시내의 제화공 집에서 생활했는데, 주인은 나를 좋아했어. 그가 말했지. '카를은 좋은 일꾼이야. 조만간 나의 조수가 될 거야.' 하지만……사람은 미래를 예상하지만, 신은 뜻대로 하시지. 1796년에 신병 징집이 있었어. 18세부터 21세까지 군복무를 할 수 있는 사람은 모두 시내로 모여야 했지. 동생 요한과 아버지도 시내로 왔어. 우리는 누가 군인이 되고, 누가 군인이 안 될지 제비뽑기를 했지. 요한이 운 나쁘게 징집 번호를 뽑아서 그는 군인이 되어야 했어. 반면 나는 행운이 따른 번호를 뽑아서 군인이 되지 않아도 되었어. 그러자 아버지가 이렇게 말하더군. '내게는 아들이라곤 하나뿐인데, 그 아들과 생이별을 해야 하다니!' 난 아버지의 팔을 잡고 말했어. '아버지, 왜 그렇게 말씀하세요? 잠깐 저랑 같이 좀 가세요. 아버지께 드릴 말씀이 있어요.' 아버지와 나는 선술집의 작은 테이블에 마주보고 앉았어. '맥주 좀 주세요.' 내가 주문했어. 우리는 잔을 들어 건배하고 단숨에 마셔 버렸어. '아버지에게 아들이 하나뿐이라고, 헤어져야 한다고 말씀하지 마세요. 저는 그 말을 들을 때마다 가슴이 철렁하고 심장이 쪼그라드는 것 같아요. 요한 대신 제가 군인이 될게요! 누구도 저를 필요로 하지 않아요. 그러니 제가 군인이 될게요.' 내가 이렇게 말했어. '카를 이바느이치! 너는 정직한 사람이로구나.' 아버지가 내게 말했어. 그리고 내게 키스했지. 그래서 난 군인이 되었단다."

앞선 이야기의 연속

"니콜렌카, 그 당시는 정말 무서운 시기였단다."

카를 이바느이치가 연이어 말했다.

"나폴레옹 시대였지. 그는 독일을 침략하려 했어. 하지만 우리는 마지막 남은 피 한 방울까지 흘리면서 조국을 지켰지! 나는 울름 부근에서 근무했고, 아우스테를리츠 근교에서도 싸웠으며, 바그람 근교에서도 전투를 수행했지!"

"정말 전투에 참가하셨어요? 정말 사람들을 죽였나요?"

나는 너무 놀라 겁 먹은 토끼처럼 눈을 동그랗게 뜨고 그를 쳐다보면서 물었다.

카를 이바느이치가 곧바로 그 뒷이야기를 해서 나를 진정시켰다.

"한번은 부대에서 낙오한 프랑스 척탄병이 길에 쓰러져 있었지. 나는 총을 들고 단숨에 달려가서 그를 찌르려고 했지. 그런데 그가 무기를 버리고 용서를 빌더군. 그래서 그를 놓아주었어! 바그람 전투에서 나폴레옹 군대가 우리 부대를 섬까지 추격해 왔어. 구원이라고는 꿈도 꾸어 보지 못할 정도로 우리를 포위했지. 우리는 식량도 없이 3일 밤낮을 보냈고, 무릎까지 물이 차는 곳에 서 있었지. 그런데 그 못된 악당 나폴레옹은 그곳을 점령하지 않았어. 그런데도 우리를 놓아주지 않았지! 4일째 되던 날, 우리는 포로가 되어 요새로 잡혀 갔어. 참 다행스러운 일이었지. 나는 좋은 천으로 만든 파란색 군복을 입고 있었고, 가진 거라곤 15탈레르(3마르크 정도에 해당하는 옛 독일 은화 : 역주)와 은제 시계밖에 없었어. 시계는 아버지가 선물로 주신 거였어. 그런데 프랑스 '군인'이 그것마저 다 빼앗아 갔지. 그나마 어머니가 스웨터 안에 금화 세 냥을 넣고 바늘로 꿰매 준 것은 아무에게도 들키지 않았어! 나는 요새에서 오랫동안 잡혀 있고 싶지 않기 때문에 도망치기로 결심했지. 큰 축제가 열리던 날이었어. 우리를 감시하는 임무를 맡은 중사에게 말했지. '중사님, 저도 이 축제일을 기념하고 싶습니다. 마데이라 포도주 두 병만 구해 주실 수 있나요? 저랑 같이 드시지요.' 중사가 대답했어. '좋지.' 우리는 그가 구해 온 마데이라 포도주를 작은 잔에 따라 다 마셨지. 난 그 중사의 손을 꼭 붙잡고 말했어. '중사님에게도 부모님이 계시겠죠?' 그가 말했어. '있고말고. 마우에르 자네는…….' '저의 부모님은 8년 동안 저를 보지 못하고 있죠. 제가 살아 있는지, 아니면 벌써 죽어 오래전에 축축한 땅속에 파묻혀 있는지조차도 모르고 계시죠. 저기…… 중사님! 제 스웨터 안에 금화

두 냥이 있습니다. 그걸 받으시고 저를 풀어 주세요. 제발 저의 생명의 은인이 되어 주십시오. 그러면 제 어머니가 평생 동안 당신을 위해 기도할 거예요.' 중사는 포도주 잔을 비우고 말했어. '마우에르, 나는 자네를 몹시 좋아하고 안타깝게 생각한다네. 하지만 자네는 포로일뿐이고 나는 군인이야!' 나는 막무가내로 중사의 손을 붙잡고 '중사님!' 하고 애원하며 불렀지. '나도 자네가 가여운 사람이라는 걸 아네. 돈은 받지 않겠네, 하지만 자네를 도와주지. 내가자러 들어가면, 보드카 한 통을 사서 병사들에게 주게. 그럼 병사들도 잠들 거야. 오늘 밤 난 자네를 감시하지 않겠네.' 그는 매우착한 사람이었지. 나는 병사들에게 보드카 한 통을 사 주었어. 그리고 그들이 술에 취해 잠들었을 때, 낡은 외투를 걸치고 신발을신고 조용히 문을 열고 나갔지. 나는 둑으로 가서 뛰어내리려 했지만, 이미 물이 가득 차 있었어. 난 마지막 남은 옷을 더럽히고 싶지않았어. 그래서 정문으로 향했지. 보초병이 총을 들고 왔다 갔다하다가 나를 보았어. '거기 누구냐?' 그가 큰 소리로 물었어. 나는대답하지 않았어. 그가 다시 물었어. '거기 누구냐?' 그래도 난 대답하지 않았지. 여전히 침묵을 지켰지. 그가 세 번째로 물었어. '거기 누구냐?' 그때 나는 재빨리 도망쳤어. 나는 곧장 물속으로 뛰어들었고, 다른 방향으로 헤엄쳐서 도망쳤지. 밤새도록 나는 길을 따라 뛰고 또 뛰었어. 하지만 새벽녘 무렵 사람들이 나를 알아볼까봐 두려워지기 시작했어. 나는 호밀밭 속에 숨었지. 그곳에서 나는기도를 드렸어. 무릎을 꿇고 두 손을 모은 뒤, 하느님께 구해 주셔서 감사하다고 기도 드리고, 편안한 마음으로 잠 속에 빠져들었지. 나는 해질 무렵에 눈을 떴어. 그리고 다시 도망치기 시작했어. 그런데 어디선가 갑자기 검은색 말 두 마리가 끄는 커다란 독일 마차가 나를 뒤따라오는 거야. 마차 안에는 화려한 옷을 입은 사람이 앉아 있었어. 그는 담배를 피우면서 나를 쳐다보았어. 나는 마차가 나를 앞질러 가도록 천천히 걸었어. 그런데 내가 천천히 걷자, 마차도 천천히 가더군. 그리고 그 사람이 계속 나를 쳐다보았어. 내가 좀 더 빨리 걸으니까 마차도 좀 더 빨리 달리더군. 그러면서 그 사람은 계속해서 나를 다시 쳐다보았어. 내가 길가에 주저앉자, 그 사람은 말을 세우고 나를 쳐다보더군. '젊은이.' 그가 말했어. '자네는 이 늦은 시간에 어디를 가는가?' 내가 대답했지. '저는 프랑크푸르트로 가는 길입니다.' '내 마차에 자리가 남았으니 타게. 그곳까지 데려다 주겠네. 그런데 자네는 어째서 짐이 하나도 없고, 수염도 깎지 않고, 옷도 그렇게 더러운가?' 내가 그의 마차에 오르자 그가 물었어. '저는 가난한 일꾼입니다. 공장에라도 취직하려고 합니다. 옷은 흙탕물에 넘어져서 더러워졌습니다.' '젊은이, 자네는 거짓말을 하고 있군.' 그가 말했지. '지금 길은 아주 건조하네.' 그래서 나는 침묵했지. '사실대로 말해 보게. 자네가 누구인지, 어디서 오고 있는 길인지. 나는 자네가 마음에 드네. 자네가 정직한 사람이라면 내가 도와주겠네.' 착한 마음을 가진 그 사람이 내게 말했어. 그래서 난 그에게 모든 사실을 털어놓았어. 그러자 그가 말했지. '좋아, 젊은이. 나와 함께 내 공장으로 가세. 밧줄 공장이라네. 내가 자네에게 일자리와 옷, 그리고 돈을 주겠네. 이제부터 자네는 나와 함께 지내는 걸세.' 나는 몹시 기뻤어. '좋습니다. 감사합니다.' 우리는 밧줄 공장에 도착했어. 그 착한 사람이 자기 아내에게 말했어. '이 젊은이는 조국을 위해 싸우다가 포로로 잡혀 수용소에서 지내다가 도망쳤다는군. 그에게는 집도 없고, 옷도 없고, 돈도 없대요. 이제부터 그는 우리와 함께 여기서 살 거요. 저 사람에게 깨끗한 옷을 주고, 음식도 좀 준비해 줘요.' 나는 1년 반 동안 밧줄 공장에서 일했어. 주인은 나를 아주 마음에 들어 했어. 내가 떠나려고 할 때도 놓아주려 하지 않았지. 나도 그 주인과 그곳을 무척 좋아했어. 그 당시 나는 훤칠한 편이었지. 그리고 주인의 아내인 'L부인'은…… (나는 그녀의 이름을 말할 수 없지만), 그녀는 젊고 예뻤어. 그녀도 나를 사랑했어. 나를 보자마자 그녀는 내게 물었어. '마우에르 씨, 당신의 어머니는 당신을 어떻게 불렀나요?' 내가 대답했어. '카를헨이라고 부르셨어요.' 그러자 그녀가 말했어. '카를헨! 내 곁에 앉아요.' 나는 그녀 곁에 앉았어. 다시 그녀가 말했어. '카를헨! 내게 키스해 줘요.' 나는 그녀가 시키는 대로 했어. 내가 '그녀에게' 키스를 하자, '그녀'가 말했어. '카를헨! 당신을 사랑해요. 더 이상 못 참겠어요.' 그리고 '그녀'가 몸을 떨기 시작했어."

여기서 카를 이바느이치는 꽤 긴 시간 동안 말을 중단했다. 그러더니 잠시 후 푸른 눈을 크게 치켜뜨고 가볍게 머리를 흔들었다. 그리고는 행복했던 추억을 떠올릴 때 사람들이 짓는 그런 미소를 지었다.

그가 안락의자에서 자세를 고쳐 앉으면서 자신이 입고 있는 실내복에서 냄새를 맡더니 다시 말을 이었다.

"나는 내 인생에서 많은 일을 겪었어. 행복한 일도 불행한 일도 말야. 그렇지만 나의 증인은── 그가 자기 침대 위에 걸려 있는 자수를 놓은 수호성인을 가리키며 말했다── 누구도 카를 이바느이치가 정직하지 않은 사람이라고 말할 수는 없을 거야! 나는 L씨가 내게 베풀어 준 은혜를 배은망덕으로 갚고 싶지 않았어. 그래서 떠나기로 결심했지. 모두가 잠자리에 든 사이에 주인에게 편지를 썼어. 그걸 내 방 책상 위에 올려놓고, 옷과 3탈레르를 들고 살며시 공장에서 떠났지. 아무도 나를 보지 못했어. 나는 길을 따라 무작정 걸었어."

연 속

"난 9년 동안 어머니를 만나지 못했어. 그래서 어머니가 살아 계신지 돌아가셨는지도 알 수 없었지. 나는 고향으로 돌아갔지. 고향에 도착해서 사람들에게 조머블라트 백작의 소작인 구스타프 마우에르 씨가 어디 살고 있느냐고 물었어. 사람들이 말해 주더군. '조머블라트 백작은 죽었소. 구스타프 마우에르 씨는 큰 거리에서 리큐어 가게를 운영하고 있어요.' 나는 공장 주인이 내게 선물한 새 조끼와 고급 프록코트를 입고, 머리도 단정하게 손질한 다음 아버지의 가게로 갔어. 누이 마리헨이 가게에 있었어. 내게 무엇이 필요하냐고 묻더군. 내가 말했지. '리큐어 한 잔 주세요.' 그녀가 곧 큰소리로 묻더군. '아버지! 어떤 젊은이가 리큐어 한 잔 달라는데요.' 곧이어 아버지 목소리가 들렸어. '그 젊은이에게 리큐어 한 잔을 드려라.' 나는 작은 테이블 앞에 앉아 리큐어 한 잔을 비우고 담배를 피우면서 아버지와 마리헨, 그리고 가게 안으로 막 들어오고 있는 요한을 쳐다보았지. 그들 셋은 대화를 하다가 아버지가 내게 물었어. '젊은이, 자네는 지금 우리 군대가 어디에 주둔하고 있는지 아시오?' 내가 대답했어. '제가 군대에서 나오는 길입니다. 군대는 지금 빈 근교에 있습니다.' '우리 아들도……' 아버지가 말했지. '군인인데……. 9년 동안 그 녀석은 우리에게 한 번도 편지를 보내지 않아서 우리도 그 녀석이 죽었는지 살았는지도 모른답니다. 아내는 늘 그 애를 생각하며 울고 있답니다.' 난 여전히 담배를 피우면서 물었어. '아들 이름이 어떻게 되나요? 어디에서 근무했죠? 어쩌면 제가 그를 알지도 몰라요.' '그 애 이름은 카를 마우에르이고, 오스트리아 경기병 부대에서 근무했어요.' 아버지가 말했어. '우리 오빠는 당신처럼 키가 크고 잘생긴 청년이에요.' 누이 마리헨이 말했어. 내가 대답했지. '제가 당신 아들 카를을 압니다.' '아말리아!' 아버지가 갑자기 소리쳤어. '빨리 이리 와 봐요. 이 젊은이가 우리 카를을 알고 있다는군.' 잠시 후 나의 어머니가 뒷문에서 나오셨어. '당신이 우리 카를을 안다고요?' 어머니는 내게 물은 후 나를 봤어. 모두들 얼굴이 하얗게 질려서 나만 쳐다봤지. '예, 그를 본 적이 있어요.' 나는 이렇게 대답은 했지만, 당당히 고개를 들고 어머니를 볼 수가 없었지. 심장이 '오그라들' 것 같았기 때문이야. '우리 카를…… 아직 살아 있죠?' 어머니가 물었어. '오, 신이시여! 사랑스러운 내 아들 카를은 지금 어디 있습니까? 내 사랑스러운 아들 카를을 단 한 번만이라도 볼 수 있다면, 그럼 나는 죽어도 여한이 없을 텐데. 신이 허락해 주지 않는군요.' 그리고 어머니는 울기 시작했지. 나는 더 이상 참을 수가 없었어. '어머니.' 내가 말했어. '제가 바로 당신의 아들 카를이에요!' 그러자 어머니는 내 품에 쓰러지셨지."

여기까지 말하고 카를 이바느이치는 살며시 눈을 감았는데, 그의 입술은 떨리고 있었다.

"'어머니!' 하고 내가 불렀지. '제가 바로 당신의 카를, 당신의 아들이에요!' 말이 끝나기가 무섭게 그녀는 달려들어 나를 껴안았어."

카를 이바느이치는 조금씩 안정을 되찾기 시작했는지 반복해서 말하더니, 뺨을 따라 흐르는 굵은 눈물을 닦았다.

"하지만 신은 내가 조국에서 생을 마감하는 것을 바라지 않으셨는지 내게는 불운만 있었어. 어딜 가더라도 불행이 나를 뒤쫓아 왔어! 나는 고향에서 단 석 달 동안만 생활했어. 나는 어느 일요일에 커피 가게에 들러 맥주를 시켜 마시면서 담배를 피웠어. 그리고 아는 사람들과 프랑스 황제 나폴레옹, 전쟁 그리고 정치에 대해 이야기를 나눴어. 모두들 자기 의견을 말했지. 우리 옆에 회색 프록코트를 입은 낯선 사람이 앉아 있었어. 그 사람은 커피를 마시면서 담배를 피웠어. 우리와는 아무 말도 나누지 않았지. 10시가 되었을 때, 난 모자를 집어 들고 돈을 지불한 다음 집으로 돌아왔지. 그런데 누군가 한밤중에 문을 두드리지 않겠어. 잠에서 깬 나는 물었지. '누구십니까?' '당장 이 문을 여시오!' 내가 말했어. '누구신지 말을 하면 열겠소.' '법을 집행하는 중이니 어서 문을 여시오!' 문

밖에서 그렇게 말했어. 문을 열자, 총을 든 두 명의 군인이 문 밖에서 있는 것이 보였어. 그리고 회색 프록코트를 입은 낯선 사람이 방으로 들어왔지. 그는 커피 가게에서 옆 테이블에 앉아 있던 사람이었어. 스파이였던 거지! '나와 함께 갑시다!' 그가 말했어. '좋습니다.' 내가 대답했어. 나는 장화를 신고 바지를 입고, 멜빵을 한 다음 방을 향해서 걸었지. 화가 치밀어 올라 심장이 마구 뛰더군. 나는 속으로 말했지. '저 자식은 비열한 인간이다!' 나는 장검이 걸려 있는 벽으로 다가가 그것을 뽑아 들고 이렇게 외쳤어. '너는 스파이야. 어디 이 검을 막아 보아라!' 나는 오른쪽으로 한 번, 왼쪽으로 한 번 공격했어. 그리고 그의 머리도 한 번 공격했어. 결국 그 스파이는 쓰러졌지! 나는 돈과 가방을 챙긴 후 창문을 뛰어넘어 달아났어. 나는 엠스로 갔어. 그곳에서 '사진 속의 장군님'을 알게 되었지. 그분은 나를 매우 편애하셨어. 공사公使에게 부탁해 여권도 만들어 주셨고, 나를 러시아로 데려와서 아이들을 가르치도록 해주셨지. '사진 속의 장군님'이 돌아가시자, 네 어머니가 나를 초빙했어. '카를 이바느이치 씨, 제 자식들을 당신에게 맡길게요. 잘 돌봐 주시고, 많이 사랑해 주세요. 그리고 당신을 내보내지 않을 테니 그 점은 염려 마세요. 노후 걱정은 안 하셔도 돼요.' 지금은 네 어머니가 없으니 그 모든 게 부질없는 것이 되어 버렸지. 난 20년간 일했어. 하지만 이렇게 노년에 거리로 나가 빵 조각이나 찾아 헤매야 하는 신세가 되어 버렸지. 신도 이런 상황을 보고 있을 것이고, 알고 있을 거야. 이것 역시 모두 그분의 성스러운 뜻이겠지.

난 단지 너희들이 안타까울 뿐이야. 애들아!"

　그는 나를 잡고 자기 쪽으로 끌어당긴 후 조심스럽게 내 이마에
입맞춤을 하며 말을 끝맺었다.

0 점

1년 상이 끝나자 할머니를 충격으로 몰아넣었던 슬픔도 어느 정도 수그러었다. 할머니는 가끔씩 손님을 맞이할 정도로 회복되셨는데 특히 우리 또래의 남녀 아이들이 환영을 받았다.

12월 13일, 류보치카의 생일날에는 코르나코바 공작 부인과 그 딸들, 발라히나 부인과 소네치카, 일렌카와 이빈네 형제들이 식사 전에 미리 도착했다.

사람들이 모인 아래층에서 말소리와 웃음소리, 여기저기 뛰어다니는 발소리가 우리 있는 곳까지 들려왔다. 그런데 우리는 오전 수업이 끝날 때까지는 그 자리에 참석할 수가 없었다. 교실에 걸려 있는 시간표에는 '월요일 2시부터 3시까지 지리 및 역사 수업'이라 쓰여 있었다. 즉, 역사 수업이 시작되기를 기다려 강의를 듣고, 선생님이 가는 것을 배웅한 후가 아니면 자유로운 몸이 될 수 없는 것이다. 그런데 시간은 이미 2시 20분이나 되었는데도 역사 선생

님은 도착할 기미를 보이지 않았을 뿐 아니라, 그가 오는 길목에서
도 그의 모습은 보이질 않았다. 나는 역사 선생님이 오지 않았으면
하는 마음으로 길 쪽을 내다보고 있었다.

"레베데프 선생님은 오늘 쉬시는 모양이군."

스마라그도프의 《중세사》를 펴놓고 학습 준비를 하고 있던 볼로
쟈가 잠시 책에서 눈을 돌리면서 말했다.

"그러면 오죽이나 좋겠어? 나는 예습도 하지 못했어. 그런
데……, 어? 저기 오는 것 같아."

나는 실망한 목소리로 말했다.

"아니야, 저건 역사 선생님이 아니라 다른 신사야."

볼로쟈가 창가로 와서 밖을 보더니 말했다.

"하여튼 2시 반까지 기다려 보자."

볼로쟈는 공부를 하다가 휴식을 취할 때 언제나 그렇게 하듯, 기
지개를 켜고 머리를 긁적이며 이렇게 덧붙였다.

"만약 2시 반까지도 오지 않는다면, 생 제롬한테 공책을 치워도
되는지 물어보자."

"정말 오늘 같은 날은 오지 않았으면 좋겠어."

나도 그렇게 말하면서 기지개를 켜고는 손에 들고 있던 카이다
노프의 책을 머리 위로 빙글빙글 돌렸다.

우리는 심심하기도 해서 숙제의 내용이 나와 있는 부분을 읽기
시작했다. 범위가 넓고 어려운 데다가 늘 놀기만 하던 나로서는 무
엇 하나 기억하고 있는 것이 없어서 지금 그것을 암기한다는 것은

불가능했다. 더구나 그렇게 안절부절못하는 상태에서는 마음을 집중할 수가 없었기 때문에 더욱 그러했다.

지난번 역사 시간에 — 내게는 제일 지루하고 싫은 과목이었다 — 레베데프 선생은 내가 공부를 잘하지 못한다며 생 제롬에게 말하고 나서는, 5점 만점에 2점이라는 짠 점수를 주었다. 그때 생 제롬은 만약 다음에도 3점 이하를 받으면 엄중히 벌하겠다고 내게 주의를 주었다. 그런데 지금 그 시간이 눈앞에 다가왔으므로 솔직히 말해 전전긍긍할 수밖에 없었다.

나는 생전 처음 보는 것 같은 숙제를 반복해서 읽어 내려갔는데, 갑자기 옆방에서 덧신을 벗는 소리가 들렸다. 그만 가슴이 철렁했다. 그리고 내가 뒤돌아볼까 망설이는 사이에 벌써 문 입구에는, 견딜 수 없을 정도로 싫은 선생님의 못생긴 얼굴과 푸른 연미복에 교원을 상징하는 금단추를 채운 낯익은 모습이 나타났다.

선생님은 천천히 모자를 창가에 올려놓고 노트를 교탁 위에 놓은 다음, 양손으로 연미복을 열어 젖히고는 — 마치 중대한 일이라도 행할 것처럼 — 볼을 불룩거리고 숨을 내쉬면서 자리에 앉았다.

"그러면, 여러분……."

그는 땀이 밴 양손을 비비면서 말했다.

"지난번에 공부한 곳을 복습한 다음 중세사를 계속 하기로 합시다."

이것은 다름 아닌 숙제를 대답해 보라는 뜻이었다.

볼로쟈가 문제를 잘 알고 있는 사람에게 나타나는 확신에 찬 태도로 막힘없이 대답하고 있는 사이에, 나는 아무런 목적도 없이 층계참으로 나왔다. 그렇다고 아래층으로 내려갈 수도 없고 해서 자연 그곳에서 발을 멈출 수밖에 없었다. 그리고 내가 '관찰' 하기에 가장 좋다고 생각하고 있던 방문 뒤로 가서 자리를 잡으려는 순간, 언제나 내 불행의 원인이 되는 미미가 나와 부딪칠 뻔할 정도로 불쑥 나타났다.

"어머! 왜 이런 곳에 서 있어요?"

그녀는 무서운 표정으로 나를 노려보며 하녀 방으로 눈길을 돌리더니, 다시 내게 시선을 두고 말했다.

나는 교실을 몰래 빠져나온 사실에 대해 정말 미안한 생각이 들어서 잠자코 머리를 떨어뜨리고 진심으로 뉘우치는 모습을 보였다.

"정말, 어처구니가 없어서 말이 안 나오는군요! 도대체 여기서 뭐하고 있었어요?"

미미가 말했다.

나는 침묵으로 일관했다.

"정말이지 이 일은 그냥 지나칠 수 없어요."

손가락으로 계단의 난간을 두드리면서 그녀가 말했다.

"할머니에게 모든 걸 말씀드리겠어요."

내가 교실로 돌아갔을 때는 벌써 3시 5분 전이었다. 선생은 내가 나갔을 때도 그랬고 들어왔을 때도 마찬가지로 모르는 척하며 볼로쟈에게 다음번 숙제를 내고 있었다. 그가 강의를 마치고 노트를 거두어들일 무렵, 볼로쟈는 그날의 청강 카드를 가지러 옆방으로 나갔다. 문득 나는 '아아, 이것으로 전부 끝났구나. 나한테 숙제 물어보는 것을 잊었나 봐!' 하는 반가운 마음이 들었다.

그런데 돌연 선생님은 얄궂은 미소를 지으면서 내 쪽으로 돌아앉았다.

"니콜렌카도 물론 숙제를 암기했겠지요?"

그는 손을 비비면서 말했다.

"암기했습니다."

나는 대답했다.

"그럼, 성왕聖王 루이의 십자군에 대해서 말해 보세요."

의자 위에서 몸을 흔들며 앉아 있던 그가 시선을 발밑에 고정시키면서 말했다.

"우선 프랑스 왕이 십자군을 일으킨 동기부터 말해 보세요."

그는 눈썹을 치켜뜨더니 잉크 병을 만지작거리면서 말했다.

"그리고 다음에는 십자군 원정의 대표적인 특징들을 설명하고……."

이렇게 말하면서, 그는 마치 무엇인가 꼬투리를 잡으려는 듯 손목을 움직이면서 덧붙였다.

"그리고 마지막으로 이 원정이 유럽 전체에 끼친 영향!"

그는 노트로 교탁의 왼쪽을 두드리며 말했다.

"특히 프랑스 왕국에 미친 영향에 대해서 말해 보세요."

이번에는 탁자 오른쪽을 두들기면서 고개를 오른쪽으로 갸웃거리며 말을 맺었다.

나는 몇 번이고 침을 삼키면서 헛기침을 해 댔다. 그리고 고개를 숙이고 잠자코 있을 수밖에 없었다. 나는 책상 위에 있는 거위털 깃이 달린 펜을 들어 그 털을 잡아 뜯고 있었다. 그러면서도 여전히 침묵을 지켰다.

"펜은 이리 주세요."

손을 내밀면서 선생이 말했다.

"루이…… 성왕 루이는…… 성왕은 선량하고 현명한 왕이었습니다."

"누가 말입니까?"

"왕이…… 왕은 예루살렘으로의 원정을 꾀하고 왕위를 그의 어머니에게 넘겨주었습니다."

"그의 어머니의 이름은 무엇이었죠?"

"브, 브…… 블란카."

"뭐? 뭐라고요? 불란카?"

나는 부끄러운 마음에 히죽 웃어 버렸다.

"좋아요. 그리고 또 그 밖에 아는 것 있으면 말해 보세요."

선생님은 쓴웃음을 지으면서 말했다.

나는 더 이상 밑으로 떨어질 것도 없다는 생각에 헛기침을 한 번 하고 나서는 머리에 떠오르는 대로 아무것이나 주워섬겼다. 선생님은 내게서 빼앗은 거위털 펜으로 책상의 먼지를 털면서 다음의 말을 되풀이했다.

"옳지, 옳지. 아주 훌륭해요."

물론 나는 내 자신이 아무것도 모르며 또 그 표현조차도 엉망이라는 것을 잘 알고 있었다. 따라서 선생님이 내 답변을 제지하지도 않고, 고쳐 주지도 않는 것이 못 견디게 고통스러웠다.

"그러면 왕이 예루살렘 원정을 생각하게 된 동기는 무엇이죠?"

선생님은 내게 다시 물었다.

"그…… 그, 그것은 즉…… 요컨대……."

나는 극도로 당황해 더 이상 한마디도 말할 수 없었다. 만약 이 성질이 고약한 선생님이 만약 1년 동안 내 얼굴을 뚫어지게 노려본다 해도 나는 이 이상 일언반구도 할 수 없을 것 같았다.

선생님은 2, 3분 동안 말없이 내 얼굴을 들여다보다가 돌연 슬픈 표정을 짓더니, 마침 방에 들어온 볼로쟈를 보고 침통한 목소리로 이렇게 말했다.

"점수를 매길 테니 성적부를 가져오세요."

볼로쟈는 성적부를 내밀며 그 옆에다 조심스럽게 청강 카드를 놓았다.

선생님은 펜에다 얌전히 잉크를 묻히더니, 볼로쟈의 학업과 품행란에 깨끗한 글씨로 '5'라고 적었다. 하지만 내 점수를 기입할 때쯤에는 잠시 펜을 멈추고 내 얼굴을 힐끔 보더니 펜에 묻은 잉크를 털어 내면서 생각에 잠겼다.

선생님의 손이 약간 떨리었다. 이어 내 성적란에 깨끗하게 쓰여진 '0'자와 마침표 하나가 나타났다. 그리고 또 손이 움직이더니 이번에는 품행란에 역시 '0'자와 마침표 하나가 그려졌다.

선생님은 성적부를 조심스럽게 덮더니 절망과 애원과 힐난에 가득 찬 내 눈을 의식하지 못한 듯 묵묵히 일어서서 문 쪽으로 향했다.

"선생님!"

나는 그를 불렀다.

"안 됩니다."

내가 무슨 말을 하려는지 안다는 듯 선생님은 내 말을 가로막고 말했다.

"그런 식으로 공부해서는 안 됩니다. 나는 공짜로 월급을 타 가기는 싫거든요."

선생님은 덧신을 신고 나서 손으로 짠 외투를 걸친 다음 목도리를 꼼꼼하게 둘렀다. 그 태도는 마치 내 신상에 무슨 일이 일어나든 자기는 알 바 아니며, 또 그런 사소한 일을 가지고 목도리를 아무렇게나 두를 수 없다는 듯한 태도였다. 그러나 생각해 보라! 그에 있어서는 그저 펜을 움직이는 것에 불과하지만, 내게는 최대의 불행 아닌가!

"수업 끝나셨습니까?"

생 제롬이 방에 들어서면서 이렇게 물었다.

"네."

볼로쟈가 대답했다.

"오늘은 몇 점이지요?"

"5점입니다."

"니콜렌카는?"

나는 잠자코 있었다.

"4점 같아요."

볼로쟈가 대신 대답했다.

형은 적어도 오늘만은 나를 도와주어야 한다는 것을 알고 있었다. 내가 벌 받는 것을 원하지 않아서가 아니라, 집에 손님이 와 있는 만큼 오늘만은 무사히 넘어가야 한다는 마음이었을 것이다.

"자, 그럼 이제 준비하시고 아래층으로 내려갑시다."

생 제롬은 항상 '자, 그럼'을 넣어 말하는 버릇이 있었다.

열 쇠

우리가 아래층으로 내려가 손님들에게 인사를 하자마자 모두 식탁으로 자리를 옮겼다. 아버지는 몹시 기분 좋은 얼굴로 —— 요즘 트럼프 놀이에서 줄곧 따고 있었으므로 —— 류보치카에게 값비싼 은제 차 도구를 선물로 주었다. 뿐만 아니라 아버지는 식사 도중 그녀의 명명일 선물로 준비한 과자 상자를 별채에 놓아두고 온 것을 생각해 냈다.

"딴 사람을 시키느니 네가 직접 갖고 오는 것이 낫겠구나, 니콜렌카."

아버지는 내게 말했다.

"열쇠는 커다란 탁자 위에 있는 조개 껍질 속에 들어 있단다. 알았니? 그 안에 있는 제일 큰 열쇠를 가지고 오른쪽 두 번째 서랍을 열어라. 그 안에 작은 상자와 종이로 싼 과자가 들어 있으니까 그걸 모두 이리로 가져오렴."

"담배도 가져올까요?"

아버지는 언제나 식후에 담배를 피웠으므로 나는 그렇게 물었다.

"그래 가져오너라. 단, 다른 물건에는 일체 손을 대면 안 된다, 알겠지?"

밖으로 나가는 내 뒤에 대고 아버지가 소리쳤다.

아버지가 말해 준 장소에서 열쇠를 찾은 나는 곧 서랍을 열었다. 그런데 순간 열쇠 꾸러미에 섞여 있는 제일 작은 열쇠가 어디에 맞는 것인지 알고 싶어진 나는 호기심에 손을 멈췄다.

탁자 위에는 여러 가지 잡다한 물건들이 수두룩하게 있었는데, 그 물건들 틈에 조그만 자물쇠가 달린 수놓인 손가방이 탁자 가장자리를 두른 나무틀 옆에 놓여 있었다. 과연 이 작은 열쇠가 그것에 맞는지 나는 한번 시험해 보고 싶어졌다. 내 시도는 성공했다. 그 손가방이 열린 것이다. 나는 그 속에서 굉장히 많은 종이 다발을 발견했다. 불현듯 주체할 수 없는 호기심이 발동해서 나로 하여금 어떤 서류인지 읽어 보라고 꼬드겼다. 나는 양심의 소리에 귀 기울일 여지도 없이 가방 속의 물건을 검사하기 시작했다.

모든 어른들에 대한, 특히 아버지에 대한 어린이다운 절대적인 존경심이 내 내부에서 맹렬히 작용하고 있었기 때문에, 내 이성은 자기가 본 것에 대해 어떠한 결론을 구하는 것도 무의식적으로 거부했다. 내게는 아버지가 참으로 특수한 그리고 아름다운 환경 속에서 살고 있는 사람이라는 확신이 있었다. 그것은 나 따위가 도달하기 힘든, 이해하기 어려운 고원高遠한 세계였기 때문에, 이렇게 아버지의 비밀에 침입하려 드는 것은 신성을 욕되게 하는 것처럼 느껴졌다.

따라서 내가 아버지의 가방 속에서 우연히 발견한 물품들은, 내가 나쁜 짓을 했다는 막연한 의식 외에는 무엇 하나 명확한 개념을 남기지 않았다. 나는 부끄럽고 언짢은 기분이 들었다.

이러한 기분에 지배된 나는 되도록 빨리 가방을 잠그려 했다. 그런데 나는 오래도록 기억될 이 하루 동안에 온갖 불행을 맛보도록 운명 지어진 모양이었다. 자물쇠에 열쇠를 꽂고는 그만 반대로 돌려 버린 것이다. 나는 자물쇠가 잠겼으리라 생각하고 열쇠를 뽑았다. 그런데 이게 웬일인가? 내 손에는 열쇠의 둥그런 부분밖에 남지 않았다. 나는 눈에 보이지 않는 마법의 힘을 빌려서라도 자물쇠 안에 남아 있는 열쇠의 반을 뽑아내어 하나로 붙여 보려고 안간힘을 썼으나 허사였다. 결국 나는 또다시 새로운 죄를 범했다는 무서운 생각이 들었다. 더욱이 이 새로운 죄는 지금이라도 아버지가 서재로 들오기만 하면 즉시 발견되었다.

미미의 고자질과 0점, 그리고 열쇠! 이보다 더 나쁠 것은 없었다. 할머니는 미미가 일러바친 것 때문에, 생 제롬은 0점을 맞은 것 때문에, 아버지는 열쇠를 부러뜨린 것 때문에 나를 꾸짖을 것이다. 더욱이 이 모든 질책은 아마도 오늘 밤 안으로 내 머리 위에 떨어지고야 말 것이 아닌가.

'나는 대체 어떻게 될 것인가? 아아, 이 일을 어쩌면 좋단 말인가!'

나는 서재의 부드러운 양탄자 위를 걸으며 소리쳤다.

"어머니!"

나는 과자와 담배를 꺼내면서 나 자신에게 말했다.

"운명이란 피할 수 없는 법이지!"

나는 식당으로 돌아왔다.

어릴 적, 가정교사인 니콜라이에게서 들어온 이 숙명론적인 격언은 내 생애에 있어서 갖가지 곤란에 빠질 때마다 언제나 좋은 영향을 미쳐, 잠시나마 나를 안정시켜 주었다. 그리하여 내가 넓은 식당에 들어섰을 때는 다소 초조하고 부자연스러운 데가 있긴 했지만 어쨌든 비교적 쾌활한 기분이 되어 있었다.

배신자

식후에 놀이가 시작되었으므로 나는 활발하게 그 놀이에 참가했다. 그런데 '고양이와 쥐' 놀이를 하다가 그만 내가 서툴게 뛰는 바람에 코르나코바 가문 여자 가정교사의 치마를 밟아 여교사의 치마를 몇 군데 찢어 놓고 말았다. 그 여교사는 몹시 성난 얼굴로 치마를 꿰매기 위해 하녀들의 방으로 갔다. 그 모습이 거기 모인 소녀들을, 특히 소네치카를 재미있게 했으므로 나는 그녀들에게 또 한 번의 기쁨을 주기로 마음먹었다.

지나치게 친절한 이 계획에 의해 여교사가 돌아오자마자 나는 기다렸다는 듯이 그녀의 주위를 다시 뛰어다니기 시작했다. 그리고는 재차 구두의 뒤꿈치로 치맛자락을 찢을 기회가 올 때까지 이 짓을 멈추지 않았다. 소네치카와 공작의 딸들은 터져 나오는 웃음을 간신히 참았다. 그것이 또한 내 자만심에 더없는 만족을 주었다. 그렇지만 내 장난을 눈치 챈 생 제롬이 서슴지 않고 내 곁으로 달려오더니 눈살을 찌푸리며, 꾸짖었다.

"도련님, 무슨 나쁜 장난을 꾸미시나 본데 얌전히 있지 않으면 축일이고 뭐고 혼날 줄 알아요."

그러나 나는 흥분이 극에 달해 있었으므로, 그것은 마치 주머니 속의 돈보다도 훨씬 더 많은 액수의 돈을 잃은 도박꾼이 자포자기의 심정으로 계속해서 돈을 걸고 있는 것과 같았다. 이제 본전을 만회할 수 있으리라는 희망을 도저히 가져 볼 수 없음에도 불구하고, 다만 자기 자신을 돌이켜 볼 여유를 주지 않기 위해 덮어놓고 돈을 거는 데 불과한 것이었다. 나는 넉살 좋은 미소를 지으면서 그의 곁을 떠났다.

'고양이와 쥐'라는 놀이가 끝나자 이번에는 누군가가 '긴 코 하늘 찌르기'라는 놀이를 하자고 제안했다. 이 놀이는 의자를 두 줄로 마주보게 놓고, 남녀를 두 팀으로 나누어서 각자 자신의 짝을 고르도록 되어 있었다.

제일 나이 어린 공작의 딸은 언제나 이빈네 막내둥이를 뽑았고, 카텐카는 볼로쟈나 일렌카를 뽑았으며, 소네치카는 번번이 세료쟈를 뽑았다. 내가 무엇보다도 놀란 것은 세료쟈가 서슴지 않고 다가가 가까이 마주앉았는데도 그녀는 조금도 부끄러워하지 않았다. 그녀가 귀엽고 낭랑한 목소리로 웃으면서 고개를 흔들어 신호를 보내면 세료쟈는 곧 그것을 알아차리고는 그녀에게 다가갔다. 나를 자신의 짝으로 뽑아 주는 사람은 단 한 사람도 없었다. 천덕꾸러기가 되어 버렸다는 것을 깨달은 나는 자존심에 쓰라린 상처를 입었다. 그저 모두들 나를 보면서 이런 소리를 떠들어 댔다.

"아직 짝을 찾지 못한 사람 있나요? 아아, 니콜렌카가 남았군요. 그럼 당신은 저 사람하고 짝하세요."

따라서 내가 갈 곳이라고는 늘 누이동생이 있는 곳이나 제일 못생긴 공작의 딸들 중 하나였다. 더욱이 슬픈 일은 언제나 이런 일이 되풀이된다는 것이었다.

보아하니 소네치카는 세료쟈에게 홀딱 반해서 나 같은 건 안중에도 없는 것 같았다. 물론 그녀가 내게 세료쟈 따위는 뽑지 않아요, 저는 꼭 당신을 뽑을 거예요, 하고 약속한 적은 없었다. 따라서 무엇을 근거로 내가 그녀를 향해 마음속으로 배신자라고 외쳤는지는 나 스스로도 그 까닭을 알 수 없지만, 아무튼 나는 그녀를 비열하기 이를 데 없는 괘씸한 계집애라고 생각하기에 이르렀다.

놀이가 끝난 뒤 문득 정신을 차리고 보니, 내가 경멸해 마지않는 배신자는 —— 그렇지만 나는 그녀에게서 한시도 눈을 뗄 수가 없었다 —— 세료쟈, 카텐카와 셋이서 구석으로 가더니 무엇인가를 쑥덕거리고 있었다.

나는 그들의 비밀을 캐내기 위해 피아노 뒤를 돌아 몰래 접근했다. 그리고 다음과 같은 광경을 목격했다. 보라, 카텐카는 손수건의 양끝을 포장처럼 펼쳐 쥐고는 세료쟈와 소네치카의 머리를 가리고 있지 않는가.

"아, 아니에요, 당신이 졌어요. 자, 꼼짝하지 말고 서 있어요!"

소네치카는 마치 잘못이라도 저지른 사람처럼 양손을 드리우고 그 앞에 서 있었다. 그리고 얼굴을 붉히면서 이렇게 말했다.

"어머, 아니에요, 제가 진 게 아니에요. 그렇잖아요, 카텐카 양?"

"나는 거짓말하는 건 싫어요! 당신이 진 거예요, 소네치카!"

카텐카가 대답했다.

카텐카가 말을 끝내자마자 세료쟈는 슬쩍 몸을 굽혀 소네치카에게 재빨리 입맞춤을 했다. 더구나 그녀의 장밋빛 향기로운 입술 한가운데에다 입맞춤을 했다. 소네치카는 웃었다. 이런 것쯤은 아무 것도 아니라는 표정으로, 마치 유쾌하게 보이기까지 했다.

아, 이 얼마나 놀라운 일인가! 아, 저 교활하고 못된 배신자!

마음의 앙금

나는 갑자기 모든 여성, 특히 소네치카에게 경멸감을 느꼈다.

'이런 유희 따윈 조금도 재미없어! 계집애들이나 하는 장난이지.'

나는 이렇게 내 스스로를 위로했다. 나는 실컷 난폭해지고, 모두를 깜짝 놀라게 할 만한 용감무쌍한 짓을 해 보이고 싶었다. 그리고 그 기회는 곧 왔다.

생 제롬은 미미와 무언가를 의논하더니 방을 나갔다. 그들의 발소리는 계단에서 들리는 것 같더니 곧 우리의 머리 위, 즉 교실에서 들려왔다. 이것은 분명 미미가 수업 시간에 하녀 방 밖에서 나를 본 사건을 생 제롬에게 말하고, 생 제롬은 성적부를 확인하러 올라간 것이로구나 하는 생각이 퍼뜩 들었다.

당시의 나로서는 생 제롬에게 나를 벌하려는 생각 이외에 다른 목적이 있으리라고는 상상할 수 없었다. 어느 책에선가 읽은 바에 의하면 열두세 살이서 열네 살이나 열다섯 살까지의 아이들, 즉 사춘기의 소년들은 특히 방화나 살인을 할 경향이 높다고 했다. 나의 소년 시대, 특히 내게 있어 가장 불행했던 그 하루를 추억하면, 어떤 무서운 범죄라도 — 하등의 목적도 없이, 위해를 가해야겠다는 욕망도 없이, 그저 막연히 단순한 호기심이나 무의식적인 활동의 요구에 의해 — 능히 저지를 수 있다는 것을 나는 똑똑히 알고 있다. 인간의 생애에는 미래라는 것이 암담한 것으로 생각되어, 그곳에 마음의 눈을 돌리기조차 두려운 순간이 있는 법이다. 그러한 찰나에 인간은 전적으로 지성의 활동을 중지하고, 과거 따위는 없었으며 더군다나 미래 따위는 있을 수 없다는 확신을 가져 보려고 안간힘을 쓴다. 사상이 의지의 결정을 판단하지 않고, 육체적인 본능이 유일한 원동력이 되는 이런 순간에 경험을 쌓지 못한 어린이들은 사소한 망설임도 공포도 없이 호기심 가득한 미소를 머금고 사랑하는 부모 형제가 잠들어 있는 자기 집에다 마른 장작을 쌓아 놓고 불을 지르는 것이다.

나는 그런 기분을 이해할 수가 있었다. 그렇다, 이러한 일시적인 사고력의 결여, 거의 방심에 가까운 상태에 지배되어 열일곱, 여덟 살 가량 된 농민의 아들이 아버지가 엎드려 자고 있는 벤치 옆에서 방금 갈아 놓은 날이 선 도끼를 보다가, 그 도끼가 얼마나 잘 드는지를 시험하기 위해 엎드려 자고 있는 아버지의 목을 치고는, 벤치 밑으로 흘러내리는 선혈을 호기심 어린 멍한 눈으로 바라보는 것과 같은 참극이 벌어지는 것과 같다. 마찬가지로 이런 사고력의 결여와 본능적인 호기심에 지배되어 절벽 위에 서서 '저 밑으로 떨어지면 어떨까?' 하고 생각해 본다든가, 장전된 총을 이마에 대고 '방아쇠를 당기면 어떻게 될까?' 하고 생각해 본다든가, 한자리에 모여 앉은 사람들로부터 주인에 대한 노예들이 갖는 존경심을 받고 있는 명사名士의 그 잘난 체하는 얼굴을 보며 저 작자의 옆으로 가서 놈의 코를 잡고, '네 이놈 함께 나가자!' 하고 말한다면 어떻게 될까 하고 생각하는 것으로 일종의 쾌감을 느끼는 것이다.

나도 역시 이러한 내적인 흥분과 사고력의 결여 상태에 있었으므로, 생 제롬이 아래층으로 내려와서 "당신은 오늘 품행이 바르지 못했고, 공부도 제대로 하지 않았기 때문에 여기에 낄 자격이 없으니 2층으로 올라가라."고 했을 때, 나는 빨간 혓바닥을 날름 내밀며 "왜 나가! 안 나갈 거야!" 하고 대답했다. 이 최초의 순간, 생 제롬은 충격과 분노로 말을 잇지 못했다.

"좋아요!"

그는 곧 나를 뒤따르면서 이렇게 말했다.

"나는 이미 몇 번이나 도련님을 벌하리라 마음먹고 있었지만, 그때마다 번번이 할머니께서 용서해 주라고 말씀하셨기 때문에 지금껏 참아 왔습니다. 하지만 이번만은, 이번만은 결코 매를 휘두르지 않고 말을 듣게 할 방법이 없군요. 지금의 이 태도는 그러한 벌을 받고도 남아요."

그는 방 안에 있는 모든 사람들에게 들릴 정도의 쩌렁쩌렁한 목소리로 말했다. 그러자 온몸의 피가 내 심장으로 세차게 밀어닥쳤다. 고동은 격렬해지고, 얼굴은 창백해졌으며, 입술은 경련을 일으킨 듯 파르르 떨렸다. 이때의 내 모습은 분명 무서운 형상이었을 것이다. 왜냐하면 생 제롬이 성큼성큼 걸어오면서도 차마 나를 바로 보지 못하고 덥석 내 팔을 잡았기 때문이다. 그의 손이 내 몸에 닿자 나는 견딜 수 없는 혐오감에 격분한 나머지 나 자신을 잊어버렸다. 그래서 닥치는 대로 그의 손을 꼬집어 뜯으며, 있는 힘을 다해 그를 때렸다.

"야, 너 왜 그래?"

놀라움과 두려움으로 내 행동을 지켜보고 있던 볼로쟈가 곁으로 다가오며 말했다.

"내버려 둬!"

나는 울면서 외쳤다.

"아무도 나를 사랑해 주지 않는다고! 내가 얼마나 불행한지 아무도 알아주지 않는단 말야! 나는 모두가 싫어, 싫다고!"

나는 그곳에 있던 사람들을 상대로 미친 듯이 울부짖었다.

그런데 이때 생 제롬이 파랗게 질린 얼굴에 결의를 나타내면서 거침없이 다시 내게 걸어와서는 내가 방어 태세를 갖출 틈도 없이 재빠른 동작으로 내 양팔을 거칠게 움켜잡고 어디론가 강제로 끌고 갔다. 나는 흥분한 나머지 현기증이 일었다. 지금도 몸에 힘이 남아 있는 동안 머리와 발로 한사코 버틴 것, 그리고 내 코가 몇 번이고 누군가의 넓적다리에 부딪치고 누군가의 외투 자락이 내 입을 스친 것밖에는 기억이 나지 않는다. 생 제롬이 평소에 뿌리고

다니는 제비꽃 향수와 먼지 냄새가 느껴졌다. 지금 기억에 남는 것
은 그것뿐이다.

5분 후쯤, 내가 갇힌 창고의 문이 굳게 닫혔다.

"바실리!"

생 제롬은 기세등등한 기분 나쁜 목소리로 외쳤다.

"회초리를 가져와!"

공 상

　나는 그 당시 갖가지 불행을 겪은 뒤에도 과연 내가 떳떳이 살아
남아 이날의 불행을 추억할 때가 올 것이라고는 상상하지 못했다.
　내 자신이 저지른 행동을 생각해 보면 앞으로 내게 어떤 운명이
닥쳐올 것인지 상상할 수조차 없었다. 그러나 어쨌든 간에 내가 돌
이킬 수 없는 큰 실수를 저질렀다는 것만은 어렴풋하게 느낄 수 있
었다.
　처음 한동안은 아래층에도, 내 주위에도 깊은 정적만이 감돌았
다. 적어도 나 자신은 격심한 흥분에 휩싸여 있었으므로 그러한 기
분이 들었다. 그런데 차츰 시간이 지나면서 나는 여러 가지 소리를
분간할 수 있게 되었다. 아래층에서 올라온 바실리가 무엇인지는
모르지만 빗자루 같은 것을 창 밖으로 집어던지고는 하품을 하면
서 빵가루 통 위에 엎드려 잤다. 아래층에서는 생 제롬의 커다란
목소리가 들려왔다. 틀림없이 나에 관한 이야기를 하고 있었을 것

이다. 이어서 아이들의 목소리가 들리고, 웃음소리와 뛰어다니는 발소리도 들리기 시작했다. 또 몇 분이 경과한 뒤로 실내 분위기는 이전 분위기로 돌아갔다. 마치 내가 이런 캄캄한 창고 속에 갇혀 있다는 것을 아무도 모를뿐더러 생각도 하지 않는 것 같았다.

그러나 나는 울지 않았다. 하지만 가슴속에는 돌덩이처럼 무거운 것이 가로놓여 있었다. 여러 가지 상념과 환영이 내 흐트러진 머릿속을 이상하게도 빠른 속도로 잇따라 스쳐 갔다. 그렇지만 내게 닥칠 불행에 대한 의식들이 이 상념과 환영의 기괴한 사슬을 계속해서 끊어 버렸다. 그래서 나는 다시 나를 기다리고 있는 미지의 운명에 대한 불안과 공포, 그리고 절망이 뒤섞인 출구 없는 미궁으로 떨어져 갔다.

'모두가 나를 사랑해 주지 않을뿐더러 오히려 미워하는 데에는 반드시 어떤 내가 모르는 원인이 있음이 분명하다.'

나는 이런 생각이 머리에 떠올랐다. 이때 나는 할머니를 비롯해서 마부인 필리프에 이르기까지 모두가 나를 미워하고 있으며, 나의 괴로움을 고소하게 생각하고 있다고 단언했던 것이다.

'나는 필시 아버지와 어머니의 자식이 아니고, 볼로쟈의 동생도 아니며, 오직 자비심에서 주워다 기른 불쌍한 고아임에 틀림없다.'

나는 이러한 생각까지 했다. 게다가 이 부질없는 생각이 내 쓸쓸한 심정에 일종의 위안을 주었을 뿐만 아니라, 마치 이것이 사실인 것처럼 생각되기까지 했다. 내가 불행한 것은 내가 나빠서가 아니라 태어난 그 순간부터 그러한 운명을 지고 났기 때문이다. 내 운명은 불행한 카를 이바느이치의 경우와 흡사하다. 나는 이렇게 생각함으로써 억지로 위안을 얻었다.

"그렇다면 이렇게 내 스스로 출생의 비밀을 안 이상 계속해서 그것을 감출 필요가 있을까?"

나는 혼자서 중얼거렸다.

"그렇다. 내일이라도 아버지에게 가서 이렇게 말하자. '아버지, 아버지는 제 출생의 비밀을 감추고 계시지만 소용없습니다. 저는 이미 모든 걸 다 알고 있는걸요.' 그러면 아버지는 이렇게 대답하겠지. '할 수 없구나. 어차피 알게 될 일이니 네게 말해 주마. 사실 너는 내 친자식은 아니지만 이미 양자로 입적이 되어 있다. 그러니 네가 사랑을 받을 만한 자격이 있다면 나는 결코 너를 버리지 않겠다.' 그렇다면 나는 이렇게 말해야지. '아버지, 아버지라고 부를 만한 권리가 내게는 없지만, 그래도 마지막으로 한 번만 더 부르게 해주세요. 저는 언제나 아버지를 사랑해 왔습니다. 또 앞으로도 그러할 것입니다. 아버지는 제 은인이십니다. 저는 결코 그것을 잊지 않을 거예요. 하지만 더 이상은 아버지의 집에서 생활할 수가 없습니다. 이곳에서는 아무도 저를 사랑해 주지 않으니까요. 생 제롬은 오히려 저를 파멸시키겠다고 맹세할 정도예요. 그 사람이 나가든가, 아니면 제가 이 집을 나가지 않으면 안 됩니다. 그렇지 않으면 제 자신이 무슨 일을 저지를지 몰라요. 저는 그 사람을 증오하고 있어요. 저는 반드시 그놈을 죽일 거예요.' 그래, 이렇게 말해야지. 아버지는 물론 나를 달랠 것이다. 그러면 나는 손을 저으면서 이렇게 말해야지. '안 돼요, 아버지. 말씀은 고맙지만 이미 우리는 함께 살 수 없는 사람들이에요. 제발 저에게 마지막 작별의 축복을 해주세요.' 이렇게 말하면서 나는 아버지의 품에 안기어, 굳이 프랑스어로 말할 필요는 없지만 그래도 그렇게 하자. '오오, 나의 아버지여! 나의 은인이시여! 내게 최후의 축복을 해주소서. 모든 것을 하느님의 뜻에 맡기겠나이다.' 하고 말이야."

나는 캄캄한 창고 속의 뒤주 위에 걸터앉아 이런 것을 생각하며 훌쩍훌쩍 울었다. 그런데 갑자기 나를 기다리고 있는 수치스런 벌칙이 머릿속에 떠오르자 돌연 현실이 분명하게 그 모습을 드러냈다. 공상은 이내 연기처럼 사라졌다.

그런가 하면 또다시 나는 이제는 집을 나와 자유의 몸이 된 내 자신을 상상하기도 했다. 경기병이 되어 싸움터로 출정한다. 사방에서 적이 나를 노리고 밀어닥친다. 나는 칼을 휘두르며 그중 한 명을 살해하고, 또다시 휘둘러 한 사람, 한 사람……. 와! 이리하여 부상을 입고 지칠 대로 지친 나는 '승리!' 라고 외치며 끝내 땅 위에 쓰러진다. 얼마 후 장군이 말을 타고 다가와서는 '그 용사는 어디 있는가? 아군을 승리로 이끈 용사는?' 하고 묻는다. 병사들이 내가 있는 쪽을 가리키자, 장군은 나를 얼싸안고 환희의 눈물을 흘리며 '대승리! 대승리!' 라고 외친다. 차츰 회복이 된 나는 검은 붕대로 팔을 동여매고, 트베르스코이의 가로수 길을 산책한다. 나는 이제 장군이다! 그런데 뜻밖에도 저쪽 길을 지나시던 황제께서 나를 발견하시고는 '저 부상당한 청년은 누군가?' 라며 나에 대해 물어보신다. 시종들이 '저분은 그 유명한 영웅, 니콜라이입니다.' 라고 말씀드린다. 그러면 황제는 내 곁에 가까이 오셔서, '짐은 그대에게 감사한다. 무엇이든 서슴지 말고 말해 보라. 그대의 소망을 이루어 주리라!' 하고 말씀하신다. 나는 공손히 예를 올린 후 사벨(서양식 긴 칼 : 역주)에 의지하고 서서 이렇게 대답할 것이다. '황제 폐하! 저는 조국을 위해 피를 흘릴 수 있었다는 걸 행복으로 여깁니다. 조국을 위해 한 목숨 던지는 것은 제 본분이지요. 하지만 무엇이든 바라는 바를 말하라는 분부가 계셨으니, 그 자비심에 힘입어 감히 말씀드리고자 합니다. 제발 저의 원수인 생 제롬이라는 프랑스 인을 제 손으로 처치할 수 있도록 허락해 주십시오. 저는 원수인 생 제롬을 파멸시키고 싶습니다.' 그러면 나는 생 제롬 앞에 노기등등한 태도로 서서 이렇게 말해 주는 거야. '네놈은 내 불행의 원인이다! 자, 무릎을 꿇고 엎드려라!' 그런데 갑자기 생 제롬이 회초리를 들고 진짜로 들어올지도 모른다는 생각이 엄습하자, 나는 조국을 구하는 장군이 아니라 참으로 한심하고 비참한 존재로서의 나 자신을 보았다.

이렇게 생각하니, 이번에는 또 신이라는 상념이 떠올랐다. 나는 대담하게도 신에게 어찌하여 나를 이렇게 벌하느냐며 힐난했다. '나는 아침저녁으로 기도를 게을리 한 적이 없습니다. 그런데 어찌하여 이렇게 괴로워해야 한단 말입니까?' 나는 감히 단언하건대, 사실 소년 시절에 나를 번민에 빠뜨린 종교적 의혹의 첫걸음을 바로 이때 내디뎠던 것이다. 그러나 그것은 불행이 원망과 불신을 불러일으켰기 때문이라기보다 하루 밤낮 동안에 걸친 정신적 혼란 속에서 떠오른 '하느님의 불공평'이라는 관념이 비 온 후의 부드러운 땅 위에 떨어진 독초의 씨앗처럼 점점 자라서 뿌리를 내린 결과라고 할 수 있다. 그런가 하면 때로는 또 내 스스로가 꼭 거기서 죽을 것이라는 상상에 빠지기도 했다. 그리하여 이제는 살아난 대신, 생명을 잃은 시체를 창고 속에서 발견한 생 제롬의 놀라움을 여러 가지로 마음에 그려 보기도 했다. 죽은 사람의 영혼은 만 40일 동안 집을 떠나지 않는다는 나탈리야 사비슈나의 이야기를 떠올리면서, 나는 마음속으로 내가 죽은 후에 보이지 않는 존재가 되어 집 안을 뛰어다니며 류보치카의 마음으로부터의 비탄이나 할머니의 애도 그리고 아빠와 생 제롬과의 대화 따위를 엿듣는 광경을 상상했다. '그놈은 정말 좋은 아이였지.'라고 아빠가 눈물을 글썽이며 말하면, 생 제롬이 '그렇지요. 그러나 정말이지 어떻게 해 볼 수조차 없는 개구쟁이였죠'라고 대답한다. '여보게, 그게 무슨 말인가? 죽은 사람에게는 경의를 표해야만 하는 걸세!'라고 아빠가 꾸짖는다. '그 애가 죽은 것도 따지고 보면 다 자네 때문이야. 그 애는 자네가 주려고 했던 굴욕을 견디지 못했던 거야. 에이, 자네 같은 악당은 필요 없으니 그만 이 집을 나가게!' 그러면 생 제롬은 엎드려 울면서 용서를 빌 것이다. 40일이 지나면 내 영혼은 하늘로 날아가 버린다. 나는 하늘에 올라 무엇인지 모를 하얗고 투명한, 또 가늘고 놀랄 만큼 아름다운 그 무엇과 만난다. 아아, 이것이 나의 엄마로구나 하고 나는 느낀다. 이 하얀 무엇인가가 나를 둘러

싼 채 어루만지기도 하고, 쓰다듬어 주기도 한다. 그런데 나는 불안감을 감출 수가 없다. 엄마의 옛 모습을 확실히 분간할 수가 없기 때문이다. '참으로 나의 엄마시라면 좀 더 분명히 그 모습을 보여 주십시오. 제가 품에 안길 수 있도록 말입니다.' 내가 이렇게 말하면 엄마가 '여기서는 모두 이렇단다. 이보다 더 분명히 포옹할 수는 없어. 하지만 얘야, 이대로도 좋지 않니!' 라고 말한다. 내가 '네에, 이것으로도 충분히 행복하지만, 엄마는 저를 쓰다듬어 주실 수도 없고, 저 역시 엄마의 손에다 키스할 수도 없으니 시시해요.' 라고 말하면, 엄마는 '그런 것은 하지 않아도 괜찮다. 여기서는 이 것만으로도 흡족하니까.' 라고 말한다. 내게도 점점 만족감이 밀려온다. 그리하여 엄마와 둘이서 위로만, 위로만 올라간다.

그러나 이때 나는 잠에서 깬 모양이다. 정신을 차려 보니 나는 변함없이 캄캄한 창고 속의 뒤주 위에 쭈그리고 앉아서 두 뺨을 눈물로 흠뻑 적신 채, '둘이서 위로만, 위로만 올라간다.' 라는 말을 아무 생각 없이 되풀이하고 있었다. 나는 내가 처한 상황을 분명히 하려고 오랫동안 최대한의 노력을 기울였다. 그러나 내 눈에 보이는 현실이란 무섭도록 캄캄하고 까마득하여 암담할 뿐이었다. 나는 처참한 현실을 잊게 해준 행복한 공상으로 다시 되돌아가기 위해 애를 써 본다. 그런데 이상하게도 이전의 공상 궤도에 들어서자마자 그 궤도를 계속해서 달린다는 것이 불가능하다는 것을 알았다. 그리고 더욱더 이상한 것은 이러한 공상이 이제는 아무런 만족도 주지 못한다는 것이었다.

밀도 맷돌에 갈아야 가루가 된다

나는 창고 속에서 하룻밤을 지냈다. 아무도 나를 찾아와 주지 않았다. 다음날인 일요일에는 교실 옆 작은 방으로 옮겨져 또다시 감금되었다. 이것으로 나는 나에 대한 처벌이 감금만으로 끝날 것 같다는 막연한 기대를 갖기 시작했다. 그러자 내 마음은 달콤한 숙면과 냉기로 유리창에 얼어붙은 꽃무늬 모양의 성에에 비치는 반짝이는 햇빛 그리고 변함없이 들려오는 큰길의 소음으로 인해 차츰 안정을 되찾았다. 그렇지만 이 고독한 유폐는 역시 못 견디게 괴로운 것이었다. 나는 운동이 하고 싶어졌다. 또한 가슴에 맺힌 응어리를 풀기 위해 누군가와 이야기하고 싶어졌다. 그러나 주위에 생명을 가진 존재라고는 전혀 없었다. 그런데 생 제롬이 자신의 방을 거닐면서 한가롭게 어떤 신나는 노래를 휘파람으로 불고 있지 않은가. 그 소리가 들리자 나는 한층 더 불쾌해졌다. 나는 그가 휘파람 부는 것을 원하지 않으면서도 일부러 나를 약올리기 위해 저렇게 하고 있는 것이라고 확신했다.

2시가 되자 생 제롬과 볼로쟈는 아래층으로 내려가고, 니콜라이가 내게 식사를 가져왔다. 그래서 나는 어제 내가 한 일과 나를 기다리고 있는 수난에 대해서 이 하인과 이야기를 나누었다. 그가 내게 말했다.

"그렇게 낙담하실 필요는 없어요, 도련님! 밀도 맷돌에 갈아야 가루가 된다고 하지 않습니까?"

후일에 이르러서도 언제나 내게 힘을 주었던 이 구절은 이때에도 물론 어느 정도는 나를 달래 주었지만, 지금 가져다 준 것이 빵과 물만이 아니라 아주 제대로 갖추어진 정식 상차림이라는 사실이, 더군다나 장미꽃 모양의 쿠키가 곁들여져 있다는 사실이 나를 조용히 생각에 젖어들게 했다. 장미꽃 모양의 쿠키가 곁들여져 있지 않았다면 나에 대한 처벌은 금고형에 해당되지만, 이렇게 되고 보면 나는 아직 벌을 받은 것이 아니라 다만 아주 해로운 존재이기 때문에 다른 사람들과 격리되어 있는 것에 지나지 않고, 아직까지도 나에 대한 처벌이 남아 있다는 뜻이 되기 때문이다. 내가 이 문제의 해결에 몰두하고 있을 무렵 나를 가둬 놓은 방의 자물쇠가 딸그락거리더니 생 제롬이 엄한 표정을 지으면서 들어왔다.

"할머님께 갑시다."

그는 내 얼굴을 보지도 않고 말했다. 내가 밖으로 나가기 전에 분필이 묻은 외투의 소매를 털려고 하자 생 제롬은 그럴 필요 없다고 말했다. 그것은 꼭 너처럼 아주 형편없는 정신 상태에 빠져 있는 녀석은 그런 겉치레 따위는 아무 소용이 없다는 태도였다.

생 제롬이 내 손을 끌고 가자 카텐카와 류보치카, 볼로쟈는 마치 매주 월요일마다 창밖으로 끌려가는 죄수라도 보는 것 같은 눈길로 나를 힐끔힐끔 쳐다보았다. 또 내가 할머니 손에 키스하려고 안락의자에 다가가자, 할머니는 얼굴을 돌리고 망토 밑으로 손을 감추었다.

"얘, 니콜렌카!"

할머니는 퍽 오랜 동안 침묵을 지키며, 내 머리 꼭대기에서부터 발끝까지 뚫어지게 훑어본 후 입을 열었다. 이 시선에 압도된 나는 그만 몸 둘 바를 몰랐다.

"너, 그러고서도 내 사랑에 감사하고 진심으로 나를 위로해 준다고 할 수 있니? 생 제롬 씨는 내 부탁으로……."

할머니는 한마디, 한마디를 길게 끌며 또다시 말했다.

"너희들의 교육을 맡아 주셨어. 그런데 이제는 우리 집에 계시기 싫다고 하시는구나. 그 까닭을 알겠니? 바로 니콜렌카 너 때문이야. 너는 이분의 친절한 보살핌에 대해 고맙게 생각할 줄 알았는데……."

할머니는 잠깐 동안 입을 다물었다가는 이내 또다시 계속했다. 마치 당신의 말이 미리 준비된 것임을 증명하는 듯한 어조였다.

"나는 네가 이분께 염려 끼치는 것을 죄송하게 생각하리라 믿었는데, 아직 젖내도 가시지 않은 너 같은 풋내기 어린 녀석이 감히 이분께 덤빌 생각을 한다는 게 말이나 될 법한 소리니! 정말이지

널 다시 보아야겠구나. 하지만 나도 이제는 확실히 알았다. 너 같은 녀석은 좋은 대접을 받을 자격이 없으니까 그에 상응하는 취급을 해야겠어. 자, 어서 이분께 사과해라!"

생 제롬을 가리키면서 할머니는 엄하게 명령하듯 덧붙였다.

"알아들었느냐?"

나는 할머니가 가리키는 방향을 보았다. 순간 생 제롬의 외투 자락이 보였으므로, 나는 얼른 고개를 돌려 버렸다. 또다시 심장이 터질 것만 같아서 나는 그 자리에 꼼짝하지 않고 있었다.

"왜 그렇게 서 있는 거니? 내 말이 들리지 않느냐?"

나는 전신을 부들부들 떨었다. 그러나 여전히 움직이지는 않았다.

"니콜렌카!"

내 정신적인 고뇌를 알아차렸음인지, 할머니는 나를 이렇게 불렀다.

"니콜렌카야!"

이제는 명령이 아닌 애정이 깃든 다정한 음성이었다.

"너답잖게 이게 무슨 짓이니?"

"할머니! 저는 이 사람에게 용서를 구할 아무런 이유가 없기 때문에 빌지 않겠어요. 절대로……."

이렇게 나는 입을 열기 시작했으나, 갑자기 말문이 막히고 말았다. 이 이상 한마디라도 했다가는 목구멍까지 올라와 있는 울음을 억제하지 못할 것만 같았다.

"나는 네게 명령하고 있고, 또 네게 부탁하고 있는 거야. 그런데도 너는 대체 어찌된 거냐?"

"저……저……시, 싫어요. 전 할 수 없어요."

나는 딱 잘라 말했다. 그러자 가슴속에 차 있던 울음이 둑을 무너뜨린 홍수처럼 터져 나오기 시작했다.

"아, 도련님은 새어머니가 생겨도 그런 태도를 취할 작정입니까? 그런 태도로 새어머니의 친절에 보답할 작정이냐고요?"

생 제롬은 마치 신파극의 대사를 외우듯 이렇게 말했다.

"무, 무릎 꿇어요!"

"아아, 네 어미가 살아서 이런 꼴을 보았다면 어찌 되었을꼬……."

할머니는 내게서 얼굴을 돌리고는 흐르는 눈물을 닦으면서 말했다.

"만일 네 어미가 보았다면…… 아아, 오히려 죽기를 잘했다. 네 어미는 이런 슬픔을 견디지 못했을 거야. 아무렴, 이런 꼴을 보고 어떻게 참을 수가 있겠니……."

이렇게 말하면서, 할머니는 더욱더 슬프게 흐느꼈다. 나 역시도 눈물을 흘렸지만 잘못을 빌 생각은 전혀 없었다.

"부탁입니다. 제발 진정하십시오. 백작 부인."

생 제롬이 말했다.

그러나 할머니는 더 이상 그의 말에 귀 기울이지 않고 양손으로 얼굴을 가렸다. 울음은 이미 통곡으로 바뀌고, 이어 히스테리로 변했다. 미미와 가샤가 놀란 얼굴로 달려왔다. 강렬한 약 냄새가 풍겨 오기 시작하더니, 갑자기 온 집안이 소란스럽고 어수선해졌다.

"자, 보세요. 이게 다 도련님 때문이라고요."

생 제롬은 나를 2층으로 데리고 가면서 말했다.

'내가 정말 큰일을 저질렀구나! 이제 나는 큰 죄인이야!'

생 제롬이 내게 방에 들어가 있으라고 말하고 아래층으로 내려가자마자, 나는 무턱대고 큰길을 향해 난 큰 계단을 단숨에 뛰어 내려갔다.

정말 집을 뛰쳐나가려고 한 건지, 아니면 투신이라도 하려고 했는지는 지금 기억나지 않는다. 다만 나는 아무도 보지 않기 위해 양손으로 얼굴을 가리며 계단을 뛰어 내려간 것만 기억날 뿐이다.

"너 어디 가는 거니? 니콜렌카! 마침 네게 볼일이 있어 왔다."

갑자기 귀에 익은 음성이 들려왔다.

나는 그 옆을 그냥 지나치려고 했다. 그러나 아버지가 내 손을 잡고 위엄 있는 태도로 말했다.

"자, 나하고 같이 가자꾸나! 너 별채에 있는 내 손가방에 손댔지?"

아버지는 나를 강제로 잡아끌고 긴 의자가 있는 작은 방으로 들어가면서 말했다.

"왜 잠자코 있는 거지? 이놈!"

아버지는 내 귀를 잡아당기면서 말했다.

"잘못했습니다, 아버지……. 어떻게 해서 그런 짓을 하게 되었는지 제 자신도 모르겠어요."

내가 대답했다.

"뭐야? 어째서 그런 짓을 했는지 모르겠다고? 몰라? 모르겠다
고? 정말 모르겠다는 거냐?"

아버지는 한마디, 한마디 말할 때마다 내 귀를 잡아당기면서 같
은 말을 되풀이했다.

"내가 분명 다른 물건에 손대지 말라고 했건만, 감히 내 물건에
손을 대? 응? 왜 손을 댔느냐 말이다!"

나는 귀가 찢어질 듯한 통증을 느꼈지만 울지 않았다. 아니, 울
지 않았을 뿐 아니라 오히려 정신적인 쾌감을 느꼈다. 그래서 아버
지가 귀를 놓자마자 나는 그 손을 다시 잡고, 비로소 눈물을 보이
면서 키스를 퍼부었다.

"더욱 꾸짖어 주세요, 아버지……."

나는 울면서 말했다.

"더욱더 아프게 혼내 주세요. 저는 쓸모없고 못된 놈이에요. 저
는 불행한 인간이에요."

"너 왜 그러니?"

아버지는 나를 가볍게 밀어내면서 물었다.

"싫어요. 저는 이 방에서 절대로 한 발짝도 나가지 않을 거예
요."

나는 아버지의 옷자락에 매달리면서 말했다.

"모두가 저를 미워해요. 저도 다 알고 있어요. 하지만 아버지만

은 제발 제 말을 끝까지 들어주세요. 그리고 나서 제 편이 되어 주시든가, 아니면 집에서 내쫓으시든가 마음대로 하세요. 하여튼 저는 그와는 도저히 같이 살 수 없어요. 그는 어떻게 해서든 저에게 모욕을 줄 궁리만 하고 있단 말예요. 그는 저더러 자기 앞에서 무릎을 꿇으라고 했어요. 저는 참을 수가 없어요. 저는 이제 어린애가 아니에요. 그 따위 모욕은 참을 수 없어요. 차라리 제가 죽는 게 나아요. 그는 또 제가 망나니라며 할머니에게 일러바쳤어요. 그래서 지금 할머니가 쓰러지셨어요. 어쩌면 돌아가실지도 몰라요. 저…… 저…… 저 때문에, 그래서 저는 더 이상…… 그 사람과는…… 아버지, 제발 저를 더 때려 주세요. 아, 도대체 왜 그렇게 저를 괴롭히는지……."

나는 울음으로 목이 메어 소파에 주저앉고 말았다. 더 이상 말할 기력을 잃은 나는 아버지의 무릎에 얼굴을 파묻고 소리 내어 울었다.

"아무것도 아닌 걸 가지고 바보처럼 왜 우니?"

아버지는 내게 몸을 굽혀 동정이 깃든 숙연한 목소리로 말했다.

"그는 폭군이에요. 저를 괴롭히는 재미로 산다니까요. 저는 죽어 버릴 거예요……. 아무도 저를 좋아하지 않는단 말이에요!"

나는 이렇게 말하고 그만 심한 경련을 일으켰다.

아버지는 나를 안아다가 침대에 눕혔다. 나는 곧 잠이 들었다.

내가 눈을 떴을 때는 이미 캄캄한 밤이었다. 침대 옆에는 촛불 한 개가 밝혀져 있었다. 방에는 주치의와 미미 그리고 류보치카가 앉아 있었다. 그들의 얼굴색으로 보건대, 그들은 내 건강을 걱정하고 있는 듯했다. 나는 열두 시간이나 계속해서 잠을 잔 뒤라 마음이 한결 상쾌해졌다. 내가 아프다고 생각하고 있는 그들의 확신을 깨뜨린다는 불쾌한 결과만 생기지 않는다면 나는 당장이라도 침대에서 일어나고 싶었다.

증 오

    그렇다, 이것이야말로 진정한 증오의 감정으로, 소설 속에서 쓰여지는 그런 증오가 아니다. 나는 그런 증오를 믿지도 않는다. 소설 속에 나오는 증오는 어떤 사람에게 악을 행하고, 그 안에서 일종의 쾌감을 찾는 것이지만 내가 말하는 이 증오는 당신의 존경을 받고 있는 사람에 대한 참을 수 없는 혐오감을 갖게 하는 것이다. 따라서 당신에게는 그의 머리카락, 목, 걸음걸이, 목소리, 그의 모든 신체 부분과 모든 행동이 반감을 갖게 하고, 그와 더불어 어떤 이해할 수 없는 힘의 작용에 의해 당신은 그에게로 이끌려 가서 그의 아주 작은 행동 하나까지도 항상 불안한 마음으로 지켜보게 되는 것이다. 나는 생 제롬에게서 이런 감정을 경험했다.

    생 제롬이 우리와 함께 생활한 지도 벌써 1년 반이나 되었다. 나는 지금 그를 냉정하게 평가하면서 그가 좋은 사람일 뿐만 아니라, 꽤 높은 수준의 프랑스 인이라는 사실을 발견하게 되었다. 그는 어리석지 않을 만큼 많은 교육도 받았고, 우리와의 관계에서도 자신의 임무를 양심적으로 충실하게 수행했다.

하지만 그는 러시아 인의 기질과는 반대되는 다른 모든 프랑스 인들과 같은 공통점을 가지고 있었는데, 그것은 경솔한 이기주의와 허영심, 뻔뻔스러움 그리고 무례할 정도의 자기애의 독특한 성격이다. 나는 이 모든 것이 마음에 들지 않았다. 물론 할머니가 육체적인 벌에 대한 자신의 생각을 설명했기 때문에 그가 감히 매를 들 수는 없었다. 그러나 그는 자주, 특히 회초리로 위협하면서, 마치 나를 때리는 것이 자신에게 아주 대단한 만족을 주는 듯한 억양으로 '때린다'를 혐오스럽게 발음했다.

나는 결코 체벌의 아픔을 두려워하지도 않았고, 한 번도 경험해 본 적도 없다. 하지만 생 제롬이 회초리로 나를 때릴 수도 있다는 생각에 절망과 분노의 기분을 느꼈다.

카를 이바느이치가 매우 화났을 때, 선을 긋는 자나 멜빵으로 우리를 혼낸 적은 있었다. 그렇지만 나는 그 일을 회상하면서도 분하다는 생각은 들지 않는다. 오히려 그 시기 ── 내가 열네 살이었을 때 ── 에는 설혹 카를 이바느이치가 나를 때리는 경우가 있었다 하더라도, 나는 냉정한 마음으로 체벌을 감수했을 것이다. 나는 그를 매우 좋아했고, 내가 철이 든 이후로는 나 자신만큼이나 그를 이해했으며, 또한 우리 가족의 구성원으로 생각하는 데 익숙해 있었다. 하지만 독선적이고 자존심이 강한 생 제롬에 대해서는 일반적으로 모든 어른에게 표시하는 존경심 말고는 어떠한 감정도 느낄 수 없었다. 카를 이바느이치는 내가 진심으로 좋아하는 재미있는 노인이었지만, 나의 어린 생각에서 보는 관점이었다 할지라도 그는 모든 사회적 지위에 있어 늘 자신을 낮추었다. 반면에 생 제롬은 교양 있고, 모든 사람과 동등해지려고 노력하는 젊고 잘생긴 멋쟁이였다.

카를 이바느이치는 우리를 야단치거나 벌을 줄 때는 항상 냉정하게 행동했다. 그는 이런 것이 필요한 것이라고 여기면서도 그다지 달갑지 않은 의무라고 생각하는 것 같았다. 이와는 반대로 생 제롬은 가르치는 사람의 입장에 서는 것을 즐기는 듯했다. 그가 우리에게 벌을 줄 때에는 우리를 교육시키기 위해서라기보다 마치 스스로의 만족을 위해서 행하는 것 같았다. 그가 마지막 음절에 강한 악센트를 넣어 말하는 프랑스식 표현이나 '악센트가 실린 표현'은 나에게 참을 수 없는 역겨움을 주었다. 화를 낼 때 카를 이바느이치는 "이게 인형극이야, 개구쟁이 꼬마, 샴페인에 달라붙은 파리"라는 말을 쓰곤 했으나 생 제롬은 우리를 부를 때 '쓸모없는 놈, 파렴치한' 등등이라고 모역적인 말을 했다.

카를 이바느이치는 우리에게 구석을 보고 무릎을 꿇게 했는데, 그는 이런 자세로 인해 찾아오는 육체적인 고통의 벌을 주었지만 생 제롬은 가슴을 쭉 내밀고 손동작을 크게 하면서 신경질적인 목소리로 이렇게 소리쳤다.

"무릎 꿇어, 이 망나니들!"

그리고 얼굴을 자기 쪽으로 향해 무릎을 꿇리고 용서를 빌도록 했다. 이런 체벌은 우리에게 매우 심한 굴욕감을 주었다.

　그는 내게 벌을 주지는 않았다. 그리고 어느 누구도 나에게 일어 났던 일에 대해 상기시켜 주지 않았다. 하지만 내가 겪었던 모든 것, 그 이틀 동안에 느꼈던 절망감과 수치심, 공포와 증오심을 결코 잊어버릴 수가 없었다. 그 이후로 생 제롬이 마치 나에 대해 단념이라도 한 것처럼, 나를 전혀 신경 쓰지 않았음에도 불구하고, 나는 그를 아무렇지 않게 대하는 것이 익숙해지지 않았다. 우연히 눈이라도 마주칠 때면 내 시선에는 항상 지나치게 노골적인 적개심이 드러났으므로 나는 급하게 냉정한 표정을 지었다. 하지만 그는 내가 일부러 차갑게 짓고 있는 표정의 본심을 꿰뚫고 있는 것 같아서 나는 빨개진 얼굴로 그를 외면해 버렸다.

　결론적으로 내게는 그와 어떤 관계로든 맺어지는 것이 말할 수 없을 정도로 힘든 일이었다.

하녀의 방

　나는 점점 더 외롭다는 느낌을 가지게 되었고, 이제 그 고독한 가운데서 사색하고, 관찰하는 것이 내 유일한 즐거움이 되었다. 사색의 대상에 대해서는 다음 장에서 말하기로 하겠다.

　그런데 내 관찰의 무대는 하녀들이 기거하는 방이었다. 이곳에서는 흥미롭고 감동적인 로맨스가 이루어졌다. 이 로맨스의 여주인공은 말할 필요도 없이 마샤였다. 그녀는 바실리를 사랑하고 있었다. 바실리는 그녀가 자유로운 몸이었을 때부터 아는 사이로, 그때부터 이들은 정혼한 사이였다. 그런데 5년 전에 운명은 이 두 사람을 갈라놓고 말았다. 하지만 운명은 또다시 이들을 할머니 집에서 맺어 주었다. 그런데 그만 이들의 사랑에 니콜라이라는 장애물이 개입하게 되었다. 니콜라이는 마샤의 큰아버지였다. 그는 조카딸과 바실리의 혼담에 대해서 처음부터 들으려고도 하지 않았으며, 바실리를 가리켜 몰상식한 건달배라고 불렀다.

이 장애물은 지금까지 비교적 냉정한 태도를 취했던 바실리에게, 갑자기 마샤에 대한 연정을 불타오르게끔 하는 결과를 초래했다. 마샤에 대한 연정은 그로 하여금 붉은색 루바슈카를 입게 하고, 반질반질하게 포마드를 바르도록 했다. 정말이지 그는 재단사 출신의 하인이 아니고서는 도저히 그렇게 할 수 없을 정도로 멋을 부렸다.

그의 사랑의 표시는 참으로 이상하고 엉뚱했다. ─ 가령 그는 마샤와 만날 때마다 그녀를 괴롭히고 또 그렇게 하려고 애를 쓰는 것 같았다. 꼬집거나 손바닥으로 때리기도 하고, 숨이 막힐 정도로 세게 끌어안기도 했다. ─ 그러나 그의 사랑만큼은 아주 맹렬한 것이었다. 그 증거로 니콜라이가 조카딸과의 결혼을 완강히 거절한 이후부터 바실리는 자포자기의 심정으로 술을 마시기 시작했으며, 이 술집 저 술집을 전전하며 행패를 부리기도 했다. 한마디로 어리석게 행동하여 유치장에 들어가 부끄러운 처벌을 받은 일도 한두 번이 아니었다. 그렇지만 이 어리석은 행동도 마샤의 눈에는 오로지 그의 진심을 나타내는 증거로밖에 보이지 않았으며, 그에 대한 연정을 더욱더 사무치게 할 뿐이었다. 바실리가 유치장에 들어가는 날이면 마샤는 눈물이 마를 겨를도 없이 울면서 자기의 슬픈 운명을 언제나 가샤에게 호소했다. ─ 가샤는 불행한 연인들의 문제에 대해 진심으로 동정하고 여러 가지로 힘이 되어 주었다 ─ 그리고 큰아버지의 꾸지람과 폭력에도 개의치 않고 비밀리에 경찰서로 달려가서는 그를 면회하고 위로해 주었다.

친애하는 독자 여러분, 내가 지금 말하는 이러한 사람들의 세계를 아무쪼록 경멸하지 말아 주십시오. 만약 여러분의 마음속에 사랑과 동정의 금선琴線이 풀려 있지 않다면 하녀들의 방 안에서 가득히 공명하는 소리를 발견할 수 있을 것입니다. 여러분이 내 뒤를 따라오든 말든, 나는 하녀들의 방에서 일어나는 사건들이 손에 잡힐 듯이 내려다보이는 계단의 층계참으로 발길을 돌리겠습니다.

우선 페치카가 눈에 들어오고, 다림질에 쓰이는 인두와 코가 떨어져 나간 인형, 그릇과 세숫대야 따위가 그 위에 놓여 있다. 그리고 다음은 창문이다. 창 위에는 검은 양초 도막과 명주실 뭉치, 먹다 남은 오이와 과자 상자 등이 어질러져 있다. 그리고 붉은 탁자가 눈에 보인다. 탁자 위에는 무명에 수를 놓기 시작한 지 얼마 되지 않은 자수틀이 벽돌로 지질러져 있고, 그 앞에는 장밋빛 삼베옷을 입은 그녀, 특히나 하늘색 숄을 걸친 내가 아주 좋아하는 그녀가 앉아 있다. 그녀는 수를 놓으면서 때때로 손을 멈추거나, 바늘 끝으로 머리를 긁거나, 촛불의 심지를 바로잡고 있다. 나는 이러한 것을 보면서 다음의 것을 생각한다.

'저렇게 맑고 푸른 눈과 저토록 아름다운 아마 빛의 머리카락 그리고 풍만하게 부풀어 오른 가슴을 가진 그녀가 왜 귀족의 따님으로 태어나지 못했을까? 그녀가 만일 장밋빛 리본이 달린 부인용 두건에 진홍색 비단옷을 입고 — 미미가 입고 있는 값싼 옷이 아니라 트베르스코이 거리에서 본 그러한 옷을 입고 — 단정하게 응접실에 앉아 있다면 정말 잘 어울릴 텐데! 그리고 그곳에서 자수틀을 앞에 놓고 수를 놓고 있으면, 거울에 비친 그 아름다운 자태를 내가 얼마든지 바라볼 수 있을 텐데! 그녀가 무엇을 희망하든지 간에 나는 그녀를 위한 일이라면 모두 들어줄 것이다. 외투도 사 줄 것이고, 식사 심부름도 해 줄 수 있을 텐데……'

그런데 저 바실리의 술 취한 얼굴과 더러워진 빨간 루바슈카 위에 품이 좁은 상의를 걸친 저 보기 흉한 꼴은 무엇이란 말인가! 그 자의 몸짓 하나하나에서, 그리고 등의 윤곽 하나하나에서 나는 그놈이 경찰에서 받은 무서운 형벌의 흔적을 분명하게 보는 것만 같았다.

"웬일이에요, 바실리! 또 마셨어요?"

마샤는 실패에 바늘을 꽂으면서, 방으로 들어오는 바실리에게 눈길도 주지 않고 이렇게 말했다.

"어쩔 수 없잖아. 이게 다 그 인간 덕분이니까."

바실리는 그렇게 대답했다.

"차라리 단숨에 급소라도 찔러 주면 좋으련만 이렇게 속을 썩게 하니 이거 어디 견디겠어? 모두 그 인간 때문이라고, 안 그래?"

"차 좀 드시겠어요?"

나데즈다라는 하녀가 그에게 물었다.

"고맙군. 한 잔 주겠어? 그건 그렇다 치고 대체 무엇 때문에 당신 큰아버진가 하는 그 도둑놈은 사람을 그렇게 미워하는 거야? 무슨 까닭이지? 내 반반한 옷가지들이 그렇게 배가 아파? 말하자면 내 힘찬 모습이나 걸음걸이가 못마땅하다 이거겠지. 에이, 제기

랄!"

바실리는 한 손을 내저으며 말을 맺었다.

"당신은 좀 고분고분할 필요가 있어요."

마샤는 앞니로 실을 끊으면서 말했다.

"정말 큰일이에요. 당신은 항상 그 모양이니……."

"이제는 더 이상 더 견딜 수가 없어서 그래!"

이때 할머니 방 쪽에서 문소리가 나더니, 계단을 올라오면서 투덜거리는 가샤의 목소리가 들려왔다.

"본인 스스로도 어떻게 해야 할지 모르는 판에 어떻게 옆에서 마음에 들게 하라는 거야! 아아, 이놈의 세상 정말 싫어서 못살겠어. 이건 징역살이야, 징역살이라고! 오직 한 가지…… 아아, 하느님! 제가 죄스러운 생각을 했습니다. 부디 용서하소서."

그녀는 두 손을 내저으며 이렇게 말했다.

"아가피야 미하일로브나, 안녕하세요?"

바실리는 약간 허리를 굽혀 그녀에게 인사했다.

"아, 자네로군. 저쪽으로 비키게. 나는 자네 같은 사람의 인사 따위 받을 생각 없네!"

그녀는 무서운 눈으로 상대방을 노려보면서 말했다.

"그리고 말일세, 자네가 이런 곳엘 왜 왔지? 사내가 계집애들 방에 출입해도 괜찮다고 생각하나?"

"그게 아니라 사실은 당신께 문안을 드리려고 온 거예요."

그는 약간 두려운 눈빛으로 그녀에게 말했다.

"나는 이제 곧 죽을 거야. 그러니 문안 따윈 하지 않아도 좋아!"

좀 전보다도 더 무서운 얼굴로 그녀는 버럭 소리를 질렀다.

바실리가 웃었다.

"뭣 때문에 웃는 거지? 나가라면 빨리 나갈 것이지, 뭐야 그 꼴은! 그런 꼴로 색시를 얻겠다고 하니 정말 뻔뻔하군! 못된 놈 같으니라고! 자, 어서 나가지 못해?"

아가피야 미하일로브나는 유리창이 부서져라 하고 문을 닫아 버리고는 거칠게 발을 구르면서 자기 방으로 갔다.

그 후로도 또다시 칸막이 저쪽에서 누구랄 것도 없이 닥치는 대로 욕설을 퍼붓고, 자신의 신세를 저주하면서 손닿는 대로 집어 던지며, 그처럼 소중히 아끼던 고양이의 귀를 잡아당기는 소리가 들려왔다. 끝내 방문이 열리더니 꼬리가 잡혀 내던져진 고양이가 가엾은 소리로 울어 대면서 뛰어나왔다.

"차는 다음에 와서 마시는 게 낫겠어. 그럼 안녕!"

바실리가 나데즈다에게 나직이 말했다.

"그래요. 저기 잠깐, 저쪽에 가서 사모바르가 끓고 있는지 보고 올게요."

나데즈다가 그에게 눈짓을 해 보이며 말했다.

"그래, 우리도 이참에 아주 결판을 내자고."

나데즈다가 방을 나가자마자, 바실리는 마샤 곁으로 다가가서 계속 말했다.

"직접 백작 부인께 가서 '사실은 여차여차해서 이렇게 되었습니

다’ 하고 털어놓든가, 아니면 다 집어치우고 다른 데로 가 버리든
가 해야지 이거야 원……."

"그럼 뒤에 남은 저는 어떻게 되는 거죠?"

"당신만큼은 정말 불쌍해. 당신만 아니었다면 나는 이미 오래전
에 자유로운 곳으로 떠났을 거야. 정말이야. 정말이라고!"

"그건 그렇다 치고 바실리, 당신은 왜 루바슈카를 빨아 달라고
가져오지 않는 거예요?"

마샤는 이렇게 말했다.

"자, 보세요. 이렇게 더럽잖아요!"

그녀는 바실리의 옷깃을 잡아당기며 덧붙였다.

이때 아래층에서 할머니의 호출 종소리가 들려왔고 가샤가 자기
방에서 나왔다.

"참 징글맞은 사내야! 도대체 마샤의 뭘 손에 넣고 싶어서 그러
는 거지?"

그녀를 보고 황급히 일어서는 바실리를 문 밖으로 쫓아내면서
그녀가 말했다.

"마샤를 이렇게 만들어 놓고 또 뭐가 부족해서 이러는 거야? 자
네는 마샤가 울며 지내는 게 재밌는 모양이지? 어쩌면 사내가 저렇
게도 뻔뻔스러울까? 썩 나가지 못해? 나는 자네 같은 사람은 꼴도
보기 싫어! 그리고 너도 그래!"

그녀는 마샤를 보고 또다시 말을 이었다.

"대체 저런 사내 어디가 좋다고 그러는 거냐? 저놈 때문에 오늘

큰아버지한테 맞고서도 아직 정신을 못 차렸어? 바실리가 아니면 결혼을 안 하겠다고 하니 정말 안타깝구나. 정말 네 고집도 알아 줘야 해."

"네에, 그래요. 전 아무하고도 결혼하지 않겠어요. 설령 맞아죽는 한이 있더라도 딴 남자하고는 결혼하지 않을 거예요."

갑자기 울음보를 터뜨리면서 마샤가 말했다.

나는 상자 위에 엎드려 수건으로 눈물을 닦고 있는 마샤를 오랫동안 지켜보았다. 나는 어떻게 해서든 바실리에 대한 내 편견을 바꾸어, 마샤가 저처럼 좋아하는 이유가 어디에 있는지 알아내기 위해 무진장 애를 썼다. 하지만 나는 진심으로 그녀의 슬픔에 동정을 느꼈음에도 불구하고, 어째서 마샤와 같은 매혹적인 처녀가 바실리 따위를 사랑하는지 납득할 수가 없었다.

2층 내 방으로 돌아와서 나는 마음속으로 이런 생각을 했다.

'내가 크면 페트로프스코예 마을은 내 것이 된다. 그리고 바실리도 마샤도 내 노예나 마찬가지인 하인이 된다. 내가 서재에서 파이프를 물고 있으면 마샤가 다리미를 가지고 부엌 쪽으로 지나간다. 그러면 나는 마샤를 불러오라고 분부한다. 이어 마샤가 달려온다. 방 안에는 아무도 없다. 그런데 갑자기 바실리가 들어와서 마샤를 보고 내 인생은 이제 모든 게 끝났어!라고 말한다. 마샤도 흐느껴 울기 시작한다. 이때 내가 '여보게, 바실리. 자네가 이 여자를 사랑하고, 이 여자도 자네를 사랑하고 있다는 걸 나도 잘 알고 있네. 자, 내가 자네에게 1000루블을 줄 테니 이 돈으로 결혼식을 올리

게나. 아무쪼록 행복하길 바라네.' 하고 말하고는 나는 밖으로 나
가 버린다.'

우리의 머릿속에서 흔적도 없이 스쳐 가는 수많은 허망한 상념
이나 공상들 사이에서도 유별나게 깊은 자국을 남기고 가는 공상
들도 더러 있다. 따라서 이제는 그 상념의 본질을 잊어버렸지만,
무엇인가 그럴듯한 그 어떤 것이 머릿속에 있었던 것만은 분명히
기억하게 되는 법이다. 우리는 그러한 상념의 흔적들을 느끼며 다
시 한 번 그것을 부활시켜 보려고 노력한다. 바실리와 결혼함으로
써 행복해질 수 있는 마샤를 위하여, 또 그녀의 그 행복을 위해 내
감정을 희생하려고 했던 생각이, 마음속에 그러한 종류의 흔적을
남겼다.

소년 시대

　소년 시절에 내가 즐겨하던 사색의 대상에 관해 말한다고 한들 아마 그것을 사실로 여길 사람은 없을 것이다. 그만큼 내 사색의 대상은 나이와 환경에 맞지 않았다. 그러나 내 생각에 의하건대, 인간이 처해 있는 환경과 정신적 활동이 일치되지 않는다는 사실이야말로, 이 진실을 증명하는 가장 올바른 징표인 것 같다.

　1년 정도 내부로만 잠기는 고독한 생활을 보내는 동안 나는 인간의 사명이라든가 내세, 영혼 불멸이라든가 하는 추상적인 문제들을 마음속에 떠올렸다. 그리고 아직 미숙하기 그지없는 내 지성은 무경험자에게서 나타나는 뜨거운 열정으로 사상 최고의 수준에 속하는 이러한 문제들을 ── 인간의 지성이 도달할 수는 있지만 결코 해결할 수 없는 거창한 문제들을 풀려고 애썼다.

　인간의 이성은 모든 세대에서 진행되었던 것과 마찬가지로, 개개인의 경우에 있어서도 동일한 발달의 경로를 밟는 것이라 생각

된다. 다양한 철학적 이론의 토대가 되는 여러 가지 사상은 이성의 일부분을 이루는 것으로서, 각 개인은 이러한 철학적 이론의 본질에 대한 것을 터득하기 이전에 이미 그러한 사상을 다소나마 의식하게 되는 것이다.

내 경우에 있어서 이러한 사상은 지극히 명료하고 놀라울 만큼 강력한 힘으로 나타났기 때문에, 나는 내가 제일 먼저 이러한 위대하고 유익한 진리를 발견한 것처럼 생각되어 이것을 실생활에 응용해 보려고까지 노력할 정도였다.

한번은 머릿속에 이런 생각이 떠올랐다. 다름이 아니라 우리의 행복은 외부의 모든 원인에 좌우되는 것이 아니라, 오직 이에 대한 우리의 태도에 좌우된다는 생각이다. 예컨대, 고통을 참고 견디는 것에 단련된 인간은 결코 불행해질 수 없다는 등의 생각이 떠오른 것이다. 그래서 나는 육체적 고통에 익숙해지기 위해 무서운 고통을 참고 견디며 5분이나 타티시체프의 대사전을 머리 위로 쳐들고 있거나, 창고에 가서 스스로 웃통을 벗고 밧줄로 벌거벗은 등을 눈물이 날 정도로 세게 때리기도 했다.

또 어떤 때는 언제 어느 때 갑자기 죽음이 닥칠지도 모른다는 생각에, 어째서 세상 사람들은 지금까지 이것을 깨닫지 못했는지 의아하게 여기면서, 미래를 생각하지 말고 오로지 현재만을 즐기는 외에 행복을 얻는 길은 없다고 단정해 버리기도 했다. 그 결과 이러한 관념에 지배된 나는 사흘 동안이나 수업을 빼먹고 침대에 누워 소설 따위를 탐독하기도 하고, 지갑을 털어 고급 꿀을 바른 과자를 실컷 사다 먹는 것을 일과로 삼은 적도 있었다.

그리고 한번은 칠판 앞에 서서 분필로 여러 가지 모양을 그리는 동안에 문득 다음과 같은 상념에 사로잡히기도 했다. '왜 대칭이 눈으로 보기에 조화로울까? 도대체 대칭이란 무엇인가?' 그것은 천부적인 감각이라고 내 스스로 답했다. '그렇다면 이 감각은 무엇에 근거를 둔 것일까? 과연 이 대칭이란 인간 삶의 모든 면에 있는 것일까? 어림도 없다.' 이렇게 말하면서 나는 칠판에 타원형을 그렸다. '이 세상에서의 삶이 끝나면 영혼은 영원한 세계로 사라져 버린다. 이것이 바로 그 영원성이라는 것이다.' 나는 타원형의 한쪽 끝에서 칠판의 다른 쪽 끝까지 선을 그었다. '그러나 왜 다른 한쪽에는 동일한 선이 없을까? 사실 한쪽만의 영원이란 있을 수 없다. 비록 우리는 그에 대한 기억조차 없지만, 이 세상에 태어나기 이전에도 틀림없이 존재했을 것이다.'

이러한 논의를 지금은 기억 속에서 아주 어렵게 끄집어내고 있지만, 당시에 이것은 더할 나위 없이 새롭고 명료한 것처럼 생각되었다. 나는 그러한 논의가 마음에 들었기 때문에 문장으로 나타내 보고 싶은 욕구가 솟았다. 그렇지만 그 순간 내 머릿속에 가지각색의 상념들이 떠올라 쌓이기 시작했다. 그리하여 나는 벌떡 일어나 방 안을 한 바퀴 돌지 않으면 안 되었다. 창가에 다가갔을 때 마침 마부가 물을 운반하는 수레에 매고 있는 말이 내 주의를 끌었다. 따라서 내 상념은 모두 다음의 문제 해결에 집중되었다.

'물을 운반하는 저 말이 죽는다면 저 영혼은 어떤 동물의 육체로 옮겨갈 것인가? 혹시 인간에게 옮겨지지는 않을까?

때마침 내 앞을 지나가던 볼로쟈가 생각에 잠겨 있는 나를 보고 히죽 웃었다. 그런데 볼로쟈의 웃음으로 인해 나는 지금 생각하고 있는 모든 것이 실로 부질없는 잠꼬대에 불과하다는 걸 깨닫기에 충분했다.

내가 지금까지 남아 있는 이 잊을 수 없는 사건을 이야기한 것은 내 사색이 어떤 종류의 것이었는지를 친애하는 독자 여러분이 이해해 주기를 바라는 마음에서였다.

그런데 모든 철학적 유파 중에서 회의론만큼이나 나를 매료시킨 것은 없었다. 회의론은 정말이지 한때 나를 광적인 상태로까지 이끌어 갔다. 나 이외의 세상에는 그 누구도, 아무것도 존재하지 않는다. 물체인 것은 사실 물체가 아니며, 내가 주의를 돌릴 때만 나타나는 형상에 불과하다. 따라서 내가 그것을 생각하지 않으면 그러한 형상들은 즉시 소멸한다. 나는 그렇게 상상했다. 한마디로 말해 나는 셸링의 주장 — 존재하는 것은 물체가 아니라, 물체를 대하는 나와의 관계라는 주장 — 과 합치되어 갔던 것이다. 때때로 나는 이러한 끊임없는 상념에 지배되어 극도로 광적인 상태에 처해 있었기 때문에 내가 존재하지 않는 곳에서 공허를 포착하기 위해 반대 방향으로 급격하게 돌아서기도 했다.

아, 인간의 이지! 그것은 얼마나 빈약하고 부질없는 정신적 활동이란 말인가!

내 빈약한 이지의 힘은 꿰뚫기 어려운 것을 파고들만한 능력이 없었을 뿐만 아니라 힘에 겨운 일로 차차 많은 신념들을 상실해 갔다. 이 힘겨운 정신적 활동을 통해 나는 의지력을 약화시키는 이지의 과민성과 모든 것을 파헤치려 드는 나쁜 습성만을 갖게 되었다. 그리고 이 습성은 맑고 새로운 감정과 명석한 판단력을 마비시켰다. 그러한 신념은 내 생애의 행복을 위해 결코 교란되어서는 안 되었던 것인데, 나는 그것을 차차 상실하게 되었다.

추상적인 관념이라는 것은 주어진 순간에 있어서의 마음의 상태를 의식을 통해 포착하고, 이것을 기억으로 옮겨 가는 능력의 결과로 형성되는 것이다. 나의 추상적 사색의 경향은 극도로 부자연스러울 만큼 자기 의식을 발달시킨 결과, 극히 단순한 것을 생각하다가도 어느새 출구가 없는 자기 해부의 미궁에 빠진 일도 종종 있었다. 나는 오로지 관심을 가지고 있던 문제를 생각한다기보다 현재 내가 무엇을 생각하고 있는지를 생각하는 데 불과했다. 나는 종종 이렇게 묻곤 했다.

'도대체 나는 지금 무엇을 생각하고 있는 것일까?'

그리고 나는 스스로 답한다.

'내가 생각하는 것이 무엇인지에 대해 생각하고 있는 것이다.'

대체로 이런 식이어서 나는 도무지 갈피를 잡을 수가 없었다.

그렇지만 내가 시도한 철학적인 발견은 내 오만한 마음에 극도로 만족감을 주었다. 나는 곧잘 전 인류의 안녕과 행복을 위해 새로운 진리를 발견하는 위인이 된 것처럼 내 자신을 그려 보았다. 그리고 자기의 가치, 존엄에 대한 오만한 의식을 가지고 자기 이외의 취생몽사醉生夢死하는 인간들을 깔보고 있었다. 그런데 이상한 것은 이러한 취생몽사하는 인간들과 접촉하는 단계가 되면 그가 어떤 사람이건 간에 두려움이 앞섰다. 마음속으로 자신을 높이 평가하면 할수록 다른 사람 앞에서 자기의 가치와 존엄성을 나타내지 못할 뿐만 아니라, 극히 단순한 자기의 언행에 대해서조차 부끄러움을 느껴야 했다.

볼로쟈

이 시기의 내 인생에 대한 이야기를 더 많이 서술하면 할수록, 나 자신은 이 내용들로 인해 더욱 괴롭고 힘들어진다. 그러나 이 시기의 기억들 가운데서도 항상 뚜렷하게 내 인생의 첫 출발을 밝혀 주거나, 매우 드문 일이지만 진실로 따뜻한 감정을 느꼈던 순간들 또한 찾을 수도 있다. 나는 무의식적으로 가능한 한 빨리 이 황야의 소년 시절을 건너뛰고, 참으로 다정하면서도 고귀한 우정의 감정이 밝은 빛처럼 이 연령대의 마지막을 비춰주었던 행복한 시절로 들어서기를 바랐다. 왜냐하면 진정한 아름다움과 시정이 넘치는 청년 시절의 새로운 시작으로 넘어가고 싶었기 때문이다.

나의 기억들을 시간대별로 기술하지는 않을 것이다. 하지만 내가 이야기하게 될 이 시기부터 나의 성격과 성향에 결정적으로 좋은 영향을 주었던 특별한 사람과의 관계를 맺게 된 가장 중요했던 사건들을 간략하게 구별할 것이다.

볼로쟈가 곧 대학에 입학해야 했기 때문에, 그를 별도로 공부시키기 위해 선생님들이 드나들었다. 나는 질투와 무의식적인 부러움의 마음을 가지고, 그가 분필로 칠판을 두드리면서 큰 소리로 함수나 사인, 좌표 등등에 관해 설명하는 것을 들었다. 이런 용어들이 나로서는 도저히 이해할 수 없는 현명한 예지의 표현들로 생각되었다.

어느 일요일 날, 식사 후에 할머니 방에는 두 명의 교수와 모든 가정교사, 그리고 아버지와 몇몇 손님들이 참석한 가운데 대학 입학시험의 예행연습을 가졌다. 여기서 볼로쟈는 자신의 뛰어난 실력을 유감없이 발휘함으로써 할머니에게 커다란 기쁨을 안겨 주었다. 나에게도 몇 과목에 대한 질문이 주어졌으나 내가 답변을 잘하지 못했으므로 교수들이 할머니 앞에서 나의 무지를 감추어 주려고 애썼다. 그러한 모습이 나를 더욱 당혹스럽게 만들었지만, 나에 대해서는 그다지 주의를 기울이지 않았다. 그때 나는 겨우 열다섯 살이었고, 시험까지는 아직 1년이나 남아 있었기 때문이다.

볼로쟈는 식사 때만 아래층으로 내려왔고, 하루 종일 심지어는 저녁때도 2층에서 공부를 했는데, 누구의 강요에 의한 것이 아니라 자신의 의지에 따라 하는 것이었다. 그는 자존심이 매우 강해서 평범한 성적이 아닌 아주 우수한 성적을 얻고 싶어 했다.

드디어 시험을 치르는 첫날이 되었다. 볼로쟈는 청동 단추를 단 푸른색 연미복 차림에 금시계를 차고, 에나멜 칠로 광을 낸 구두를 신었다. 현관 앞에는 아버지의 2인승 마차가 대기하고 있었는데,

니콜라이가 가죽으로 된 포장 덮개를 살펴보고 있었다. 볼로쟈와 생 제롬이 타고 갈 마차였다. 여자아이들, 특히 카텐카는 기쁘면서도 긴장된 표정으로 창문에 서서 마차에 앉아 있는 볼로쟈의 균형 잡힌 모습을 바라보고 있었다. 아버지가 말했다.

"신의 은총과 신의 가호가 함께하길."

그리고 할머니께서도 창문 쪽으로 힘겹게 다가오시더니, 두 눈에 눈물을 글썽이시며 마차가 길모퉁이로 사라질 때까지 성호를 그으시며, 무언가를 중얼거리셨다.

볼로쟈가 시험을 치르고 집으로 돌아왔다. 모두들 궁금해 견딜 수 없다는 듯 그에게 물었다.

"어땠어? 잘 치렀어? 몇 점 맞았어?"

그의 밝은 얼굴로 보아 시험을 잘 보았다는 것을 짐작할 수 있었다. 볼로쟈는 5점 만점을 받았던 것이다. 다음 날도 또한 잘 치를 것이라는 기대와 두려움을 갖고 그를 배웅했고, 또 같은 조바심과 기쁨으로 그를 맞이했다. 그렇게 9일을 보내고, 마침내 마지막 10일째에 가장 어렵다는 신학 과목을 보는 날이었다. 모두들 창가에 서서 조바심을 내며 그가 돌아오기를 기다렸다. 그러나 볼로쟈는 오후 2시가 되었는데도 돌아오지 않았다.

"오, 하느님, 아버지! 그들이 오고 있어요!"

류보치카가 창문 유리에 매달려 소리쳤다. 정말 마차에는 생 제롬과 볼로쟈가 나란히 앉아 있었다. 그러나 볼로쟈는 아침에 입고 간 푸른 연미복과 회색 모자 차림이 아니라, 수를 놓은 하늘색 깃

을 댄 대학생 교복 차림에 삼각모를 쓰고, 허리에는 금빛 장검을
차고 있었다.

"어미가 살아 있었더라면 좋았을 것을!"

대학생 교복을 입은 볼로쟈를 보고, 할머니가 탄식을 하시더니
그만 정신을 잃으셨다.

볼로쟈는 기쁨에 넘치는 얼굴로 현관으로 달려 들어와 나와 류
보치카, 미미, 카텐카에게 입을 맞추고 포옹했는데, 갑작스런 볼로
쟈의 행동에 카텐카는 귀까지 붉게 물들었다. 볼로쟈는 너무나 기
쁜 나머지 정신이 없는 모양이었다. 대학생 교복 차림을 한 그가
얼마나 멋지던지! 이제 막 자라기 시작한 그의 검은 콧수염과 푸른
깃이 얼마나 잘 어울리던지! 그의 날씬하면서도 긴 허리선과 늠름
하고도 매력적인 걸음걸이는 또 얼마나 멋지던지! 이 기념할 만한
날 우리 모두는 할머니 방에 모여 식사를 했고, 모두들 기쁨이 넘
치는 표정이었다. 식사를 마치고 후식 시간이 되자 예의 바르고 위
엄 있는 집사가 밝은 표정으로 냅킨을 두른 샴페인 병을 내왔다.
할머니는 엄마가 돌아가신 후 처음으로 샴페인 한 잔을 다 마시면
서 볼로쟈를 축하해 주셨고, 다시 그를 보며 기쁨의 눈물을 흘리셨
다.

볼로쟈는 이제 자신의 전용 마차를 타고 혼자 집 밖으로 외출하
였고, 친구들을 초대하고 담배도 피웠으며, 또 무도회를 찾아다녔
다. 그리고 나는 그가 친구들과 함께 자기 방에서 샴페인 두 병을
마시는 것을 보았으며, 또 그들이 비밀스런 어떤 사람의 건강을 기

원하는 것을 보았고, 또 누가 '마지막 잔'을 마실 것인가를 놓고 서로 언쟁하는 것을 목격했다. 하지만 그는 집에서 규칙적으로 식사를 했고, 식사 후에는 예전처럼 소파에 앉아 카텐카와 항상 뭔가 비밀스런 이야기를 나누었다. 그러나 그들의 대화에 끼어들지 않은 상태에서 내가 언뜻 들은 바에 의하면, 그 두 사람은 자신들이 읽은 소설에 나오는 남녀 주인공들에 대해, 그리고 사랑과 질투에 대한 이야기를 하는 것 같았다. 나는 그들이 이런 대화를 통해 어떤 흥밋거리를 찾는지, 그리고 왜 살며시 미소를 짓거나, 뜨거운 논쟁을 벌이는지 전혀 이해할 수 없었다.

어쨌든 나는 볼로쟈와 카텐카의 관계에서, 어린 시절 친구들 사이의 그런 우정 말고도, 우리들로부터 그 두 사람을 떼어놓는 어떤 비밀스러운 관계가 그들 사이에 존재하고 있음을 눈치 챌 수 있었다.

카텐카와 류보치카

카텐카는 열여섯 살이었지만, 이미 성숙한 여성이 되었다. 사춘기의 소녀에게서 나타나는 아직 미성숙한 외모나 수줍음, 행동의 어색함 등이 이제 막 피어나기 시작한 꽃처럼 조화로운 신선함과 우아함에 자리를 내주었던 것이다. 하지만 그녀는 맑고 푸른 눈, 선이 분명하고 곧은 콧날은 여전했으며, 밝게 미소 짓는 작은 입과 장밋빛 볼에 생기는 작은 보조개와 하얀 두 손 또한 여전했다. 그녀에게는 무슨 이유에서인지 예전처럼 '순수한 소녀'라는 이름이 너무도 잘 어울렸다. 그녀에게서 찾아볼 수 있는 새로운 것이라곤 어른들처럼 땋아 내린 짙은 아마 빛의 탐스러운 머리와 봉긋해진 가슴뿐이었는데, 그녀는 자기 가슴이 눈에 띄게 볼록하게 솟아오른 것이 기쁘면서도 또한 부끄러워하는 것 같았다.

류보치카는 카텐카와 함께 생활했고, 같은 교육을 받았지만 그녀는 모든 면에서 전혀 달랐다.

류보치카는 별로 크지 않은 키에, 구루병의 후유증으로 인해 안짱다리였으며, 몸매도 아주 형편없었다. 하지만 크고 새까만 두 눈은 정말 매력적이었는데, 그녀의 눈은 뭐라고 형용할 수 없는 유쾌한 표정이 깃든 경건함과 순수함을 간직하고 있어, 누구라도 관심을 가지지 않을 수 없을 정도였다.

류보치카는 모든 면에서 평범하고 자연스러운 반면, 카텐카는 늘 누군가를 닮아 보이려고 애쓰는 듯했다. 류보치카는 항상 똑바로 바라보는 습관을 가지고 있는데, 가끔씩 자신의 크고 검은 눈을 누군가에게 오랫동안 고정시킨 채 쳐다보아, 예의 없는 행동이라고 꾸중을 듣기도 했다. 반면에 카텐카는 눈을 내리깔고 실눈으로 바라보면서, 자신이 근시이기 때문이라고 사람들에게 말하곤 했지만, 나는 그녀의 시력이 매우 좋다는 것을 잘 알고 있었다. 류보치카는 다른 사람들에게 굽히며 행동하는 것을 좋아하지 않았다. 누군가가 여러 사람 앞에서 그녀에게 입맞춤을 하려고 하면, 뾰로통하게 성을 내며 그런 행동은 도저히 용납할 수가 없다고 말했다. 반대로 카텐카는 손님들 앞에서 항상 상냥했으며, 특히 미미 앞에서는 더욱더 그러했다. 그녀는 다른 어떤 소녀든 서로 허리를 붙잡고 홀을 따라 거니는 것을 좋아했다.

류보치카는 이상스럽게도 웃음이 많았는데, 가끔은 터지는 웃음을 참지 못해 손을 휘저으며 방을 뛰어다니곤 했다. 반대로 카텐카는 웃을 때면, 손수건이나 손으로 입을 가렸다. 류보치카는 항상 정면을 보고 똑바로 앉았고, 팔을 내린 채 걸었다. 그에 비해 카텐카는 고개를 약간 옆으로 숙이면서, 손을 모은 상태에서 걸었다. 류보치카는 성인 남자와 이야기를 할 때면, 늘 기쁨으로 들떠 있었고, 자기는 꼭 경비병과 결혼할 거라고 말했다. 카텐카는 모든 남자들이 혐오스럽다면서 자신은 결코 결혼하지 않을 거라고 말했다. 그러다가 남자들이 자신에게 말이라도 걸어오면, 뭔가 두려워하는 것처럼 행동하면서 전혀 다른 사람이 되었다. 류보치카는 항상 미미에게 몹시 분하게 여겼는데, 미미가 코르셋을 너무 팽팽히 조여 '숨을 쉴 수가 없다.'고 불평하면서도 군것질을 좋아했다. 반대로 카텐카는 가끔씩 자신의 의상에서 가장 튀어나온 부분에 손가락을 집어넣고는 우리에게 얼마나 틈이 있는지를 보여 주면서 아주 조금만 먹었다. 류보치카는 얼굴 그리는 것을 좋아한 반면에 카텐카는 오로지 꽃과 나비만을 그렸다. 류보치카는 필드의 협주곡이나 베토벤 소나타 몇 곡을 아주 잘 연주했다. 카텐카는 변주곡이나 왈츠를 연주했는데, 끊임없이 페달을 밟으며 템포를 억제하면서 두드리거나, 어떤 곡의 연주를 시작하기에 앞서 감정을 실어 아르페지오의 협화음을 세 번 정도 연주하곤 했다.

그렇지만 카텐카는, 그 당시의 내 생각으로 미루어 판단했을 때, 훨씬 더 어른스러워 보였는데 이런 이유로 나는 그녀가 더 좋았다.

아버지

　아버지는 볼로쟈가 대학에 들어간 이후 특히 더 즐거워했으며 평소보다 더 자주 할머니 방으로 식사를 하러 왔다. 내가 니콜라이에게서 알아낸 바에 의하면, 아버지가 그렇게 즐거워하는 이유는 최근 도박에서 엄청나게 큰 액수의 돈을 땄기 때문이라고 했다. 저녁 때 클럽으로 나가기 전, 아버지는 우리가 있는 곳에 들러 피아노 앞에 앉은 다음 우리를 불러 모아놓고, 자신의 부드러운 구두 — 아버지는 뒤축이 있는 것을 매우 싫어했기 때문에, 항상 뒤축이 없는 구두를 신었다 — 로 발장단을 맞추며 집시의 노래를 부르기도 했다.

　그럴때면 아버지의 귀염둥이이자, 아버지를 매우 존경하는 류보치카가 우스꽝스런 표정으로 감탄하는 모습을 보는 것도 재미있었다. 가끔 아버지는 우리가 공부할 때 들어와서 근엄한 얼굴로 내가 어떻게 대답하는지 지켜보았다. 아버지가 나의 답변 중 몇몇 단어들을 고쳐주려고 하는 말로 판단해 보았을 때, 아버지 자신도 나에게 가르쳐 주려고 하는 것에 대해 잘 모르고 있다는 사실을 알아챌 수 있었다. 가끔씩 할머니가 우리 모두에게 까닭 없이 화를 내거나 불평을 할 때면, 아버지는 조용히 눈짓으로 신호를 보내셨다.

"애들아, 우리까지 혼내시는구나."

나중에 아버지는 이렇게 말했다. 아무튼 우리의 유년 시절의 상상 속에서 그렇게 가까이할 수 없을 것 같은 높은 위치에 있던 아버지가 지금은 내 눈높이 정도로 내려와 있었다. 나는 여전히 사랑과 존경심을 가지고 아버지의 크고 흰 손에 입맞춤을 하지만, 이미 아버지에 대해 생각하면서 그의 행동을 평가하고 있었는데, 가끔 나 자신조차 깜짝 놀랄 정도의 생각들이 무의식적으로 떠오르기도 했다. 나는 내게 그런 많은 생각들을 하도록 원인을 제공하고, 많은 도덕적 고통을 겪게 했던 경우들을 결코 잊을 수가 없다.

한번은 저녁 늦은 시간에 흰색 조끼에 검은 연미복을 입은 아버지가 무도회에 볼로쟈를 데려가기 위해 응접실로 들어왔다. 그때 볼로쟈는 자기 방에서 옷을 입고 있었고, 할머니는 침실에서 볼로쟈가 자신에게 와서 차려입은 모습을 보여 주기를 기다리고 계셨다(할머니는 무도회가 있을 때마다 볼로쟈를 자신의 방으로 불러서 칭찬도 하고, 이리저리 살펴보면서 여러 가지 조언을 해주시는 습관이 있었다). 그리고 램프등 하나만 켜진 홀에서 미미와 카텐카가 이리저리 왔다 갔다 하고 있었고, 류보치카는 피아노 앞에 앉아 어머니가 좋아했던 필드의 제 2번 협주곡을 연주하고 있었다.

나는 어머니와 류보치카처럼 그렇게 꼭 닮은 가족을 누구에게서도 보지 못했을 뿐만 아니라, 결코 본 적도 없다. 이런 닮은 점에는 얼굴이나 체격이 아니라, 말로 설명할 수 없는 그 무언가가 아주 많이 닮았던 것이다. 손짓이나 걷는 모양, 특히 목소리와 몇 가지 표현들이 너무나 똑같았던 것이다. 류보치카는 화가 나면 이렇게 말하곤 했다.

"한 세기 동안을 편하게 해주질 않는군."

이 '한 세기 동안'이란 단어는 어머니가 자주 사용했는데, 단어를 길게 끌면서 발음했기 때문에 '하~안 세기 동안'이라고 말하는 것처럼 들렸다. 그러나 무엇보다도 가장 많이 닮은 점은 피아노를 연주할 때와 그 전에 준비하는 모습이었다. 그녀 역시 피아노를 연주하기 전에 옷을 매만지고, 마찬가지로 악보를 왼손을 사용하여 위쪽 방향으로 넘기며, 또한 어려운 멜로디 부분을 계속 연습해도 틀릴 때는 화를 내면서 주먹으로 건반을 두드리며 이렇게 말하곤 했다.

"아유, 하느님!"

여기에다 알아차리기 어려운 연주의 부드러움과 정확성을 꼽을 수 있는데, 두 모녀는 '찬란한 연주'라는 멋진 이름으로 불리는 필드 연주법을 사용했다. 이것은 초보 연주자들의 눈속임과 잔꾀까지도 잊게 해줄 만큼 아주 매력적인 연주법이었다.

아버지가 잰걸음으로 방에 들어와서는, 자신을 보고 연주를 멈춘 류보치카에게 다가갔다.

"아니다, 계속 해라, 류바(류보피의 애칭. 류보치카는 주로 어렸을 때 불렀던 이름이고, 류바는 어렸을 때는 물론 성인이 되어서도 사용된다. : 역주), 어서 연주해. 내가 네 연주를 얼마나 좋아하는지, 알고 있지."

류보치카를 의자에 앉히면서 아버지가 말했다.

류보치카는 연주를 계속했고, 아버지는 손으로 턱을 괴고 그녀의 옆에 오랫동안 앉아 있었다. 얼마 후 아버지는 어깨를 으쓱하더니, 일어나서 방 안을 거닐었다. 피아노 쪽으로 다가간 아버지는 매번 그랬듯이 멈춰 선 채 한참 동안 류보치카를 뚫어져라 쳐다보았다. 나는 아버지의 행동이나 걸음걸이로 보아, 감정이 고조되어 있음을 알 수 있었다. 아버지는 홀을 따라 몇 바퀴 거닐고 나서, 류보치카의 의자 뒤에 멈춰 서더니, 그녀의 검은 머릿결에 입맞춤을 한 다음 재빨리 몸을 돌리더니 다시 방 안을 걷기 시작했다. 류보치카는 곡을 다 연주하고 나서 아버지에게 다가가 물었다.

"잘 연주했나요?"

그러면 아버지는 말없이 류보치카의 머리를 감싸며 이마와 눈에 부드럽게 입맞춤을 해주었다. 나는 아버지에게서 한 번도 받아본 적이 없는 그런 부드러운 입맞춤이었다.

"아유, 하느님! 아빠 우시는 거예요!"

류보치카가 아버지의 팔에서 시곗줄을 풀어놓으며, 크고 놀란 눈으로 아버지를 바라보며 갑자기 물었다.

"죄송해요, 아빠, 이 곡이 엄마가 늘 연주하던 곡이라는 사실을 깜빡 잊었어요."

"아니다. 애야, 더 자주 연주해 다오."

아버지가 흥분해서 떨리는 목소리로 말했다.

"너와 함께 이렇게 눈물을 흘리는 게 얼마나 행복한지 너는 모를 거다."

아버지는 다시 한 번 류보치카에게 입을 맞추고, 마음속의 흥분을 감추려고 애쓰는 듯 어깨를 으쓱해 보이더니, 복도로 통하는 문으로 나가 볼로쟈의 방으로 갔다.

"볼데마르! 아직도 멀었니?"

아버지가 복도 중간에 서서 큰소리로 말했다. 바로 그 순간 아버지 옆으로 하녀 마샤가 지나갔다. 그녀가 아버지를 보고는 고개를 숙이며 지나가려 하자, 아버지가 그녀를 불러 세웠다.

"너는 갈수록 예뻐지는구나."

아버지가 마샤 쪽으로 몸을 돌리면서 말했다.

마샤는 얼굴이 홍당무가 되어, 더 깊숙이 고개를 숙였다.

"실례합니다."

그녀가 속삭이듯 말했다.

"볼데마르, 아직도 멀었니?"

아버지는 마샤가 옆으로 지나갈 때, 나를 발견하고는 헛기침을 하더니 다시 한 번 소리쳤다.

나는 아버지를 사랑한다. 하지만 인간의 이성은 감성에 종속되지 않고 독립적으로 살아 있기 때문에, 감정을 모욕하는 생각이나 감정으로는 도저히 이해할 수 없는, 잔인하다고 여겨지는 생각들이 마음속에 자주 맴도는 경우들이 있다. 나는 그런 생각들을 멀리하려고 노력했지만, 그런 생각들이 내 마음에도 자꾸만 맴돌았다.

할머니

    할머니는 날이 갈수록 점점 더 기력이 쇠해 갔다. 할머니가 흔드는 호출 종소리와 가샤가 투덜거리는 목소리는 더 자주 들려왔고, 할머니의 방에서 거칠게 여닫히는 문소리도 더욱더 자주 들려왔다. 할머니는 서재에 있는 안락의자가 아닌, 침실의 높은 침대에서 레이스 달린 베개를 안고서 우리를 맞았다. 나는 할머니에게 문안을 드릴 때, 할머니의 손에서 푸르스름하면서도 누런색을 띤 종기를 보았고, 침실 안에서는 5년 전 엄마의 방에서 느꼈던 것과 같은 퀴퀴한 냄새를 맡았다. 하루에 세 번씩 의사가 할머니에게 왕진을 왔고, 이미 여러 번에 걸쳐 전문 의사의 상담이 있었다. 하지만 할머니가 가족들을 대하면서 보여 주는 당당하고 격식을 갖추는 성격은 여전했는데, 특히 아버지를 대하는 태도는 조금도 변함이 없었다. 할머니는 변함없이 단어를 길게 끌면서 눈썹을 추켜올리며 이렇게 말했다.

"내 사랑스런 사위."

요즘 며칠 동안 우리들은 할머니 방에 드나드는 것을 허락받지 못했는데, 어느 날 아침 수업 시간에 생 제롬이 나에게 류보치카와 카텐카를 데리고 나가 썰매를 타고 오라고 했다. 그런데 내가 썰매를 타려고 올라설 때, 나는 할머니의 창문 바로 앞 길가에 밀짚을 빈틈없이 깔아 놓고, 파란색의 농부 외투를 입은 낯선 사람들이 우리 집 대문 주변에 서 있는 것을 보았다. 그때 나는 쉬는 시간이 아닌 수업 시간에 왜 우리에게 썰매를 타고 오라고 보냈는지 도무지 이해할 수가 없었다. 바로 그날 썰매를 타는 동안, 나와 류보치카는 무슨 이유에서인지 이상할 정도로 매우 기분이 좋아, 모든 일이나 말, 그리고 행동에 매번 웃음을 터뜨리곤 했다.

우리는 나무상자를 등에 짊어진 행상인이 빠른 걸음으로 길을 건너는 것을 보고서도 크게 웃었으며, 우리가 탄 썰매를 따라잡으려고 다 해진 옷을 입은 마부가 고삐 끝을 잡고 휘두르면서 말을 빨리 달리게 하는 모습을 보고서도 소리치며 크게 웃었다. 필리프의 채찍이 썰매의 미끄럼 나무 밑에 휘감기자, 그는 그것을 재빨리 처리하면서 말했다.

"도무지 되는게 없군."

우리는 이것을 보고도 배를 잡고 웃어 댔다. 미미가 못마땅한 얼굴로 멍청한 사람들이나 이유 없이 웃는 것이라고 말했을 때, 류보치카는 터지는 웃음을 참느라 새빨개진 얼굴로 힐끗 나를 쳐다보았다. 두 사람의 눈이 마주치자, 우리는 떠나갈 듯 큰 소리로 배꼽

이 빠지도록 웃었는데, 두 눈에는 눈물까지 글썽이고, 웃음 때문에 숨이 막힐 지경이었지만, 터져 나오는 웃음을 참을 수가 없었다. 우리가 어느 정도 진정되었을 때, 나는 류보치카를 보면서 얼마 전부터 우리들끼리만 통하는 일종의 은어 같은 비밀스러운 단어를 말했다. 이 단어는 항상 웃음을 자아냈는데, 그래서 우리들은 또다시 웃음을 터뜨렸다.

집에 거의 다 다다랐을 때, 류보치카에게 멋지게 입술 한쪽을 일그러뜨려 보이기 위해 입을 막 열려고 했을 때, 우리 집 현관문 중앙에 기대어 세워져 있는 검은색의 관棺 뚜껑이 내 두 눈을 깜짝 놀라게 했다. 나의 입은 일그러진 상태 그대로 굳어 버렸다.

"할머니께서 돌아가셨어요!"

생 제롬이 창백한 얼굴로 우리를 맞기 위해 나오면서 말했다. 할머니의 시신이 집에 안치되어 있는 동안 나는 줄곧 죽음에 대한 고통스러운 감정을 체험했는데, 이를테면 할머니의 시신이 나 또한 언젠가는 반드시 죽을 거라는 사실을 생생하면서도 불쾌하게 상기시키는 것 같았다. 이런 고통스러운 감정은 무슨 이유 때문인지 곧잘 슬픔과 혼동되는 습성이 있다. 나는 할머니의 죽음에 대해 그다지 안타까워하거나 슬프지 않았다. 사실 할머니의 죽음을 정말로 슬퍼할 사람이 누가 있었을까 싶다. 그럼에도 불구하고 집 안은 문상객들로 가득 찼다. 오직 한 사람을 제외하고 누구도 할머니의 죽음을 진심으로 애도하는 사람이 없었는데, 그녀의 미친 듯이 슬퍼하는 모습은 나에게 뭐라고 말할 수 없는 큰 충격을 주었다. 그녀는 다름 아닌 하녀 가샤였다. 그녀는 다락방으로 가더니 문을 잠그고 계속 목 놓아 울부짖으면서 자신을 저주했고, 자기 머리카락을 쥐어뜯으며, 누구의 말도 들으려 하지 않았다. 자신이 모시던 마님이 세상을 떠나셨으니, 자신에게 남은 유일한 위안은 그녀 자신도 죽는 것이라고 말했다.

다시 반복해서 말하지만, 감정 문제에 있어 진실 같지 않은 것이 오히려 가장 믿을 만한 진실의 증표인 경우가 있다.

할머니는 이미 세상을 떠나셨지만, 우리 집에서는 할머니에 대한 회상과 여러 소문들이 거론되고 있었다. 소문은 주로 유언에 관한 것으로, 할머니는 임종이 닥쳐와서야 유언을 하셨는데, 그 내용에 대해서는 유언 집행자인 이반 이바느이치 외에는 아무도 몰랐다. 나는 할머니의 하인들 사이에서 약간의 동요가 일어나는 것을 알아차렸는데, 누구는 누구에게 속할 것이라는 소문들에 대해서도 들었다. 나는 본능적으로 우리가 할머니의 유산을 상속받게 되리라고 생각하면서 마음속으로 기뻐했음을 고백하지 않을 수 없다.

우리 집의 변함없는 소식통인 니콜라이가 6주일 후에 나에게 알려 준 바에 의하면 할머니는 모든 유산을 류보치카에게 물려주었으며, 류보치카가 결혼할 때까지의 후견인도 아버지가 아닌 이반 이바느이치 공작에게 위임했다는 것이었다.

나라는 존재

대학 진학까지는 이제 몇 개월밖에 남지 않았다. 내 학업은 순조로웠다. 이제는 두려움을 갖지 않고도 선생님을 기다릴 수 있게 되었을 뿐만 아니라, 수업에도 어느 정도의 만족을 느끼게 되었다. 암기한 과목을 분명하고 시원시원하게 대답하는 것이 즐거웠다. 나는 수학과에 들어갈 준비를 하고 있었다. 내가 이 과를 선택한 까닭은 접선이니, 미분이니, 적분이니 하는 용어가 내 마음에 들었기 때문이다.

나는 볼로쟈보다도 훨씬 키가 작았음에도 불구하고 어깨는 더 넓고 살이 쪄서 여전히 볼품이 없었으므로, 나는 여전히 이에 대해 고민하고 있었다. 그래서 나는 스스로를 보통 사람과는 다르게 보이려고 애를 썼다. 단 한 가지 위안을 주는 것이 있었다면, 그것은 다름이 아니라 언제나 내게 영리한 얼굴을 하고 있다고 한 아버지의 말이었다. 나는 이 말을 진심으로 믿었다.

생 제롬은 이제 내게 만족해서 나를 칭찬할 정도까지 되었다. 나도 이제는 그를 미워하지 않았을 뿐 아니라 그가 때때로 내게,

"당신 정도의 재능과 두뇌를 가진 사람이 이것을 못한다면 창피한 일입니다."

이렇게 말할 때는 그를 사랑하고 싶어지기까지 했다.

하녀들 방을 관찰하는 일은 이미 오래 전에 그만두었다. 방문 뒤에 숨어 엿본다는 것이 이제는 창피했을 뿐 아니라, 사실 바실리에 대한 마샤의 확고한 사랑을 확인하고부터는 어느 정도 내 열정이 식었기 때문이다. 그러나 나의 이 불행한 정열을 결정적으로 가라앉게 해준 것은 바실리와 마샤의 결혼이었으며, 나는 바실리의 부탁으로 아버지로부터 결혼 허락을 얻도록 청원하기까지 했다.

이 젊은 신혼 부부가 과자 쟁반을 들고 아버지에게 감사 인사를 왔다. 파란 리본이 하늘거리는 모자를 쓴 마샤가 우리 모두에게 감사의 인사말을 하면서 우리의 어깨에다 키스를 했다. 그렇지만 나는 그녀의 머리에서 발산하는 장미향을 느꼈을 뿐 아무런 흥분도 일지 않았다.

이렇게 해서 나는 서서히 소년 시대의 결점들을 교정해 나갔다. 다만 가장 중요한 결점만은 고치지 못했다. 이 결점은 내 인생에 아주 많은 해악을 가져다 줄 운명을 갖고 있었다. 이 중요한 결점은 다름 아닌 지적 해부벽이었다.

볼로쟈의 친구들

　나는 볼로쟈의 친구들과 어울릴 때면 언제나 자존심 상하는 역할을 맡는 것이 보통이었지만, 그럼에도 불구하고 그들이 오면 언제나 볼로쟈의 방에 들어가서 그들이 하고 있는 일을 묵묵히 관찰하는 것을 좋아했다. 누구보다도 우리 집에 자주 놀러온 사람은 두브코프라는 부관과 드미트리 네플류도프 공작이라는 대학생이었다.

　작달막한 키에 거무스름한 얼굴의 두브코프는 이미 청년기 초기를 넘어선 나이로, 얼굴만은 잘생긴 편이었고 언제나 쾌활했다. 그는 자신의 한계를 흔쾌히 받아들이는 좋은 인상을 주는 평범한 사람들 중 한 명이었다. 이런 사람은 사물을 여러 각도로 보지 않은 부류로 어떤 것에 한번 빠지면 그것에 열중하는 것이 보통이다. 그들의 견해는 한편에 치우쳐 있어 자칫 잘못을 저지르기 쉽지만, 반면 언제나 솔직하고 매력적이었다. 그들의 편협한 이기주의마저도 왠지 애교가 있어 보여서 용서해도 좋을 것 같은 생각까지 들었다. 아니 그뿐만 아니라 볼로쟈에게 있어서도, 또 내게 있어서도 두브코프는 이중의 매력을 지닌 사람으로 비쳤다. 하나는 군인다운 얼굴 생김새이고, 하나는 이것이 무엇보다도 중요한 것이지만 그의 나이였다. 젊은 사람들은 이러한 나이의 사람을 '예의 바른 사람'의 개념과 자칫 혼동하기 쉽다. 따라서 이 요소는 나 같은 또래의 사람들에게는 특히 존중될 만한 것이었다. 게다가 두브코프는 진정한 의미에 있어서 이른바 '예의 바른 신사'였다. 단 한 가지 유쾌하지 못한 것이 있다면 그것은 볼로쟈가 가끔 그에게 내 철없는 행동과 특히 내 어린 나이를 강조해 말함으로써 나를 부끄럽게 만드는 점이었다.

네플류도프는 잘생긴 편은 아니었다. 조그마한 잿빛의 눈, 좁고 가파른 이마나 균형이 잡히지 않은 긴 손이나 발은 잘생긴 외모라고는 할 수 없었다. 그에게 좋은 점이 있다면 훤칠한 키와 부드러운 피부의 얼굴, 고르고 건강한 치아였다. 그러나 그의 작은 얼굴에서 번쩍번쩍 빛나는 두 눈과 때로는 위엄 있게, 때로는 어린아이처럼 변하는 표정으로 인해 실로 이색적이고 정열적인 느낌을 주어 남의 시선을 잡아끌었으며, 부끄러움을 많이 타는 성격인 것 같았다. 극히 사소한 일에도 귀밑까지 새빨개지는 것은 보통이었다. 그렇지만 그의 내성적인 성격은 나의 그것과는 달랐다. 얼굴이 붉어지면 붉어질수록 그의 얼굴은 더욱 단호한 표정을 띠었다. 마치 자신의 연약함에 화를 내는 것처럼 보이기도 했다.

그는 두브코프나 볼로쟈와만 사이가 좋은 것 같았다. 하지만 이것은 어쩌다 이 두 사람과 가까워진 것에 불과하다는 것을 알 수 있었다. 그들의 경향은 서로가 너무나 달랐다. 볼로쟈와 두브코프는 심각한 사색이나 감상주의에 속하는 일체의 요소를 꺼리는 것 같았지만, 반대로 네플류도프는 이런 것에 대한 극렬분자로서 종종 이 두 사람의 비웃음을 받으면서도 철학 문제를 논하거나, 감정의 탐색에 잠기기도 했다. 볼로쟈와 두브코프는 각자의 사랑의 대상에 대해 말하기를 좋아했다. — 이들은 한꺼번에 여러 명의 여자와 연애를 하기도 했고, 둘이서 동시에 한 여자를 사랑의 대상으로 삼는 일조차 있었다 — 그런데 붉은 머리카락의 처녀를 사랑하고 있는 네플류도프는 그의 사랑에 조소를 받곤 하면 언제나 정색하면서 화를 냈다. 볼로쟈와 두프코프는 친척뻘 되는 사람을 좋아하면서도 종종 그들에 대해 냉소를 띠는 것을 서슴지 않았지만, 이에 반해 네플류도프는 위인을 대하듯 존경하는 그의 아주머니에 대해 좋지 않은 점을 조금이라도 지적당하면 앞뒤를 분간하지 못하고 격분했다. 볼로쟈와 두브코프는 저녁 식사 후 네플류도프만을 남겨 놓고 어디론가 가 버렸다. 그리고 그를 일컬어 '붉은 아가씨'라고 부르며 놀리곤 했다.

　네플류도프는 그 용모와 말투만으로도 내게 강렬한 인상을 주었다. 그의 그러한 성향에서 나와 비슷한 많은 공통점을 발견했음에도 불구하고 — 아니 오히려 그것을 발견했기 때문인지도 모르지만 — 처음 보았을 때의 느낌은 결코 좋은 것이 아니었다.

나는 재빨리 움직이는 그의 눈동자나 단호하게 들리는 목소리 그리고 거만해 보이는 표정이 마음에 들지 않았다. 그러나 무엇보다도 제일 못마땅했던 것은 내게 보이는 극도의 무관심이었다. 나는 그가 무슨 말인가를 하고 있으면 도중에 그의 말을 반박하고 싶어서 견딜 수가 없었다. 그 오만한 콧대를 꺾기 위해 그의 논리를 반박함으로써, 그가 아무런 관심도 기울이지 않는 나라는 인간이 실은 굉장히 현명한 사람이라는 것을 증명해 주고 싶었던 것이다. 그러나 수줍음이 그러한 나를 제지했다.

토 론

　내가 저녁 수업이 끝난 다음 평소처럼 볼로쟈의 방으로 들어갔을 때, 볼로쟈는 소파 위에 발을 올린 채 엎드려서 손으로 턱을 괴고 프랑스 소설을 읽고 있었다. 그는 고개를 잠시 들어 나를 쳐다본 후 다시 책을 읽기 시작했다. 이런 행동은 매우 단순하고 자연스러운 동작이었지만, 그의 이런 행동이 내 얼굴을 붉히게 만들었다. 그의 시선에는 왜 여기에 또 왔느냐는 질문이 나타나 있는 것 같았고, 곧바로 머리를 숙인 동작에서는 자신의 시선이 의미하고 있는 그런 감정을 감추기 위해서라는 생각이 들었던 것이다. 이러한 사소한 동작 하나까지 어떤 의미를 부여하려는 성향은 이 나이 때의 내 성격에서 두드러지게 나타난 특징이었다. 나도 책상 쪽으로 다가가, 한 권의 책을 집어 들었다. 그러나 책을 읽기에 앞서, 하루 종일 만나지 못한 우리 형제가 서로 아무런 말 한마디 건네지 않는다는 것이 왠지 이상하다는 생각이 순간적으로 머릿속에 떠올랐다.

"무슨 일이야, 오늘 저녁에는 그냥 집에 있는 거야?"

"글쎄, 그런데 왜?"

"그냥 물어본 거야."

이렇게 말했지만, 나는 더 이상 대화가 진행되지 않을 것을 예상하고 책을 펴서 읽기 시작했다.

나와 볼로쟈는 단둘이 있을 때면, 눈을 서로 마주한 채 몇 시간이고 말 한마디 하지 않고 보내기 일쑤였지만, 이상하게도 아무리 말이 없는 사람이라도 제삼자가 우리 사이에 끼어들기만 하면, 우리는 재미있게 여러 이야기를 나누었다. 우리는 지나칠 정도로 서로에 대해 잘 알고 있다고 생각했다. 하지만 서로가 서로를 지나치게 많이 알거나, 지나치게 조금 안다는 것은 상호간의 접근을 방해한다는 점에서 마찬가지였다.

"볼로쟈, 집에 있는가?"

현관에서 두브코프의 목소리가 들려왔다.

"그래, 안에 있네."

읽던 책을 책상 위에 올려놓고, 소파에서 다리를 내리면서 볼로쟈가 말했다.

두브코프와 드미트리가 외투와 모자를 쓴 채 방 안으로 들어왔다.

"어때, 볼로쟈, 극장에 가지 않겠나?"

"아니, 나는 갈 시간이 없는데."

볼로쟈가 얼굴을 붉히면서 대답했다.

"어이, 뭘 아직까지 그러나! 그러지 말고 함께 가세."

"하지만 나는 표도 없는걸."

"표야 극장에 가면 얼마든지 있지."

"기다리게. 내가 곧 다시 오겠네."

볼로쟈는 애매하게 대답한 다음 어깨를 으쓱하며 방에서 나갔다.

나는 두브코프가 초대했던 그 극장에 볼로쟈가 무척 가고 싶어 한다는 사실을 잘 알고 있었다. 그는 가고 싶은 생각은 간절했지만, 마침 가진 돈이 없기 때문에 거절했던 것이다. 그런 후 그가 방에서 나간 것은 집사에게 다음 달 용돈을 받을 때 갚기로 하고 5루블을 빌리기 위해서였다.

"잘 지냈나, 외교관!"

두브코프가 내게 손을 내밀며 말했다.

볼로쟈의 친구들은 나를 외교관이라 불렀는데, 그것은 어느 날 돌아가신 할머니와 함께 식사를 한 후 어쩐 이유에서인지 많은 사람들이 있는 자리에서, 할머니가 우리의 장래에 관해 이야기하면서, 볼로쟈는 군인이 될 것이고, 나는 외교관이 되어 검은 연미복을 입고 머리를 '수탉의 볏'처럼 넘기는 것을 기대한다고 말씀하셨다. 할머니의 생각으로는 이런 머리 모양이 외교관의 명칭에 적합한 필수적이 조건이라고 여기셨던 모양이다.

"볼로쟈 이 친구는 어디 간 거지요?"

드미트리가 나에게 물었다.

"모르겠는데요."

아마도 볼로쟈가 나간 이유를 그들이 눈치 챘을 것 같다는 생각에, 나는 얼굴을 붉히며 대답했다.

"아마 그 친구 돈이 없는 모양이지! 그렇지? 웅! 외교관!"

그는 나의 표정을 읽으면서 확정적으로 이렇게 덧붙였다.

"사실은 나도 돈이 없는걸. 두브코프, 자네는 있나?"

"어디 한번 볼까."

두브코프는 지갑을 꺼내어 자신의 짧은 손가락을 지갑 속에 찔러 넣고 몇 개의 동전들까지 아주 꼼꼼히 세기 시작했다.

"이것은 5코페이카, 이것은 20코페이카, 애걔~ 이게 다란 말이야!"

그가 손으로 우스꽝스러운 제스처를 하면서 말했다.

바로 그때 볼로쟈가 방으로 들어왔다.

"자 어쩔 셈인가, 갈 건가?"

"안 가겠네."

"자네 참 우스운 친구로군! 돈이 없으면 없다고, 왜 말하지 않았나? 만일 가고 싶으면, 내 표를 가지고 가게."

드미트리가 말했다.

"그럼 자네는 어떡하고?"

"이 친구는 자기 누이의 특별석으로 가면 돼."

두브코프가 말했다.

"아니, 나는 가지 않겠네."

"왜?"

"자네도 알겠지만, 나는 특별석에 앉는 것을 좋아하지 않네."

"이유가 뭔가?"

"나는 왠지 어색해서, 좋지가 않아."

"또 그 진부한 소리라니! 자네가 그곳에 가면 모두 좋아할 텐데. 어째서 그런 곳에 있는 게 어색하다는 것인지 나는 도저히 이해할 수가 없네. 이거 우스운 일 아닌가, 친구!"

"어쩔 수 없지. 내가 원래 수줍음이 많은 인간인걸! 내가 확신하는데, 자네는 세상을 살면서 한 번도 얼굴이 홍당무처럼 빨개진 적이 없었을 거야. 그렇지만 나는 아주 사소한 일에도 매번 그렇다네."

그는 이 순간에도 얼굴을 붉히면서 말했다.

"자네의 수줍음이 어디에서 오는 것인지, 자네는 알고 있나? 그건 지나친 자존심 때문이야."

두브코프가 감싸는 듯한 어조로 말했다.

"도대체 무슨 소린가, 지나친 자존심 때문이라니! 사실은 그 반대지. 내가 수줍음을 많이 타는 것은 오히려 자존심이 너무 약한데서 기인한 거야. 나는 언제나 이런 생각이 든다네, 내가 누구하고 대화를 나눈다 해도 따분하고 불쾌한 인간이라는……."

아픈 곳을 찔린 드미트리가 대꾸했다.

"볼로쟈, 어서 옷을 입게나."

두브코프가 볼로쟈의 어깨를 흔들더니, 그의 프록코트를 벗기면서 말했다.

"이그나트, 도련님 옷을 입혀 주게!"

"이런 이유 때문에 나는 자주……."

드리트리가 말을 이어 나갔다.

하지만 두브코프는 그의 말에 더 이상 귀 기울이지 않았고, 어떤 멜로디를 흥얼거리기 시작했다.

"트랄라–라, 트랄–라–라–라."

"자네 그렇게 딴전 피우지 말게. 내가 자네에게 수줍음이 결코 자존심에서 기인하지 않는다는 것을 증명해 보일 수 있네."

드미트리가 말했다.

"만일 우리와 함께 극장에 가면, 증명한 것이지."

"나는 가지 않을 거라고 말했잖은가?"

"그렇다면 여기 남아서 이 외교관에게 입증해 보게나. 우리가 돌아오면 그가 우리에게 말해 주겠지."

"내가 증명하지. 다만 빨리 돌아오기나 하게."

드미트리는 마치 어린아이가 고집을 피우는 것처럼 반박하며 말했다.

"당신은 어떻게 생각하지요? 내가 자존심이 강한가요?"

그가 내 곁으로 다가와 앉으면서 물었다.

나는 이 문제에 대한 의견이 이미 정해져 있었지만, 이 예상치 못한 갑작스러운 질문에 꽤나 당황하여, 곧바로 대답할 수 없었다.

"나는 그렇다고 생각하는데요. 모든 사람들은 다 자존심을 가지고 있다고 생각해요. 인간이 하는 모든 행동이 다 자존심에서 나오는 것이지요."

내가 얼마나 현명한가를 그에게 증명할 기회가 왔다는 생각 때문에 나는 목소리가 떨리고, 얼굴이 붉게 달아오르는 것을 느끼면서 말했다.

"그렇다면, 당신 생각에 자존심이란 도대체 무엇이요?"

드미트리가 약간은 경멸하는 듯한 미소를 지으면서 내게 물었다.

"자존심이란, 자신이 다른 어느 누구보다 더 훌륭하고 현명하다고 생각하는 확신이라고 할 수 있겠지요."

내가 말했다.

"어떻게 모든 사람들이 다 그런 확신을 가질 수 있다고 생각하지요?"

"내 생각이 올바른 것인지 틀린 것인지는 잘 모르지만, 그래도 나를 제외하고는, 어느 누구도 이것을 시인하지 않고 있지요. 나는 이 세상에서 내가 누구보다 현명하다고 확신하고 있으며, 당신 역시 그런 신념을 가지고 있을 거라고 믿고 있어요."

"아니. 나는 내 자신에 대해 먼저 말하겠는데, 나는 나보다 훨씬 더 현명하다고 생각되는 사람들을 많이 만났어요."

드미트리가 말했다.

"설마, 그럴 리가요."

나는 확신을 가지고 대답했다.

"그렇다면 당신은 정말로 그렇게 생각한다는 말인가?"

드미트리가 나를 뚫어져라 쳐다보면서 물었다.

"그야 물론이지요."

내가 대답했다.

바로 그 순간 내 머릿속에 어떤 생각이 문득 스치듯 떠올랐고, 나는 곧바로 그 생각을 이렇게 말했다.

"내가 그걸 당신에게 증명해 보이지요. 왜 우리들은 다른 사람들보다 자기 자신을 더 사랑할까요? 그 이유는 우리가 자기 자신을 누구보다 더 사랑할 가치가 있고, 또 더 훌륭한 인간이라고 생각하기 때문이지요. 만일 우리가 다른 사람을 자기보다 더 훌륭한 인간이라고 생각한다면, 우리는 그 사람을 자기보다 더 사랑해야겠지요. 하지만 그런 일은 결코 일어날 수 없어요. 설령 그런 일이 있다 하더라도, 마찬가지로 내 생각이 옳은 것이지요."

나는 무의식적으로 자기만족에 찬 미소를 지었다.

드미트리는 잠시 동안 아무 말도 하지 않았다.

"나는 지금까지 당신이 이렇게 똑똑할 것이라고 전혀 생각해 본 적이 없었어요!"

그가 선량해 보이는 부드러운 미소를 지으며 말했다. 나는 그 순간 갑자기 더할 나위 없이 행복하다는 생각이 들었다.

칭찬은 인간의 감정뿐만 아니라, 이성에도 그렇듯 강력하게 영향을 주는 것으로, 나는 칭찬의 달콤함에 빠져 내가 이전보다 훨씬 더 똑똑해진 것처럼 느꼈다. 꼬리에 꼬리를 문 온갖 상념들이 빠른 속도로 내 머릿속을 가득 채웠다.

우리의 대화는 거의 의식하지 못한 사이에 자존심에 대한 것에서 사랑에 대한 문제로 넘어갔고, 이 주제에 대한 이야기는 쉽게 끝날 것 같지 않았다. 우리의 토론이 제삼자에게는 전혀 무의미한 내용처럼 보였음에도 불구하고, 실제로도 그 토론은 모두 막연하고 편파적인 내용이었지만, 우리에게 그 토론은 매우 중요한 의미를 띠었다. 우리 두 사람의 마음이 완전히 하나로 화합되어 있었던 것이다. 따라서 어느 한 사람의 마음이 금선琴線에 살짝이라도 닿기만 하면, 다른 한 사람의 마음은 곧바로 공명共鳴을 찾아냈던 것이었다. 우리가 나누었던 대화를 통해 다양한 금선들이 서로 어울리는 공명을 발견했다는 사실이 더욱 만족스러웠다. 밖으로 나타내고자 하는 온갖 생각들을 서로에게 모두 다 말하기에는 우리 두 사람이 가진 시간과 어휘가 충분하지 않다는 생각이 들 정도였다.

교제의 시작

그 후 나와 드미트리 네플류도프와의 사이에는 아주 이상하면서도 지극히 유쾌한 관계가 맺어졌다. 그는 다른 사람들 앞에서는 내게 거의 아무런 관심도 기울이지 않았다. 그러나 단둘이 있기만 하면 우리는 곧 조용하고 아늑한 방에 들어앉아 시간 가는 줄도 모르고 모든 것을 잊은 채 토론에 열중했다.

우리는 미래와 예술, 근무, 그리고 결혼과 자녀 교육에 대해 서로의 의견을 기탄없이 주고받았는데, 이에 대해 부질없다는 등의 생각은 전혀 뇌리에 떠오르지 않았다. 왜냐하면 우리가 토론했던 잠꼬대 같은 얘기에는 제법 쓸모 있는 것도 있고, 애교가 섞여 있었기 때문이다. 젊은 시절에는 지혜를 존중하고 그것에 의지하고 싶어진다. 게다가 미래라는 것은 과거의 경험을 기초로 하지 않고, 가상의 행복 위에 구축된 희망에 지배되기 때문에 다양하고 생생한 매력을 갖게 된다. 따라서 미래의 행복을 공상하며, 그것을 서로 이해하고 나눈다는 것이 이 시대의 참된 행복이라고 할 수 있는 것이다.

우리 대화의 주요한 주제들 중 하나는 형이상학적인 고찰이었지만, 그러한 토론을 하다 보면 자칫 다른 사상이 잇따라 떠올라 점점 추상적으로 기울어지고, 결국은 극도의 애매함에 빠지게 되면서 도저히 표현할 수조차 없을 때가 있다. 그 결과 자신이 생각하고 있는 바가 아닌 전혀 다른 내용을 말하는 경우들이 있는데, 나는 이러한 순간을 매우 좋아했다. 마침내 나는 사고의 영역에서 이를 수 있는 최고의 단계에 올라, 사고의 모든 무한성을 깨닫고, 이제는 더 이상 앞으로 나갈 수 없다고 깨닫게 되는 그러한 순간이 아주 좋았던 것이다.

어느 날 사육제 기간의 일이었다. 여러 가지 향락에 빠져 있던 드미트리는 너무 바빴던 탓에 하루에도 몇 차례씩 우리 집에 들락거렸으면서도 나와 한 번도 말을 하지 않은 적이 있었다. 그런데 그것이 내게는 참을 수 없는 모욕으로 느껴져 그가 거만하고 불유쾌한 인간이라고 생각하기에 이르렀다. 나는 그와의 교류를 존중하고 있지 않으며, 그에 대해 특별한 애착도 갖고 있지 않다는 것을 그에게 보여 줄 수 있는 기회만을 노렸다.

사육제가 끝나자 비로소 그는 나와 이야기를 나누고 싶어 했다. 하지만 나는 기다렸다는 듯이 수업 준비를 하지 않으면 안 된다고 말하고는 2층으로 올라와 버렸다. 그런데 15분쯤 지나자 누군가 교실 문을 열고 내 곁으로 다가왔다. 드미트리였다.

"방해가 되지는 않을까?"

그가 말했다.

"아, 아니에요."

사실 나는 일이 있다고 말하고 싶었으나 무심코 이렇게 대답하고 말았다.

"그런데 왜 볼로쟈의 방을 나온 거야? 너도 알다시피 우리는 오래 전부터 서로 토론을 하는 사이 줄 알고 있었는데? 이제는 그것이 버릇이 되어 너와 토론하지 않고 헤어지면 뭔가 허전한 생각이 들어."

그에게 품고 있던 서운하고 분한 감정이 일순간 맑게 개었다. 그리고는 드미트리가 그지없이 선량하고 사랑스러운 사람으로 느껴졌다.

"내가 왜 형의 방을 나왔는지는 당신도 이미 알고 있을 거예요."

내가 말했다.

"어쩌면……."

그가 내 곁에 앉으면서 대답했다.

"그러나 만약 내가 그것을 알고 있다 해도 내 입으로 직접 말할 수야 있나. 네가 말한다면 또 몰라도……."

그가 말했다.

"그럼 내가 말할게요. 내가 형의 방을 나온 것은 당신한테 화가 나 있었기 때문이에요. 아니, 화가 났다기보다는 당신이 원망스러웠어요. 솔직히 말해 내가 어리다고 해서 당신이 나를 무시하는 게 아닌가 하고 항상 걱정하고 있지요."

"하지만 너는 우리가 어떻게 해서 친해졌는지 그 까닭을 알잖아?"

내 고백에 그는 선량하고 현명한 표정으로 말했다.

"나는 친한 친구들도 있고 공통점을 갖고 있는 친구들도 있지만 그러한 친구들보다도 너를 더 좋아하고 있어. 왜지 알아? 좀 전에 그 까닭을 찾았지. 그건 바로 네가 경탄할 만한 특성을, 좀처럼 보기 드문 특성을 갖고 있기 때문이야. 솔직함이라는 특성 말이야."

"그래요, 사실 나는 언제나 고백하기 창피한 것만을 이야기하고 있어요."

나는 그의 말에 맞장구를 치며 말했다.

"하지만 마음으로부터 믿고 있는 사람에 한해서만 그런 거예요."

"그야 그렇겠지. 하지만 사람을 믿으려면 마음속으로부터 그 사람과 친해지지 않으면 안 돼. 아직 우린 진정한 친구라고 할 수 없어. 니콜렌카, 너 혹시 기억하고 있니? 지난번 우리가 우정에 대해 얘기했던 것 말이야. 진정한 친구가 되려면 서로 상대를 깊이 믿지 않으면 안 된다고 얘기했던 것 기억나?"

"내가 당신에게 말한 것을 당신이 다른 사람 누구에게도 말하지 않을 거라는 걸 확신해도 되겠죠?"

나는 이렇게 말했다.

"아시다시피 가장 흥미롭고 중요한 생각들은 절대로 남에게 털어놓을 수 없는 성질의 것이니까요."

"하긴, 참으로 추악한 상념이 우리의 내부에는 얼마든지 있지! 아무래도 고백하지 않으면 안 된다는 것을 미리 알고 있었다면 절대로 머리에 떠오를 리 없는, 극히 저열한 상념들 말이야. 안 그래, 니콜렌카? 한 가지 좋은 생각이 떠올랐어."

그는 의자에서 벌떡 일어나더니 미소를 지으며 두 손을 비비면서 이렇게 덧붙였다.

"그 생각을 한번 실행해 보지 않겠어? 그렇게만 하면 이것이 얼마나 우리 두 사람에게 유익한 것인지를 알게 될 테니까 말이야. 다름 아니라, 이제부터 무엇이건 간에 서로에게 고백해 보자는 얘기야. 그렇게 되면 우리는 서로에 대해 잘 알게 될 것이고, 공연히 쑥스럽다든가 창피하다든가 하는 일들은 없어질 거야. 아울러 우리끼리의 얘기는 절대로 제삼자에게 발설하지 않기로 하자. 알겠지?"

"네, 그렇게 해요."

나는 대답했다.

그리하여 우리는 그 후 정말로 이것을 실행에 옮겼다. 그 결과에 대해서는 나중에 이야기하기로 하겠다.

프랑스의 문학가인 카를은 이렇게 말했다.

"대체로 사랑에는 두 가지 면이 있는데, 한 가지는 자기 자신을 사랑하는 것이고, 또 한 가지는 자기에 대한 사랑을 허용하는 것이다. 전자는 자기 스스로 키스를 하는 것이며, 후자는 자기의 뺨을 내미는 것이다."

이것은 정말이지 옳은 말이다. 우리 두 사람의 경우를 보더라도 나는 키스를 하는 쪽이었고, 드미트리는 뺨을 내미는 쪽이었다. 그렇다고 그가 키스를 하는 편에 설 수 없었던 것은 아니었다. 우리의 우정은 어디까지나 평등했다. 왜냐하면 우리는 서로를 이해했으며, 피차간의 가치를 정당하게 평가하고 있었기 때문이다. 더욱이 그것은 내게 감화를 주었으며, 내가 그를 따르는 것을 조금도 방해하지 않았다.

결과적으로 드미트리에게 감화된 내가 나도 모르는 사이에 그의 경향마저 받아들인 것은 말할 나위도 없다. 그의 마음의 본질은 선행 이념에 대한 열광적인 숭배였으며, 상주불멸常住不滅의 완성을 향해 나아가야 할 인간의 사명에 대한 확신이었다. 이 당시만 해도 나는 전 인류를 바른 길로 안내하고, 이 세상의 모든 악과 불행을 없애는 것이 실현 가능한 일처럼 생각되었다. 자기 자신을 개선하고, 모든 선행을 자기 것으로 해서 행복한 사람이 된다는 것이 극히 간단하고 쉬운 일처럼 여겨졌던 것이다.

그렇지만 청년 시대의 이런 고상한 공상이 과연 우스꽝스럽고 아무것도 아닌 것이었을까? 또 이러한 공상이 실현되지 못한 것은 누구의 잘못이었을까? 이것은 오로지 하느님만이 아는 비밀이다.

작가 연보

1828년 톨스토이 백작의 4남으로 야스나야 폴랴나에서 출생.

1830년 누이동생을 분만하다가 모친 사망.

1837년 아버지가 노상에서 졸도, 사망. 숙모 오스틴 사켄 부인이 고아가 된 5남매의 후견인이 됨.

1840년 현존하는 그의 최초의 시 〈어지신 숙모님에게〉를 씀.

1844년 카잔 대학 동양어학과에 입학(아랍 · 터키어 전공).

1845년 4월 12일, 카잔 대학을 중퇴하고 고향으로 돌아가 진보적인 지주로서 새로운 농장을 경영.

1851년 〈유년 시대〉 집필. 5월, 큰형이 재직하고 있는 코카서스 포병대에 장교 후보생으로 입대.

1852년 처녀작 《유년 시대》를 《현대인》에 발표해 재능을 인정받음. 단편 〈침입〉 탈고.

1853년 1월, 체체네즈 인 토벌에 참가.

1854년 1월, 장교로 승진. 《소년 시대》 발표.

1855년 3월, 《청년 시대》 집필. 11월, 페테르부르크로 귀환.

1859년 2월, 러시아 문학 애호회 회원이 됨. 4월, 《가정의 행복》 집필.

1862년 궁정의의 차녀 소피야 안드레예브나와 결혼.

1864년 《전쟁과 평화》 집필 시작.

1869년 《전쟁과 평화》 완결 출판.

1872년 《초등독본》, 《코카서스의 포로》, 《표트르 1세》 발표.

1875년 《안나 카레니나》를 《러시아 신문》에 연재.

1881년 《사람은 무엇으로 사는가》, 《요약 복음서》 출간.

1884년 《나의 신앙》 발표. 《광인 일기》 집필.

1886년 《인생론》 집필. 《어둠의 힘》, 《이반 일리치의 죽음》 출판.

1887년 《역》 출판. 《어둠의 힘》 저작권을 포기.

1889년 《크로이첼 소나타》 탈고. 《부활》 집필 시작.

1899년 《부활》을 발표하여 주목을 끔.

1901년 그리스 정교회에서 파문당함.

1903년 1월, 《유년 시절의 추억》 집필 시작. 단편 〈무도회의 밤〉 탈고.

1908년 8월 28일, 세계적 규모의 탄생 80주년 기념제가 개최됨. 《세상에 죄인 없다》, 《사형과 그리스도교》, 《유일한 규칙》, 《꿈》 등을 발표.

1910년 아내에게 최후의 쪽지를 남겨 놓고 주치의와 함께 가출. 11월 7일 오전 6시에 82세를 일기로 영면.

옮긴이 동 완

함북 명천 출생.
만주건국대학 정치과 졸업.
한국외국어대학교 교수 역임.
고려대학교 교수 역임.
대한민국 학술원 회원 역임.

역 서
《유년시대》, 《청년시대》, 《부활》, 《미성년》, 《이중인격》, 《대위의 딸》,
《현대의 영웅》, 《사닌》 외 다수

유년 시대, 소년 시대

초판 1쇄 인쇄 2007. 10. 10.
초판 1쇄 발행 2007. 10. 15.

지은이 톨스토이
옮긴이 동   완
펴낸이 신 원 영
펴낸곳 (주)신원문화사

책임편집 최광희, 윤미혜
편집진행 박소연, 김설경
디자인 배광열, 차현준

주   소 서울시 강서구 등촌 1동 636-25
전   화 3664-2131~4
팩   스 3664-2129~30

출판등록 1976년 9월 16일 제5-68호

 파본은 본사나 서점에서 교환해 드립니다.

ISBN 978-89-359-1416-6 04890
ISBN 978-89-359-1410-4 (세트)